U0691291

MINGUO TONGSU XIAOSHUO
DIANCANG WENKU

香海恨·双枪王

民国通俗小说典藏文库·冯玉奇卷

冯玉奇 ◎ 著

中国文史出版社

图书在版编目（CIP）数据

香海恨·双枪王 / 冯玉奇著. — 北京 ：中国文史
出版社，2018.3

（民国通俗小说典藏文库·冯玉奇卷）

ISBN 978 – 7 – 5205 – 0042 – 5

Ⅰ．①香… Ⅱ．①冯… Ⅲ．①长篇小说 – 中国 – 现代
Ⅳ．①I246.5

中国版本图书馆 CIP 数据核字（2018）第 009888 号

点　　校：彭　飞　　张俊儒
责任编辑：蔡晓欧

出版发行：中国文史出版社

社　　址：北京市西城区太平桥大街 23 号　　邮编：100811

电　　话：010 – 66173572　　66168268　　66192736（发行部）

传　　真：010 – 66192703

印　　装：廊坊市海涛印刷有限公司

经　　销：全国新华书店

开　　本：720×1020　 1/16

印　　张：20　　　　字数：236 千字

版　　次：2018 年 8 月第 1 版

印　　次：2018 年 8 月第 1 次印刷

定　　价：59.80 元

文史版图书，版权所有，侵权必究。

文史版图书，印装错误可与发行部联系退换。

目 录

香 海 恨

双 枪 王

2

香 海 恨

第一回　不信津门惊鸿影

一线曙光从黑漫漫的长夜里破晓，天空发出了鱼肚的颜色。东方的朝阳渐渐地向水平线上升起，海水中涌现了半个血红的太阳。太阳的四周发出强烈的光芒，反映到蔚蓝的天空，浮现了青红紫绿黄的云霓，衬着两三只环回绕飞的海鸥，更显得无限美好的海景。

和暖的春风微微地吹送，掠过海水的头顶，颤动出一曲一曲的波浪。远望着那浸在海水中的半个太阳，照射过来万千道的金光，忽吐忽吞，令人目眩神迷，添了不少的趣味。

太阳慢慢地悬挂在高空中了，由红变淡，淡得像一片白光。抬头望天，只见碧蓝一色，但其中也点缀着朵朵雪白的浮云，大概是被风吹动的缘故，还不停地来去地驶动。五彩的云霓早已在红日变成白日的时候消逝，四周的一切依然恢复它原有的沉寂。白云低了头，默默地凝视着下面一片茫茫的海水，有些沉吟思索的神气，它好像也在想什么心事。

一阵呜呜汽笛的长鸣，震碎了四周静悄悄的空气。这就见不停地波动着的海水上面，漂浮着一只从上海驶往天津的轮船。船身虽然是非常庞大，不过置之在这儿，却是显见得十分的渺小，好像一面盆的水里放着一粒芝麻那样的细小。船身被浪花的翻动摇摇摆摆地颠簸，远远地望去，好像已被海水吞没的样子，情势是相当的危险。但这些原不用替它担忧，你不见它不是仍旧稳定地勇往前进吗？

这好像是每个年轻的人，处身在这荆棘满地的险恶社会里，若一不留心，就有坠入苦海的可能。

　　船身不停地前进、前进，终至于将要到达它的目的地了。这时，船顶的舱口下走上一个少年来。只见他身穿白色海军的制服，身材高大，脸儿英俊，大概因了他的生活关系，成天地和海风亲脸，所以肌肤不免带有些儿棕色，但是并不损他的丰姿，反而增加了他的健康美来。他那两道浓眉下，配着两只灼灼有神的眸珠，挺高的鼻子倒具有西洋美男子的风度。他抬头向四周望了望，迎着温柔的海风，颇觉全身有一种说不出的凉爽和快感，脸上就很自然地浮现了一丝笑意。他移步走到铁栏杆旁，扶着身子，一手托着下颚，凝眸望着脚底下喋嗒的海水，却是默默地出了一回子神。

　　"二副，这次船到天津，又有三天耽搁，你预备上哪儿去玩玩？"

　　忽然一阵粗粝的声音，把那少年惊得回过头来。只见身旁站着一个水手，正是陶子卿。子卿原是自己手下的职员，因他平日对于自己很会奉承，所以倒很喜欢他。这时子卿当然又在献殷勤了。那少年听他这样问，便也笑问道：

　　"天津地方，除了听听大鼓书，还有什么新鲜的玩处吗？"

　　"有！有！回头我伴你到兰香院里去玩玩怎样？"子卿望着少年咳地一笑。

　　少年皱了皱眉毛，摇了摇头道：

　　"上次不是跟你一块儿去过吗？都是些庸俗脂粉，没有一个瞧得入眼，你还是少说这话吧！"

　　"后来开船的那天，兰香院里就来了一个新的，叫作媚香楼。沈少爷，这个媚香楼的容貌，你没有瞧见过，自然不知道。假使给你一睹花容，真的会使你不想吃饭，同时魂灵也许会飞到她的身上去哩！"

少年见他涎皮笑脸地说着，倒也不觉心中一动。但表面上仍装着很正经道：

"子卿，你别胡说，天下哪有这样美貌的女子？"

"我若骗你，回头给你打嘴怎样？不要说媚香楼的脸儿生得好，身段的苗条，真好像杨柳摆风，不盈一搂。沈少爷，你瞧了准会喜欢得了不得。"

"你既然说得这样好，等会就和你去瞧瞧。不过，我认为不满意的话，当心撕了你这只贫嘴。"

子卿听他这样说，便把大拇指一竖，鼻子里哼了一声，笑道："吹牛没有用，而且我不是媚香楼的什么人，何必要代她鼓吹。因为她是真正生得小巧玲珑、妩媚可爱。总而言之，空说没有用，回头你瞧了她，就知道我这话不虚，确是个刮刮叫哩！"

少年听他末一句，打起山东土白来，也忍不住抿嘴好笑。正在这时，猛可听得又是呜呜的一阵汽笛声，接着又是一阵人声鼎沸的嘈杂声冲入耳管。两人抬头一瞧，原来船身已将靠码头。码头上人头济济，都在伸着脖子等船平码头。子卿也不及说话，早已飞步奔下舱去，和别个水手一同去干平码头的工作了。

那少年便回到自己的舱里，换了一身维也纳条子呢西服。正欲走出舱去，忽然从舱外也走进一个惨绿少年来。只见他身穿淡灰花呢西服，唇红齿白，面如冠玉，身材略矮了些。他脸蛋儿的俊美，和他却又不同。一个是雄伟轩昂，带有英雄气概；一个却是风流潇洒，不免带有些儿阿娜意态。两人一见，都咦了一声，相互叫道：

"迪民表哥！我知道你今天船要到了。"

"雨海表弟！什么？船已平码头了吗？你来得正好。"

"你有什么事要找我办啦？是不是要登载什么广告？"

迪民听他误会自己要托他登广告，这真是三句脱不了本行，忍

5

不住扑哧一声笑道：

"算你在报馆里办些儿事……"

雨海不等他说完，早已绯红了两颊，抢步过来，向他手儿一扬，做个要打的姿势，急急地辩道：

"你这人真是浑蛋极了，我一片好心，你倒说出这个话来，谁不知你是个赫赫有名的……"

迪民见他真个的气急了，慌忙把手儿握住，又伸手把他嘴儿一扪，连连赔不是，道：

"表弟，你快不要生气，我原是和你说着玩的，你认什么真？"

雨海听他这样说，忍不住又笑起来，在椅上坐下，迪民又亲自给他斟了一杯茶。雨海一面接过，一面向他问道：

"那么你到底为了什么要说我来得正好？好像我如果不来的话，你一定也要来找我的意思。"

迪民听了，便向他附耳低低说了一阵。雨海的两颊顿时红起来，连连摇头道：

"这个我不去！这个我不去！这种地方，哪是我辈青年应玩之处？"

"人家说表弟像个女孩儿家，动没动脸儿就红起来。于此一瞧，实在是一些儿不错。脂粉场中虽然不是我们青年应玩的地方，但既然到世界上来做人，什么地方都应该去见识见识。只要我们有理智来克服情感，那怕什么呢？况且，你是个报馆主笔，这种场所更应该加以注意，那才是道理。我老实对你说，你若把北地胭脂、南朝金粉、历代美人的风流史，多在报上登载登载，保管你报纸的销路要好一大半哩。"

雨海喝了一口茶，瞅他一眼，央求着道：

"我的好表哥，你不要挖苦人了吧！像我这种人，俗语叫作吃饭拿工钱，根本谈不上主笔两个字，你还是少说两句吧。至于这种地方去见识见识，原也是没什么关系。只不过我自知情感浓于理智，也许将来会发生意外，倒还是索性不入此门比较妥当。”

迪民听他这样说，倒不禁哈哈大笑起来，用指划在脸颊上羞他道：

“表弟，这可是你自己说的了，原来你是个多情公子。不过，照你年龄说，也该是找配偶时候了。脂粉场中，也不难没有好的美多娇。你这么说，我倒要给你介绍一个了。”

“不要开玩笑，我是要避免这种事才不去的，怎么你倒反替我介绍了？这是什么话呢？”

两人正在说笑着玩，忽见子卿也换上了一套半新的西服匆匆进来。一见雨海，速忙招呼，一面又向迪民道：

“外面都已舒齐，客人统统上岸，我们要走也好走了。”

迪民听了，点了一下头，伸手去拉雨海，雨海不肯去。迪民笑道：

“我们只去坐一会儿是了，因为子卿告诉我说，兰香院新进一个媚香楼，是一个绝世的好模样儿，所以我们去瞧一瞧，原没有什么另外作用的。你就一同去玩一回也不要紧的，难道你去了，她就会把你拖牢不成？”

子卿听了，也在一旁劝道：

“甘少爷，你也不要做客了，反正我们去去就出来的，那怕什么呢？”

雨海被两人这样相劝，情面难却，也只好跟着两人一同到兰香院去了。

作者趁着两人跟着子卿到兰香院去，就把这两个表兄弟的身世来叙明一下。迪民姓沈，爸爸沈伯坚，和甘雨海的妈妈是个嫡亲兄妹。他们原籍北平，伯坚娶妻李氏，只养迪民一人，自然是格外欢喜。迪民大学毕业，不幸李氏竟一病身亡。伯坚本任大达轮船大副，因迪民性喜航海生活，遂给他任二副职司，以便助己一臂之力。陶子卿原是迪民家中一个食客，伯坚因妻子已死，不愿再娶，陆上既无家庭，所以他把子卿也用到船上来做水手。子卿对于迪民，当然是喊少爷了。雨海今年才二十岁，小迪民四岁，去年方从高中毕业出来，谁知爸妈于是年暑夏发时疫而死。雨海因此流落天津，幸在报馆中觅一助编职，方得安身有所。齐巧大达轮来往天津上海，每月三班。雨海算定日子，终来和迪民会晤。因彼等两人，固自小青梅竹马故也。

三人到了兰香院，便有一个短衣衫裤的男子迎入客室，一面向楼上高叫了一声客来。这就听楼上一个老妈子应答一声，说了一个请字。于是子卿在前，迪民、雨海在后，一同走到楼上。老妈子早笑盈盈地喊道：

"陶少爷，你是好久不来了。哦哟，沈少爷也来了！快请里面坐吧。"

说着，便让三人到一间套房坐下。雨海向四周打量一下，里面收拾得十分清洁，摆设尚称考究。老妈子倒上三杯茶，向迪民叫道：

"沈少爷，那天自你走后，我们的翠香小姐是天天记挂你，你是怎么这许多日子不来呀？还有这位少爷，我还不曾请教哩。"

迪民和雨海听了这话，脸儿都不觉一红。迪民为什么红脸呢？因为他这次完全是瞧媚香楼而来，今听她说上次这个翠香也记挂自己，暗想这可糟了。雨海还是破题儿第一遭到这里，听她问起姓名，一时也支支吾吾，不知所对。子卿见两人窘得这个模样，心中忍不住好笑，便忙代答道：

"这位是沈少爷的表弟，甘少爷。听这儿新进一个媚香楼小姐，才貌色艺俱佳，所以两位少爷是特地来拜访媚小姐的。"

老妈子听了这话，心中早知其意，连忙满脸堆笑道：

"哦哟！陶少爷这话真正要折死我们的媚香小姐了。她前两天有些儿不适意，闹得不肯接客。哦，我和太太去说吧。"

正欲急急奔出，忽见一个身穿元色毛葛旗袍的半老徐娘，满面春风地向迪民等三人招呼。老妈子遂把沈少爷的来意说明。子卿早喊道：

"阿陈姐，怎么啦？你的媚香女儿不肯接客吗？"

"哪儿话？哪儿话？我立刻叫她来见三位少爷。因为我这妮子生得太以娇弱，所以一会儿头疼，一会儿又身子不好过了。今儿早晨，我瞧她精神是已好得多，这时我就立刻去叫她，请三位少爷略宽坐一会儿吧。"

鸨儿阿陈姐一面笑，一面说，身子早已狗颠屁股似的奔到东厢房里劝媚香楼来接客了。

大约等有一刻钟的光景，方才见阿陈姐在前，后面跟着一个年轻的姑娘，低垂了脸儿，姗姗地进来。阿陈姐将她衣裳轻轻一扯，向着三人介绍道：

"这位是沈少爷，这位是甘少爷，这位是陶少爷。"

媚香楼抬起蟒首，她那秋水盈盈的明眸向三人瞟了一眼，同时含笑点了点头。因为当初她是低着头进来，所以瞧不清楚她的脸庞。这时她一抬头，在三人面前猛可地一亮，好像亭亭玉立地开满着一树灿烂的桃花。迪民把手一摆，笑道：

"请坐吧！"

媚香楼听了，樱口里轻轻道了一声谢，就坐在对面的炕上。陈阿姐笑道：

"我的香楼年纪轻，也许有不懂礼貌的地方，要请三位少爷格外地原谅一些吧。"

"这个你放心，我们沈少爷和甘少爷是个怜香惜玉的多情人，绝不会见怪你的女儿。"子卿听阿陈姐这样说，便笑着回答。

香楼红晕着双颊，盈盈地偷瞧了两人一眼，立刻又低垂头来。迪民和雨海见香楼果然并没有风尘中气味，不免暗暗向她打量一回。只见她云发卷曲，烫成最新式的飞机形；一副鹅蛋的脸儿，是生得相当的庄重；两道弯弯的眉毛下，配着两只滴溜圆的眸珠，显出聪敏的样子；长睫毛十分整齐地圈在眼眶的四周，一丝丝的很是显明，倒实在带有些欧化美态；挺直的鼻梁下配一张红润润的小嘴，位置都生得适合，真可以称为天上有、人间少了；她脉脉含笑的时候，露出一排洁白的牙齿，同时在玫瑰花般的脸颊上会深深映出一个笑窝来。她身上穿着一件玉蝴绸的旗袍，两臂像玉藕似的露着，真好像可以榨得出水来。脚下穿的并不是皮鞋，却是一双白缎的绣花鞋。就因为她穿着绣花鞋，更显得那双薄薄的俏脚儿是瘦小得可爱。两人这样细细打量着，只觉香楼整个的身子是没有一处不具有美的风姿。香楼见他们默默无语，便抬起头来，向两人望了一眼，不料两人也目不转睛地呆瞧自己，这就感到十分的不好意思，那两颊更添了朵朵的红桃。正在这时候，老妈子匆匆来道：

"媚小姐，里面都舒齐了，你请三位少爷进里面坐吧。"

香楼听了，站起身来，向他们笑了笑，便轻移步子，走了出去。阿陈姐笑道：

"这孩子，话也不说声儿。三位大爷请里面坐，我不奉陪了。"

阿陈姐说着，便自管下去。迪民等因跟香楼到东厢房去。香楼走到门口，把门帘撩起，请三人进内。迪民跨进房门，顿觉一阵细香扑鼻，不觉连喊好香。只见房中摆设，富丽堂皇，清雅绝俗，真好像置身仙境一般了。老妈子忙着倒茶送烟，便悄悄退出。香楼娇躯倚在梳妆台前，低了头儿，纤手玩着一方绢帕，脚尖儿只管在地板上画圈子，真个是不胜娇媚的样子。子卿向迪民道：

"你瞧如何？我这话不虚吧！"

迪民点了点头，含笑不语。子卿见迪民喜欢，原没自己的事了，推说船中尚有公务，遂起身先走。迪民待子卿走后，便向香楼招手道：

"媚小姐，你别老是站着，不怕腿儿酸吗？请过来坐会儿吧！"

香楼嫣然一笑，便走到桌边坐下，伸手抓了桌上摆着盆里的瓜子放到两人面前，还没开口，先笑起来，道：

"嗑些儿瓜子，解个闷儿吧！"

"咻！嗑瓜子怎能解闷？还是和你聊天怎样？"

香楼听迪民这样说，便红了脸，点头道：

"很好。我先问沈少爷是哪儿办事的？"

"我吗？你瞧我像什么地方办事？"

"这我哪里猜得到，不过我瞧你的神气，很像军界里，不知对不对？"

雨海听了，忍不住扑咻一声笑出来。香楼瞟他一眼，又道：

"甘少爷干吗笑？可不是我猜得不对吗？"

雨海见香楼回眸过来和自己搭讪，一时红着脸儿，反支支吾吾对答不出。迪民笑道：

"媚小姐眼力不错，我这样雄伟的气概，谁不猜我军界里服务。不像我这位表弟，弱不禁风的身子，白净的脸蛋儿，活像是个媚小姐的姊妹呢！"

香楼听迪民取笑着他，忍不住凝视了雨海，憨憨地笑。雨海真羞得连耳根子都通红了。迪民又笑道：

"媚小姐，你瞧他这个娇媚不胜情的羞人答答意态，我可有冤枉他吗?"

香楼听了,抿着嘴儿咯咯地笑弯了腰。拿手帕儿拭着眼,盈盈向雨海一瞟,道:

"甘少爷,你听沈少爷说你是我的姊妹,你可承认吗?"

"你听他胡说。"

才说了一句话,忍不住又好笑起来。香楼见他脸儿果然白是白,红是红,明眸皓齿,真个像女孩儿家似的,一时芳心里真有说不出的对他好感。便把两个纤指,在烟罐子里挟着一支烟卷,送到雨海的面前,笑道:

"抽支烟!"

迪民见香楼这个神情,哪里还像是对待初见面的生客模样?便向雨海望了一眼,雨海摇了一下手,向迪民努嘴道:

"我不会抽烟,你给他吧!"

"表弟,你这话不对。媚小姐这份儿多情地对待你,你怎好意思拒绝?就是不会吸,也得应酬一下。你瞧她为什么不给我抽呢?可见……哈……"

迪民说到了这里,已是哈哈笑起来。这使两人更觉万分的难为情。香楼回过脸儿,白了迪民一眼,哼着一声,扭了扭身子,撒娇似的不依道:

"沈少爷,你这话我可不依你,我回头不是也要递给你吗?"

香楼说着,便又在烟罐子里取出一支,送到迪民面前。迪民且不接烟,便又故意笑道:

"那你为什么不先送给我呢?"

香楼听了,眸珠一转,哧地笑道:

"反正甘少爷又不会吸烟,那么就把甘少爷的一支烟卷拿给你抽,这总好了。"

12

说着，把雨海前面一支，送到迪民口边，只管憨憨地笑。迪民把烟卷拿下，放在桌上，伸手把她的柔荑握住道：

　　"我和你闹着玩笑，我也不会吸卷烟的。要吸，我却愿意吸大烟，你这儿有没有呢？"

　　"这儿什么烟都备着，可是我却不愿意你抽大烟。"香楼被握着手，并不躲避，十分多情而又十分妩媚地望着他说。

　　迪民只觉她纤手柔软若棉，握在自己蒲扇样的手里，更衬得她手儿白嫩可爱。听她这样说，便笑问她道：

　　"我喜欢抽大烟，你怎么倒不愿我抽？那么这儿备着大烟是干什么用的？我一定要抽大烟！"

　　"我不管，你一定要抽，我偏不许你抽，看你怎么样？"

　　香楼望他一眼，身子扭了扭，抿着嘴儿哧地一笑，显着顽皮淘气的样子。迪民见她样，直觉得她是可人极了，便舌儿一伸，笑道：

　　"媚小姐，你现在已经这样凶了，将来可叫我怎么好呢？"

　　雨海忍酸不置，香楼也早已理会过来，双颊通红，挣脱了他手，向他哼了一声，便逃到床边去，伏在梳妆台上，脸儿藏在臂里，两肩不停地耸动着。迪民虽不见她有笑声，可是她这种神情，显见是笑得十分的有劲，忍不住也笑着点头不已，遂站起来拉了她手，道：

　　"干吗这样好笑呀？媚小姐，我正经和你说话。"

　　香楼抬起粉颊，她把秋波先向雨海瞟了一眼，齐巧雨海也在望她，四目相对，大家都觉不好意思，香楼早已笑起来，问迪民道：

　　"沈少爷，你对我说什么正经话啦？"

　　"我和你虽然初会，但觉得媚小姐这人很不错，我想给你介绍一个朋友，因为他是住在本地，常常可以来和你谈谈，不知你愿意吗？"

　　"我不要，沈少爷又和我开玩笑，你难道是到天津来玩几天不成？哦！我知道了，你要给我介绍的不就是这位甘少爷吗？"

香楼说着，把纤手在他额头上一点，弯着身子，已是咯咯地笑起来。迪民见她这样淘气，真是令人爱煞，也不觉为之神往，笑道：

"我在军界里办事，怎能常常有空来玩？我现在把我这个表弟介绍给你，你不晓得我的表弟，真是个温文多情的人儿呢。你和我表弟做朋友，你将来的造化就不小哩！"

香楼听了，芳心不觉荡漾了一下，明眸向雨海一瞟，便嫣然一笑了。这时，忽见老妈子匆匆奔进来道：

"沈少爷，你有电话来了。"

第二回　细述戴天有深仇

迪民一听自己有电话来，心中倒是一怔，我在这里玩，还有哪个知道呀？因急忙站起来，匆匆到电话室，接过话筒，听那边说道：

"你是沈少爷吗？我是陶子卿，请你快回来一趟，船里已出了乱子哩。"

迪民唔唔地答应一声，立刻回到房中。雨海见他神色慌张，便急问道：

"表哥，是谁打给你的呀？"

"那边船上有些儿事，我先走了，你再坐一会儿吧。"

迪民说着，已是取呢帽在手，匆匆要走模样。雨海一听，便也站起来，道：

"那么我和你一块儿走好了。"

"你又没有什么事，何必就走，那像什么？我回头也许还要来的，你和媚小姐谈谈好了。"

媚香楼听了，便也走上来，把雨海衣袖一扯，瞟他一眼道：

"甘少爷，你忙什么？沈少爷回头不是还要来吗？那么沈少爷，你快去快回，别让我们等着心焦哩！"

迪民听她说"我们"两字，不觉望着她，又咻地一笑，连连道：

"你们谈谈，也许不会心焦。我走了，我走了，你别催！"

媚香楼听他这样说，羞得红云满颊，骤然把迪民呢帽抢来，娇嗔道：

"沈少爷，你说我催你，现在我可不许你去了。"

迪民忍不住一阵哈哈大笑，忙把手儿摇撼了一阵，凑过嘴去，附耳向她低低说了一阵。媚香楼哼了他一口，又向雨海瞟了一眼，便嫣然笑了。一面把呢帽亲自给他戴上，一面笑着道：

"沈少爷，那么你回头没了事准来吧？"

迪民连连应答，一面把雨海手儿拉着走，一面低低对他道：

"表弟，这孩子是个可人儿，你别负了她一片深情才好。"

雨海红着脸，正欲问他这是打哪儿说起，迪民放了他手，早已匆匆下楼去了。雨海在扶梯口呆了一回，忽然身后有人一拍，雨海回头过去，正和媚香楼打个照面。因为是骤然之间，大家都有些儿难为情。媚香楼忽然一笑，携着他手，柔声道：

"甘少爷，请里面坐吧！"

雨海没有回答，默默地跟着她到房里。两人在张长沙发上坐下，媚香楼把桌上那盆西瓜子拿到沙发旁的茶几上放下，笑道：

"你吃些儿，沈少爷这人真有趣，他和你是表兄弟吗？"

媚香楼说着，仍在他身边坐下。雨海点了点头道：

"他的性情很爽快，真是一个好青年。"

"沈少爷他也竭口称赞你是个好青年哩！"

"真的吗？他对你向我说些什么来？"

香楼却不回答，只管望他咻咻笑。雨海问她笑什么。媚香楼道：

"沈少爷刚才的话，你没有听见吗？他说把你介绍给我，不知甘少爷可愿意有我这样一个朋友吗？"

雨海见她这样说，又见她无限娇羞的神情，一时心中一动，倒

16

也不觉起了爱怜之意，抚着她手，温和地道：

"你不能听了别人的话，说我是个好青年，就当我真的是好青年，要你自己说的才对，你瞧我到底好不好呢？"

媚香楼红了红脸儿，低垂了螓首，却默不作声。好一会儿，方抬起头来，露齿一笑，频频点头道：

"我说你不但是个好青年，而且还是……"

说到这里，早已羞得别转头去，再也说不下去。雨海心里荡漾了一下，把她肩儿扳转来，两人脸儿的距离就只有一二寸远，只觉她吹弹欲破的脸儿，整个绝无一些儿瘢点，这样美貌女子，坠落在这烟花巷中，实在可惜，便笑问道：

"你说下去，而且还是个什么？"

"你别问，终是个好的……"

媚香楼被他逼不过，只说了一句话，便忍不住又抿嘴笑，一面在盆里抓把西瓜子放到雨海手中。雨海右手拿了一颗，咬在齿上要嗑，香楼连忙阻止，自己在他手上拿了嗑瓜子，把瓜子仁儿摆在他左手的掌里，摊到雨海面前，望着他说道：

"我没有碰着唇儿，你嫌脏吗？"

雨海见她待自己这样好，一时真的反而说不出话来，望着她的粉颊儿，竟是怔住了。媚香楼扑哧一笑，亲自拿着仁儿送到他嘴边道：

"你不嫌我脏，就吃了吧！"

这种深情蜜意，雨海哪里会嫌脏，恐怕还觉得香甜无比呢！遂开口吃了。两人相互地望了一眼，都又低头笑了。笑了道：

"沈少爷到底在哪儿办事呀？是不是和你一块儿？"

"他在大达轮上做二副，我就在本地报馆做助编。"

"啊？怪不得我说他很像军界里服务哩！甘少爷的府上可也在天津吗？"

"我吗？在天津没有家的，因为我爸妈都过世了，所以就只有我一个人。"

媚香楼听了，眼皮一红，险些儿滚下泪来。雨海心中好生奇怪，她怎么竟代我伤心了？难道也同情我身世孤独吗？因拉着她的手问道：

"你是哪儿人？什么时候进这里的？今年几岁了？我很愿意知道你一些身世，不知你肯告诉我吗？"

媚香楼本来还是忍着眼泪，听他这样一问，那泪就夺眶而出，长长地叹了口气，望着雨海，流下泪来，说道：

"甘少爷，说起我这薄命人的身世，恐怕你也要代我伤心哩！你愿意听的话，我可以告诉你一些儿。"

雨海沉着脸儿，静悄悄地听她说着。以下便是媚姑娘的一段悲痛的伤心史。

这还是个军阀时代，整个的北京城里全是他们的势力。梅志远是个素有抱负的少年军人，那时候他不过是曹将军部下的一个小连之职。曹将军为了他的爱宠要亲自阅操，就下一个命令，叫所有部下全到校场会集，让将军夫人检阅。不知怎样到第二天，梅志远竟被传进将军府门，连升三级，立刻由小连升为大旅。志远自己也弄得茫然无头绪，这到底是怎么一回事呢？后来方才知道原因，是自己被将军夫人看中了，认为是个有作为的青年，所以另眼相待。志远本是雄心勃勃的少年，自然是十分得意。

谁知天有不测风云，人有旦夕祸福。梅志远既做了旅长，就时常被传到将军府中去商量军机大事，但传志远进去的并不是将军自己，却是慧眼过人的将军夫人。将军夫人的醉翁之意不在酒，梅志远到底是个堂堂七尺之躯的大丈夫，他认为拜倒石榴裙下所得来的旅长职位，实比做小兵还可耻。于是，他在忍无可忍的一天，把他旅长眼见所佩的指挥刀掷在将军夫人面前，恨声不绝而去。

梅志远任职旅长，仅仅不到一个月工夫，一个命令，加上了通敌衔头，可怜梅志远就轻易地牺牲在残暴兽行下了，打碎了他理想的春梦。

梅志远的妻子李氏，其时正做产在蓐，骤然得此噩耗，竟然气绝而死。管家阿黄遂抱出世未到二十天的小主人漂流到上海来。这小主人就是现在兰香院里的媚香楼，其实她的真名叫作梅香莲。

香莲跟阿黄在上海一住十年，在阿黄临死前的一夜，方才把她的身世明明白白地告诉了香莲。香莲方知自己并非阿黄所养，泣血的沉痛渗入她的心灵，她几乎伤心得昏厥过去。

阿黄把香莲托付给了他的邻居赵麻子。赵麻子是个赌鬼，赌得一身是债，因此就在香莲身上转念头，把她卖给了一个卖唱艺的朱驼三。朱驼三见她小巧玲珑、活泼聪敏，遂请个教师教她学唱二黄西皮。这样过了五年，香莲早已出落得玫瑰花般的一朵，就在上海某戏团里登台演唱，红得不能再红。

一年以后，追求的少爷公子不知有多少，几乎数不清。朱驼三总会有些儿担心，恐怕她起了野心，一走了事。因此，就在那夜里，悄悄地实行先把香莲奸污了，好使她死了这条心。经香莲竭力挣扎抵抗，终算得免侮辱，但却失欢于朱驼三，屡遭虐待。香莲不堪受此活地狱的痛苦，觅死者再。朱驼三恨极，竟把香莲卖入堂子，强令她过非人的生活。香莲宁死不从，受鸨儿毒手，几致体无完肤。

一日，香莲投奔捕房求救，方得重睹天日。在济良所过了一年，又被无赖孙跛子所骗，竟给她拐卖到天津兰香院里。鸨儿阿陈姐待之颇厚，香莲来院还只一星期，闹着不肯接客，今天迪民、雨海来玩，经阿陈姐再三恳请，香莲方始接见。一见雨海、迪民这样品貌，不禁暗暗钟情于彼了。

雨海听完了她的身世，真的被社会上一切也磨折得够了，一时无限同情，眼眶子一红，也流下泪来，握着她手道：

"原来你和我同乡，只不过一向住在上海罢了。怪不得我瞧你不像有北地脂粉的气味。我未听你的身世，觉得我自己实在是个孤独的可怜虫，谁知你的身世，竟比我更可怜伤心到十倍哩！香莲，我实在同情你极了。"

"啊？甘少爷也是北平人吗？客地遇同乡，实在和见了亲人一样。你假使可怜我，而不使我堕落在苦海之中，那就请你救救我吧！我给甘少爷终身做个婢子也情愿。现在我还是一朵才落污泥的花枝，倘使甘少爷能给我拾起，好好用水抚养，那枝花朵定有复活的希望。否则，将被人践踏、蹂躏，将永远在泥土堆里幻灭得无影无踪了。"

香莲眼泪盈盈地说到这里，早已扑嗽嗽地泪如雨下。雨海听了，颇觉酸鼻，抚着她的美发，安慰她道：

"香莲，你放心，尽我的力，终设法帮你脱离这个活地狱吧！但你切勿心急，因为我的境况也并不十分好。一时叫我又有什么能力可以来救你呢？人生的聚散原是偶然的，在三两个钟点之前，我怎料到要遇见你？既遇到了你，原也不算什么稀奇的一回事，但你为什么要和我表示这样好感？我心中也会自然地同情了你，问我我回答不出，问你你恐怕也不知其所以然吧。难道我们真有一个缘吗？"

香莲听雨海说出这话，不禁破涕为笑，身子偎到雨海的怀里，频频点头道：

"你的话真不错，我十七年来，从未爱上一个人，今天我竟爱上……"

说到这里，哧地一笑，向他瞟了一眼，把脸儿伏到雨海的膝踝上，是羞得不能抬头。雨海到此，也情不自禁，低下头去，偎到她的脖子上，默默地温存了一回。

阳光暖烘烘地从天空中照射进室里来，因为它要穿过玻璃窗上挂着的绿纱帷幔，所以室中的光线也显出绿阴阴的色彩，反映在雨海和香莲的身上，照出了无限美丽的风光。

雨海在兰香院里用了午饭，等三点钟敲过，还不见迪民到来，以为他是不来了，自己到报馆办公时间已到，因和香莲握手作别。香莲含泪道：

"甘少爷，我的心已交给了你，请你千万不要忘记我这薄命的人才好。"

"我既答应了帮助你，我终尽我的力。香莲，从今日起，我们开始已认作唯一的知己了。"

雨海握着她的玉手摇撼了一阵，香莲也不禁破涕嫣然一笑。送雨海到扶梯口，眼瞧雨海走下三五级，忽又招手叫住。待雨海走近面前，香莲待了一回，却又没有话了，挥手抿嘴笑道：

"你去吧！我们明天再谈好了。"

雨海把手指向她颊上一点，便哧哧笑着奔下楼去了。香莲粉颊掀起了笑窝，移步也踱回房里去。

黄昏时候，太阳像喝醉了酒，涨红着脸儿，慢慢地向西山脚下沉沦，但它似乎还依恋着这个宇宙，剩下的一片余光，反映在淡蓝的天空中，呈现出无限美好的色彩。

香莲凭着窗子，迎着和暖的春风，远眺那街头一片柳色，翻动着绿波，好像无数的美女披着绿绸的舞衣，正在表现她们的云裳仙子，令人瞧了，倒感到了许多的兴趣。香莲的眼中，仿佛在许多云裳仙子里亭亭玉立着一个美少年，他微微抬起了头，只管向自己很温柔地凝眸微笑。香莲欣喜极了，正欲抬起手来招他，但一会儿，事实告诉她，眼前是并没有这样一回事，只不过她脑海里现出的幻想罢了，香莲自己也哧地笑了。春分扑面，好像是他的手儿来抚自己的脸颊，心里不自然地荡漾了一下，只觉整个身子都有些儿软绵绵的，真是春色恼人。香莲不知又怎样起了一个感觉，悄悄地叹了一口气，自语道：

"妮子，你真是太痴情了！"

原来那天香莲和雨海分手，光阴匆匆，不觉已有三天。香莲早也盼雨海来，晚也盼雨海来，不料雨海却偏偏杳如黄鹤，连迪民也不见来。香莲这时的芳心里真有说不出的抑郁。暗暗细想，他和我分别时，明明说第二天再来的，怎么直到现在还不见他来？莫不是他有事分不得身？莫不是这种公子哥儿说了就忘记？想到这里，觉得自己真也痴情得可怜。他们到这种地方来玩，原是逢场作戏，走马看花，岂是有意来和我们这种人谈爱情吗？唉！我心中是这样的记挂着他，在他的心里，恐怕未必有像我一样地记挂着我吧。也许压根儿全忘了，那也说不定啊。想我可怜生长在这个世界，仅仅还只有十七个年头，所遇到的、接触的都是陷人的魔鬼，凭我坚强的意志奋斗挣扎到现在，依旧能保全我清白的女儿身，实在已是件不容易的事啊！前天遇到了他……唉！自己真也糊涂，怎么连他名字都没问一声。他的容貌真像女孩家一样，和他说话，他也会脸红。这样怕羞嫩面的男子，他还有什么坏的良心吗？我自己也不明白自己会真心地已爱上了他。可是，他却并没真心地爱上我呀！否则，他为什么三天里竟一次不来呢？也许那天我待他尚不算亲热吗？这……再亲热怎样亲热？难道我自动和他亲脸吻嘴不成？这我虽然是风尘中人，到底也要顾全女孩儿家的体面呀！可恨他偏偏又是守礼君子，要是他要求我，我倒也未必会拒绝他呢。想到这里，两颊发臊，不觉自己啐了一口，暗自骂道：

"该死！该死！这妮子真发痴了，害羞都不怕。别人家守礼君子，敬佩他才是，怎么倒反说他可恨呢？"

自语到此，也忍不住笑了。但仔细想来，原是自己爱他到了极点，才有了这个想头，否则别说和人握手，就是叫我端杯茶、送支烟都不情愿呢！这哪还谈得到亲脸吻嘴？不过，他却偏不爱我。回忆那天的情景，他听了我的身世，曾经为我而流过眼泪，并且答应我尽他的能力来帮助我，这他是多么的多情和真挚啊！这也许不会骗我吧？但是他既肯定答应我第二天再来看我，为什么到第四天还不来？莫不是他原是个口是心非的人吗？这绝不会！那么，也许他另有情人的吗？这倒说不定。若果然是的，他当然不会再来想我这种人了。这可怜我……以后……究竟怎样结局？想到这里，顿时引起无限的伤心，制不住那满眶子的眼泪，大颗儿地滚了下来。

"香莲！香莲！"

忽然，一阵急促温和的呼声警醒了站在窗口的香莲。立刻回过头来，骤然给她发现了眼前站着一个盈盈含笑的少年，正是自己时时刻刻思念的心灵上人儿，不禁呀的一声，猛可地抢步上前，伸手紧抱了他的脖子，破涕笑道：

"啊！你真想得我好苦呀！"

雨海冷不防给她这样一来，正是又惊又喜，也默默地抱她一回。慢慢把手捧起她脸儿，忽见她红润的脸颊沾满了点点的泪水，一时又吃了一惊，急问道：

"咦？你……干吗淌泪啦？"

"因为我喜欢过度了啊！"

香莲连忙把手背擦了擦眼睑，眉毛儿一扬，眸珠在长睫毛里一转，掀着酒窝嫣然笑了。但一会儿，她又羞涩极了，立刻低垂了头，望着她瘦小的脚尖，默默地出神。雨海拉她到沙发上坐下，望着她笑道：

"怎么啦？你一声儿都不响呀？你恨我直到今天才来，对不对？"

香莲听了这话，芳心里把方才的抑郁早已全消了，真是乐得心花儿都开了。想不到一句话就猜到自己的心坎里，他真不愧是我的知音了，便抬起头来，柔和的目光凝视着他，摇头道：

"我哪里敢恨你？只不过我心里记念着你罢了。"

说到这里，把秋波又向他一瞟，别转头去。雨海见她这样娇媚不胜情的意态，遂把她又扳过身子来，两手按着她的肩胛，含笑道：

"我知道你记念着我，但你知道我心中记念着你吗？"

"你既然记念着我，为什么直到今天才来？"

香莲噘着小嘴儿，这神情显见有些儿生气。雨海笑起来，道：

"我说你恨我，你又不肯承认，这时却说这话，那你心中不是明明还有气吗？你不知道我原也有说不出的苦衷呢。"

香莲听他这样说，哪里还肯再噘小嘴儿生气，忍不住露齿粲然一笑，道：

"我又没有气你，你多什么心？但不知道你有什么苦衷，可能告诉我一些儿知道吗？"

"本来我是夜班，现在换做日班，所以白天里抽不出空，只有现在这时候有空闲。我早知道你心中要不高兴，所以急急赶了来。"

"那么以后你天天这时候有空吗？不知你能不能天天来一趟。"

香莲娇靥上含着笑窝，明眸中包含着无限的柔情蜜意，凝望着雨海，好像等待他回答一句圆满的话来。雨海抚着她手儿，笑道：

"你如愿意我来的话，我一定天天来一次。"

雨海说了这句话，倒遭了香莲的一个白眼，这白眼是个娇吧。她鼓着小腮儿，轻轻拍他一下腿儿，气道：

"你说这话，比打我还厉害。你疑心我不愿你来吗？那你走好了。"

雨海见她真的生了气，连忙又捧她脸儿过来，赔笑道：

"你快不要生气，是我的不是吧。"

"我那天就对你说，我的心完全已交给了你。但你还说这些话来试我，怎不叫我听了伤心？不过我自知是个不齿的女子，也许够不上资格来给你眷念吧……"

香莲一面说，一面眼眶儿红起来，说到这里，那眼泪早已滚滚地掉下来。雨海听了她说得伤心，一时心中无限酸楚，也不说话，也不安慰，呆呆地坐着，也陪着她落泪了。香莲原是感慨自己身世可怜，才说这几句话。万不料雨海会陪她一同掉泪，一时心中又觉过意不去，反止了自己的泪，把手帕递过去给他拭泪。雨海握住她手儿，温和地道：

"香莲，你放心，我绝不会来负你的！"

香莲见他说了这话，泪水又在眼角边涌上，一时心头感无可感，忍不住把身儿倒在他的怀里，呜呜咽咽哭起来。雨海抚着她的发儿，两人默默地泣了一回。香莲又坐起身来，口中连连喊道：

"哥哥！哥哥！我永远忘不了你！我到死都感激你！但你愿不愿意接受我这个称呼呢？"

"妹妹！你别说这话……"

雨海说到这里，香莲猛可地又把他脖子抱住了。良久，香莲仰起头来，挂着眼泪，妩媚地笑道：

"哥哥，我这人真糊涂极了，你叫什么名儿，我还不曾请教哩。"

"我叫雨海，妹妹。你也识得字吗？"

"我又没有读过书，哪里识得字？因为我曾学过五年的唱戏，在唱词的句儿上倒认得了不少的字。现在普通书本子，一字儿一字儿挨下去，稍许有些懂得。"

"妹妹这就真聪敏，今后你最好和我通通信，通信对于学识上是进步得很快的。"

"我怎能够和你通信？写出来的词句，被你瞧了，不要笑吗？"

"一个人哪有生下来就会的，你若写得不好，我可以指点给你知道。"

"这样我就试试看，但是我若写得不通地方，你千万别见笑。"

香莲嘻嘻地笑着说，雨海瞧她意态，真是妩媚可爱极了，也就情不自禁很快地凑过脸去，向她殷红的唇上偷偷地喷了一声，吻了一个嘴去。香莲冷不防给他亲了一个嘴，心中忐忑一跳，真是又羞又喜，哼了一声，轻轻打了他一下肩儿，忍不住又扑哧一声笑了。

"哥哥，你真不是好人，你占了便宜，你现在可乐了。"

雨海听她这样说，笑得伏在沙发的臂上，不住地耸着肩儿。一会儿又把嘴儿凑过来，笑道：

"妹妹，你说我占你便宜，那么现在我给你吻还，这终可算是公平交易了。"

香莲见他把嘴真的又要凑到自己唇上来，一面忍不住哧哧地笑，一面伸出纤掌就向他嘴上扑去。雨海猛可闻到一阵细细幽香，真令人心神陶醉，不禁荡漾了一下，伸手去捉她的纤手。香莲咯咯一笑，便转身站起，逃到玻璃三门橱面前去了。还回过头来，她瞟一眼，抿着嘴儿笑。雨海瞧她这样倾人的情景，真是愈瞧愈爱，不禁呆呆地怔住了。香莲见他目不转睛地只管盯住自己，倒也被他瞧得难为情起来，便向他搭讪着问道：

"海哥，你的表哥叫作什么名儿？他怎的没有和你同来呀？"

"他的名字叫迪民，你记念他吗？我给你去喊他来，好吗？"

香莲问这句话原是无心，今听雨海这样说，倒把她脸儿涨得血红，骤然地奔到他面前，伸手向他一扬，做个要打的姿势，含嗔道：

"好呀！你还说这话！你有意地挖苦我……"

香莲说到这里，不知怎样，心中一酸，眼泪不禁夺眶而出，慌忙把身子又背了过去。

第三回　情长快睹双鲤跃

雨海原是和香莲说着玩话，谁知倒又引起了她的伤心。这就暗想，这孩子也可谓痴心极了，因此心坎里也就更映上了她的一个情影，是永远不可磨灭了。见她背转身去，暗暗地垂泪，便忙站起，拍着她的肩胛儿，低低道：

"妹妹，我原是和你说着玩……"

雨海说到这里，香莲猛可地回过身子，柳眉低蹙，娇靥含嗔，道：

"说着玩？什么话都可以说着玩，这个事也由你瞎说着？我原是不要脸的朝三暮四的女人，你别念我好了，别叫我引坏了你！"

香莲既说出了这些话，心中倒又懊悔起来。明眸里含了无限柔情而又无限哀怨的目光，凝视了他一回，那晶莹莹眼泪早又扑簌簌地沾满了粉颊。雨海被她说得哑口无言，细细想来，终是自己不好，便把她手儿拉来，凄然道：

"我来了还没有一个钟点，倒引得妹妹淌了许多泪，这叫我良心上也说不过去。妹妹，我认错了，你千万别难受，我以后再不敢说这些话了。"

雨海的话音有些儿哽咽，香莲听他说得这么凄婉可怜，自己也不明白心中到底是伤心，还是喜悦。那泪水却无论如何忍不住，便索性让它痛痛快快地淌下来。雨海把她身子拥到怀里，亲自给她用

28

绢帕拭了泪，附耳对她微笑道：

"妹妹，你再伤心，我可要呵你痒了。"

雨海把手向自己嘴里呵了一口气，要伸到她胁窝下去咯吱，慌得香莲缩作一团，连连告饶道：

"好哥哥！你快别胡闹，我不伤心是了。"

"我不信，快给我瞧瞧，你的脸上可还有泪痕吗？"

香莲听了，慌忙把两手在自己脸颊上揉擦了一下，抬起头来，向他怔怔地望。雨海把她脸儿捧着瞧了一回，唔唔响了两声，笑道：

"眼泪倒是被你擦干净了，但是你心中还气恨我吗？"

"我为什么要恨你？你倒告诉给我听听。"

"你既然不恨我，为什么要骂我？为什么要哭？"

香莲听了这话，红晕着脸颊，轻轻叹了一口气，低头不语。雨海追着问她，香莲纤手玩弄着绢帕，低低说道：

"我并没骂你。我哭，原哭自己命苦，你又多什么心？"

"我终信不过你，假使你真的不恨我，那么你就对我笑一笑吧。"

香莲低头不响，雨海把手抬着她下巴，一定叫她笑。香莲没法，只得很妩媚地向他嫣然笑了。雨海见她笑了，这才放心，悄悄抚着她手道：

"莲妹，我告诉你吧，使我们俩人有今日这样亲热的一天，实在是我表哥的成全，我一个人是无论如何不会到这儿来的。不到这儿来，也绝不会和你认识。你想，这也不是个巧事吗？"

"巧事倒是巧事，但你的心中以为这巧事，对于你是喜悦呢，还是忧愁呢？"

香莲望着他憨憨地笑。雨海觉得这话和笑不免带着有些儿意思，便假装个不知道。

"这个我倒不知道，妹妹代我猜想，到底我心里是喜悦，还是忧愁？"

香莲见他刁得厉害，便瞟他一眼，噗地笑道：

"你真不是个好人！"

"你是好，就不该说出这话来问我。"雨海也笑着回答。

香莲默默无言，亦自觉不该，便抬起头来，依靠在他肩上笑道：

"可不是？那天我和你分手，夜里表哥到报馆来找我，和我谈了许多关于你的事情。"

"他怎样说我啦？"

"他说你的人非常好，叫我不要辜负你一片深情。"雨海握着她的柔荑，望着她，笑嘻嘻地说。

香莲哧地一笑，红着脸儿，摇头不信道：

"你编谎骗我！你表哥被人打电话有事喊去了，夜里他哪里有空再到你这儿来谈这些无关紧要的事吗？"

"他喊去原没有什么大事，因为船里一个同事私带鸦片烟，被海关人员检查出了。子卿怕闹出事来，所以来电话急急把他喊去，因为他和海关人员都认识，就把烟土充了公，对于其他一切，也就马马虎虎过去了。那天夜里，他真的来我报馆谈了许多话，我原没有骗你。"

"真的就是真的！那么，他到底说我些什么话？你告诉我吧！"

"反正他没有说你坏话，你一定要知道它做什么？再说，我也忘记了。总之，他叫我永远地爱你！"

雨海说到这里，香莲瞟他一眼，红着双颊，噗地笑了。一会儿摇着他肩儿道：

"我还有些儿不相信，你倒把他打电话去喊来，让我问他一个明白。"

"信不信由你！你若要我打电话去喊他，这个事却难了；因为他的船已在昨天开往上海去了。"

香莲听了这话，不像是编的谎，一时心中倒也着实感激迪民，因为迪民当初曾说把雨海介绍给我，想来这话是不虚了。心里一快乐，颊上的笑窝就会深深地现出来。雨海见她这个欣喜的神情，也可见她内心是十分高兴了。因此，握着她纤纤玉手，默默地凝望着她出神。香莲笑了，雨海也笑了。

太阳已整个地向大地行了告别礼，暮色已降临了人间，眉毛儿样的半个明月已从紫褐色的浮云堆里钻了出来。她好像是个十六七岁的处女，万分娇羞地掩掩遮遮的样儿，突吐出一缕缕清辉的光芒，照射进室中雪白的粉墙上，反映出房中摆着两盆西洋草本的大花朵瓣儿，清清楚楚的黑影子在墙上显出来。因为是被风吹动的缘故，那花朵儿的黑影也不停地摇摆，倒添了不少的清趣。雨海这才意识到天色已夜了，因站起来，道：

"我走了，妹妹！"

"你在我房中吃些儿好不好？反正你晚上又不去办公了。"

"妹妹的盛情，我心领是了。上次我已觉很不好意思，万一你娘有了话，对于你也很不方便。几时我约几个朋友来请一次客，对你娘有了一些交情，当然比较熟悉些儿了。"

香莲听他的话原也不错，遂轻轻把他衣袖一扯，很诚恳地道：

"这个也可不必，这种无为的钱花了也没意思。那么，你不用天天来了，三五天来一次吧，反正我们可以通信。哥哥，你别误会，我们往后的日子正长……"

说到这里，已是不胜羞涩，低下了头，默默无语。雨海听了十分感激，握了她手，摇撼了一阵，点头道：

"我理会得，我一定听从妹妹的话。"

雨海说着，脱了她手，身子已出了卧房。香莲却又急急地赶出来，雨海连忙停步，回过身子。香莲冷不防他会转身过来，一时倒怔住了。雨海不知怎样一个感觉，伸手捧过香莲的脸蛋儿，甜甜蜜蜜地接了一个长吻。良久，分开了唇儿，香莲嫣然一笑，向他连连挥手，便翻转身子，逃进她的卧房里去。雨海笑了笑，方始匆匆地回他的寓所里去了。

香莲到了卧房，扭亮电灯，猛可想起一件事，连忙到梳妆台旁边，在抽屉里取出二元钞票，放在桌上。一会儿，老妈子来喊媚小姐吃饭，香莲因叫老妈子把这二元钱拿到阿陈姐那里去，自己方到饭厅里和众姊妹去吃饭了。

这是一个小巧的房间，电灯开得很亮，桌上摆着四只下酒的菜和一大盆水饺子。桌旁对坐着两个西服少年，各执着一把酒壶，低着头，似乎都在沉吟的样子。一个用筷子挟着一粒油炸花生儿，放在嘴上细细地咀嚼，望着对过那个脸色很黑的少年，微笑道：

"侠魂，你到了上海，该写信来通知个地点，将来假使我们有机会到上海的话，也可以来拜访你。"

"雨海，这个当然，那还用说得。这次我到上海，原是打开一条血路，去发展一下，能有机会，我自然来信也叫你一同到上海。我知道你对目前环境也并不十分满意吧。"

原来这两个少年，一个叫汪侠魂，一个就是甘雨海。两人自小同窗，直到同时毕业出来，感情非常相投。为了两人境况相类，彼此自然愈加惺惺相怜，和同胞手足一样的知己。侠魂素有抱负，惜郁郁不得志，遂决计远游上海。雨海因他在津门毫无出路，当然竭口赞成。是夜，便在馆子里与他饯行。常时雨海听侠魂的话，不停地点头道：

"所以我希望你此去，便即踏上成功之路。我很愿意追随你的左右，共同来奋斗一下子。"

32

侠魂听了这话，脸上浮着笑，把桌上一杯酒就向着口里直倒，同时伸出手来，和雨海一握，很兴奋地笑道：

"你这话不错，我们既存了这条心，将来终有达到愿望的一天。来！来！我们应得痛饮三杯。雨海，我们同窗了十年，在学校里预定的计划是很好的吧。但是，出了校门，一切计划失败了。不过，我对于社会、人生以及其他，开始有了相当的认识。甜蜜的理想之梦是打得粉粹了。不过，经验告诉你，你得奋斗，奋斗才有光明的大道。雨海，我们虽然暂时离别，这原没有什么关系，我希望终有那么的一天，我和你能站在同一的战场上，穿起武装，来一个痛快的，这才显我们的扬眉吐气哩！"

雨海觉得这话很痛快，便哈哈地笑了一阵，和侠魂连饮了三杯。侠魂停杯不饮。雨海欲喊侍者添酒，侠魂连忙阻止，说道：

"我们今天到这儿，且主题并非是喝酒，所以我们不必过量。再说，时间也不早了，我们吃饺子吧！"

雨海听他这样说，也就只得罢了。这一餐，两人认为吃得很痛快，不过在痛快之中，不免带有些儿感慨。

海风是一阵阵地吹，水波冲着岸头，发出答喋的音调。这音调多少带有些儿哀怨的成分，送进多愁善感人的耳中，当然免不了觉得有些凄凉。雨海握着侠魂的手儿，在一声珍重道别中，两人便分手了。

雨海黯然销魂地回到寓所，推进室门，扭亮了电灯，把呢帽向床上一丢，懒洋洋地在一张写字台的旁边坐下，两手抓着头发，心里有阵说不出的感触。

"甘少爷，刚才邮差送来一封信，这大概是你的吧。"

雨海回头一瞧，原来是楼下二房东的仆人，手中递着一封信。便连忙接过来一瞧，正是自己的，慌忙道了一声谢。仆人便即退出室去。雨海打量信封上的字迹，写得非常嫩弱，但已经非常小心，完全是一个个的正楷。寄信人的具名却并没有写出。雨海心中好生奇怪，这信是哪个寄给我的呢？遂忙把它启开，抽出信笺。只见有三张雪白的冰琅笺纸，似乎还闻到了一阵细微的幽香从信笺上散发出来。雨海这就猛可地理会过来，心中不免荡漾了一下，脸颊上浮现了笑容。急忙将信笺展开，细细地瞧道：

雨海——我的哥哥：

不知你允许我这样的称呼吗？你叫我和你常常地通信，我听从你的话，现在写信来给你。不过，我写得不好，而且写也不知写些什么才好。这真是难了，费了许多的功夫，方写成现在这一封不成样儿的信，请你千万不要见笑。因为我自从出世到现在，和人家通信，实在还只有破题儿第一遭。

这是一个静悄悄的夜嘛，他们全都睡熟了。我坐在灯下的桌旁，握着一支钢笔，只是痴痴地呆想。我的一颗心是跳跃得厉害，同时我全身每个的细胞都觉紧张。大概因为血液流动得快速，所以两颊就一阵一阵地怪热臊起来。我心里实在有许多话要向你说，只觉得要说的话都塞在喉咙口；但是，结果却一句也没有写出来。这到底是为了什么缘故？我心中直到现在，却始终还不明白其所以然。

我赌着气，停笔不写了，移步歪倒床上去躺一回；但一合眼，好像就见你英俊的脸蛋儿显在我的面前。于是含着笑容，明眸凝视着我，似乎在问我说："你干吗懒在床上不写信给我？"我有了这么一个感觉，于是我立刻又从床上跳起，抱着大无畏的精神，不怕一切的疑难，鼓着勇气，

34

不顾写得怎样的不通，我终于又握笔写了。

谈谈过去的事吧！记得第一次我们碰见的时候，你表哥说你像女孩儿家，动没动就脸红，好像是我的姊姊。不料，现在我们竟已兄妹称呼了；但我倒情愿你给我个姊姊，不知你愿不愿意？我晓得你瞧到这里，一定要骂我是个淘气精了。

三天不见哥哥来，真叫我望穿了秋水，我心中是多么的着急和记挂呀！我以为你嘴里说得好，心里也许早已忘记我这个薄命人了；因为像我们这种地方，在你们原是走马看花。这好像是花园里，种着许多各样不同的花朵，游客们赏览过了，哪里还有留恋的价值呢？但是，我错怪你了，我觉得非常的对不起你；因为我凭窗正在凝望那飞舞的柳絮，切切怀恋着哥哥的当儿，你却早已在我的身后了。我当时心中这一喜欢，就无怪使我要淌下泪来。

这晚在你临走的时候，我追出房来，原想是和你说几句话儿。不料，你骤然回过身子就伸手抱着我。这么的一来，我哪里防得到呢？这事我现在想起来，也真觉得难为情啊！

你如果没有空，还是少来的好；但你不要生气，并不是我不要你来。这你应该要原谅我对你的一片苦衷才好。

话是说得许多了，不过词句方面浅陋得很！最好请你还要教教我。海哥，再会！

祝你安好！

你的香莲手上
四月十八日夜

35

雨海瞧完了这封信，忍不住扑哧一声笑起来。心中暗想，这孩子这有趣，竟写了这么长的一封信，真也亏她。她说写信还是初次，不过已经是写得十分流利，她的聪敏是可想而知了。她说写信的时候，心儿会跳跃不停，脸儿会热辣辣地发臊，凭她这两句话，就把她真个处女含羞的心理形容得丝毫无遗了。

雨海这样呆呆地想着，脑海里就映出了香莲可爱的脸庞。柳眉含颦，秋波盈盈，笑窝生春：真是美无可美！这种女子就真可惜，要如果给她好好上学堂里去念了几年书，那准是了不得呢！她既然认我是她唯一的知心人，完全赤裸裸地恋着我。这一缕情丝，倒真叫我无法可以摆脱了。但我在这报馆里，所得的酬劳是有限的，维持个人生活尚称困难，哪里来这一笔意外的款子去赎她的身呢？想到这里，无限忧愁陡上心头。呆呆地对灯出了一会子神，不觉深深地叹了一口气，觉得这也是个怪事。我自知情感浓于理智，所以不愿到这种地方去寻芳，偏表哥死活地拉我同去。天下事愈要避免，却愈会被人缠绕。这话真是不错的，不然香莲这孩子不去恋表哥，却偏偏缠住我呢？一时无限感触，不知将来的结果是个欢悦，还是个苦痛。这哪里能意料得到？但这种地方，原是个金银世界——没有金银，休想进来。

唉！这我不是去自寻烦恼吗？想到这里，觉得自己实在不应该去恋一个妓女，因为自己没有充分的财力，那未免自不量力。也许这样下去，对于前途有了相当的阻碍。我得及早地回头，不然，定要发生人世间的惨剧。

雨海心中虽然是这样想，但他两手拿着这几张纸，只管一遍一遍地读。读到"你们原是走马看花……"再读到"伸手抱着我就这么一来……"同时，他的眼前又显出香莲带雨海棠的脸庞、柔情蜜意的神态、委婉可怜的说话。这叫雨海又怎能忍心抛弃她呢？忍不住长叹一声，颓然地伏在桌上，觉得香莲这孩子实在是个可人儿，我绝不能辜负她待我的一片深情。我更不能半途地抛弃她，而重伤了她的心。我始终地爱护她，直到万不得已的时候。不过，在我俩恋爱还未到绝望之前，我终不放弃爱她。雨海突然地决定了这个主意，他不再考虑其他一切的问题。本来他预备脱衣睡觉了，但他内心激起了一阵兴奋，把信纸藏在怀内，戴上呢帽，竟匆匆到兰香院里去找香莲去了。

已是九点多钟的时光了，香莲万万想不到雨海却会到来，一时倒呆住了。良久，方给他脱了呢帽，在衣钩上挂好，问他道：

"你怎么这时候会来呀？"

雨海见她神情，好像她对于自己的到来却反使她不高兴的模样，不觉眨了眨眼睛，也呆呆地怔住了。过了好一会儿，脸上浮着笑意，低声道：

"我想着你了，我就来了。你倘使以为我来得突兀，那么我就走了。"

雨海说着，便伸手要去取呢帽，预备返身要走的样子。香莲又好气又好笑，伸手将他一把拖来，指着他笑道：

"你这人真有趣极了！既然来了，何必急急就走，那么你来也不用来了。"

"因为我见你好像十分不高兴的样子，我急怕了。"

"我并不是不高兴。我说你没有事儿，可以不必常来。但'既来之，则安之'。"

香莲瞟他一眼，就拉着他在沙发上坐下。两人呆呆地望了一回，香莲哧地笑道：

"我问你，你把我的信可有接到了没有？"

"你的信我是接到了，而且还带了来。妹妹，你好呀！"

雨海一面说，一面已从袋内摸出那封信。香莲摇撼着他的手儿，急道：

"我好什么呀？这信写得不好吗？"

"信是写得再好也没有了，不过你不该说我是个女孩儿家呀。你几时瞧见我曾红过脸，你说我这样害羞吗？那我可不服气。"

雨海说着，把香莲身子拥到怀里，低头在她颈子上吻个不停，笑道：

"你瞧到底谁要脸红，谁要害羞呀？"

香莲怕肉痒，一面咯咯地笑，一面连连求饶道：

"好哥哥，你快别闹了！我原是和你开玩笑，你认什么真呢？快放手吧！我和你说正经的话。"

雨海只得放了手，香莲慌忙移开了身子，秋波瞟了他一眼，掩着脸儿，忍不住又哧哧地笑起来。雨海见她颊儿白是白，红是红，真好像出水芙蓉，妩媚也妩媚到了极点，娇艳也娇艳到了极点。情不自禁把她手儿又拉过来，道：

"妹妹，你真美丽极了！我问你一句话，你既然情愿我做你姊姊，那么后面这里'三日不见哥哥来'，这到底又在说哪个呀？还有'我抱着你这么一来'究竟是怎个样子一来呢？你真说得好不明白。这两个问题请你答复我吧。"

雨海凝视着她憨憨地笑，这笑显见有些儿不可思议的神秘。香莲的脸颊更加红晕了，她如嗔非嗔地白了他一眼，从沙发上站起，一面笑，一面道：

"我的好姊姊，你别缠人了！"

说到这里，已是笑得透不过气。坐在床边，伏在梳妆台上，只是耸着肩儿，可见她是笑得十分有劲。雨海也跟着站起，到她身旁，摇着她肩儿笑道：

"你可真叫我姊姊？"

"我说你真有些儿像我姊姊，姊姊和哥哥不是一样吗？"

香莲抬起头来，眸珠滴溜圆地一转，又顽皮地味味地笑。雨海在他旁边坐下，假意把脸儿一红，嗫嚅着道：

"妹妹，我老实告诉你吧，我是真的有一个女人身体呀。"

香莲猛可听了这话，顿时大吃一惊，立刻伸手捧着他脸儿，细细地打量一回，沉着粉脸，好像非常失望地问道：

"你这话可真？你这话可真？"

雨海见她吓急的脸儿已变了色，心中有趣，还是嬉皮笑脸地道：

"你不信，快拿件旗袍来我换吧！"

香莲见他不像开玩笑，一时眼皮儿也红起来，心里真有说不出的滋味。伸手把他一推，但忽然不知有了怎样一个感觉，立刻伸手摸到他的胸前去，却是一片平原，不要说没有高峰，连土堆都没有。顿时忍不住又笑起来，道：

"你骗我！你骗我！你快把衣服脱下来给我检查。"

雨海见她脸儿渐渐又红润了，想起她这份焦急和失望的神情，真是又有趣又滑稽，这就忍不住大笑起来。香莲见他这样和自己开玩笑，心里又羞又很恨，一时无限辛酸，倒在床上，竟是泣了。这把雨海倒着了慌，也在她并头躺下。见她把手掩着脸儿不肯放，便一定给她拉下了，亲自给她拭泪，赔罪笑道：

"原是说着玩玩，你伤心什么呢？"

香莲不语，只管淌泪。雨海偎过脸去，亲她颊儿，扑味笑道：

"我真不明白你为什么要哭，姊姊和哥哥不是一样的吗？"

雨海问出这句话来，香莲猛可想起自己也这样问过他，顿时更难为情得了不得，被他问得无语可答。纤指恨恨地向他额上一点，忍不住嫣然露齿笑了。雨海见她挂着眼泪就会笑，觉得这一笑，真是倾国倾城、艳无可比，便又咯咯笑道：

"我问你以后还要把我当作你的姊姊吗？"

香莲听了，愈觉不好意思，立刻把脸儿转了过去。雨海叫她回过头来，她一定不肯。雨海虽然不见她在做什么，不过肯定她一定是在笑，因为她的身子却是微微地颤动着。雨海索性扳过她的身子，笑叫道：

"妹妹，你永远不见我了吗？再说，我到来这许多时候，你还没给我喝杯茶呢！"

"偏是我们该倒茶给你喝，你不能倒茶给我喝吗？我也在渴着呢！"

香莲回过头来，秋波白着他，故意噘着小嘴儿，含着了娇嗔。雨海听了这话，噗地一笑，立刻跳下床来，真的把梳妆台上的热水瓶拿来，给她倒了一杯的开水，双手捧到香莲面前，叫着道：

"梅小姐，请用茶！那你终可以不生气了！"

香莲见他真的会做出这个情态，直把她乐得心花儿都开了，忍不住脸上浮出笑意来，但却依然紧绷着小脸儿，啐他一口道：

"这样热气腾腾的，你可要把我烫死了。"

"啧！啧！梅小姐责备得是，我给你再加了茶汁是了。"

香莲想不到他有这样好耐心儿，一时心里倒又疼起来，把雨海手儿一拉，雨海把杯子放在桌子上，因为被她拉得好有劲些儿，站不住脚，身子竟直倒向香莲的怀中来。雨海的脸儿齐巧贴在她的颊上，这是一个绝好的机会，岂肯放过，就把脸儿略为一偏，正成个嘴对嘴，只听噗的一声，雨海早已咯咯地大笑起来。香莲觉得这样自己太吃亏了，哼着不依他。雨海一面求饶，一面又笑道：

"谁叫你把我拖得这样有力，这是妹妹自己造成的机会，又不是我故意这样的啊！"

"好呀！你占了我便宜，还是现成话，我不撕你嘴。"

香莲把纤手真的去拧雨海的脸颊儿。雨海却把手去呵她的痒。香莲闹他不过，把身子缩成一团，急得几乎要哭了。雨海慌忙又柔情蜜语地告饶，香莲这才不禁嫣然地笑了。

两人自从那夜缠绵了后，各人的心坎里更有了一个不可磨灭的影像。雨海非香莲不娶，香莲非雨海不嫁。虽然不是同年同月同日生，却愿同年同月同日死。光阴和他们的情感一样，增加得快。春天随着凋谢的花瓣儿逝去了，夏之神已降临了整个的人间。

这是一个暮色笼罩下的黄昏时候，香莲兰汤浴罢，坐在窗口纳凉。鸨儿阿陈姐已被隔壁叫去玩雀战，小姊妹又都出堂差去。香莲独坐无聊，便低低地唱着《玉堂春》解闷。唱到"这堂官司未动刑"时，那以下的词句是非常委婉，板眼原是二六，其音韵低而颤，令人听了，大有凄然泪下之景。不料正在这时，忽见房门外走进一个少年，脸色颇觉慌张，正是雨海。香莲连忙笑脸相迎，雨海却突然叫道：

"妹妹，你倒好逍遥自在，我从此是要和你分离了……"

"噢！这……"

第四回　载得西施香海浮

　　雨海这几天在报馆里办事，每日所得的消息颇觉恶劣。报馆同人亦不免人心惶惶。这日早晨，又接到侠魂从上海寄来的信，雨海连忙匆匆拆开来瞧道：

雨海哥哥如握：

　　自春间轮埠一别，忽又芰荷张盛，碧莲吐蕊。韶光匆匆，盍胜感叹！抵春江后，起居平安，请勿锦注。值此遥遥长昼，回忆昔日与哥聚首津门，剪烛西窗，促膝谈心，快也何如！今则蛰居斗室，触目尘俗。人羡都市繁华，我嫌空气恶浊。中心感慨，怅也如何！刻弟与友人同创小型《新生日刊》，虽不能人手一纸，却也颇受社会欢迎。日来华北事件扩大，渐趋恶化，大局危如累卵。津门一九之地，恐亦非是乐土。哥如有意来沪，同事苦干，即请整装南下。相见在即，余俟面罄。专颂

　　撰安！

弟汪侠魂拜书
七月五日

雨海一口气念完了这封信，心里发生了两个问题，照时局方面看来，理应暂往上海去活动；心里又怎么能丢下香莲呢？这事就真左右为难了。雨海心中既有了这样委决不下的两个问题，因此不但做事没有头绪，连吃饭都没有心思。只是伏在案桌上呆呆地细忖。最后，他为了自己的前途计，便毅然地决定，预备到上海去了。

当！当！敲五点钟了，雨海写好一封辞职信交给茶役，说夜里总主笔到来，送给他好了。雨海戴上草帽，便匆匆地出了报馆。在马路上又战力一回，心想，我既然明天就要动身，这是若不去和香莲作别，恐怕是没有时候了。因跳上一辆人力车，叫他急急拉到兰香院里去。

雨海走到楼上，就听香莲一阵婉转悦耳的唱戏声哀怨悱恻，送进在雨海的耳中，倍觉凄凉。一时竟在房门口站住，呆呆地出神。直听到香莲唱到"花谢时怎不见蜜蜂儿……行"，成了尾声。方才走进房中，向香莲劈头就说这一句话。当时香莲骤听雨海说出这话，顿时大吃一惊，花容失色，抢步上前，紧握了他手，急问道：

"你这是打从哪儿说起，到底是为了什么事啦？"

雨海见她急得几乎要哭的样子，心中也是不忍。便拉她到窗边站住，低低地说道：

"妹妹，你别急！因为华北事件颇形紧张。上海我有个朋友叫我南下，一同办刊，所以，我万不得已，只得和你来作别了。"

香莲听了这话，心头别别乱跳，眼皮儿一红，眼泪真的夺眶而出，淌满了粉颊，凄然道：

"哥哥这样一走，难道忍心抛下妹妹吗？"

香莲泪眼凝视雨海，好像小鸟将要失去慈母一样的可怜。雨海心中一酸，忍不住叹了一声，抚着她手儿道：

"我为这件事也考虑了一天。我想只要我们此心不变，虽然暂时分离，往后终有团聚的一日。"

"不过你要明白妹妹的环境，你若今日走了，恐怕妹妹终是有死无生了。唉！哥哥！你真难道忍心瞧我死吗？"

雨海听了这话，伤心极了，眼泪也忍不住滚滚地掉下来，摇头道：

"我本来不能够相恋妹妹，但彼此情感太浓厚了，毫不思索地竟种下了爱苗。其实，即使我不离开妹妹，环境也不允许我们有月圆的一天啊！唉！我心中有两个恨，第一恨的是我没有多金，第二恨的是为什么不和妹妹早相识……"

香莲不等他说完，就伸手直扑到他的身上去，呜咽泣道：

"这样说来，哥哥是存心不要我了？"

雨海偎着她脸颊儿，手儿抚着她的头发，心中具有说不出的痛苦和伤心，长叹了一声，不觉泪如雨下。香莲抽抽噎噎地哭了一回，推开他的身子，望着他的脸蛋儿，明眸中含着无限哀怨的目光，泪水像泉涌。好一会儿，方恳切地道：

"我知道你的苦衷，我不怪你的无情，我只怨环境压迫得我们太厉害了。但是，我早对你说过，我的一颗心是早已交给了你，此后死活终是你的人。若她们逼迫我嫁人，我只有一死，以报答你的恩情。我虽然是个不齿的女子，但也颇晓大义。我绝不愿你为了我，而连累了你光明的前程，束缚了你伟大的抱负。哥哥，你别留恋着我，你去吧！待哥哥有了扬眉吐气的一日，妹妹的灵魂自会投入你的梦中，来向你道贺，向你叙一叙往日的衷肠……"

香莲说到这里，喉间早已说不下，泪像断线似的珍珠一般落了下来，立刻别转身子，以手掩脸。雨海听了这一篇惨绝而多情的话，不禁回肠寸断，片片心碎。凝望着她的背影，是不停地颤动着，可见她是伤心得十分的程度。一时怎能忍心毅然就走，呆呆地怔着，两人默默地淌泪。香莲听不见雨海有什么声音，便又慢慢地回过身子，偷瞟了他一眼，却见他呆若木鸡地出神。脸上好像成个泪人儿的模样，心中也明白他是非常的悲痛；但这样是各人能够增加自己的伤心，倒不如不见了来得干净，遂把心肠一硬，向他挥了挥手，柔和地说道：

"哥哥，我的话统统已告诉了你，你放心了吧！好好地回去整理行装，心中不要伤心，也不要慌张，免得做事都没了头绪。妹妹祝你鹏程万里、前途无量。那我虽死，亦瞑目了。"

说到这里，芳心一阵剧痛，几乎晕厥过去。因竭力镇静了态度，勉强对他微微笑了一笑。雨海见她这种情态，不禁哭出声来，骤然奔到她的身旁，紧紧抱住了她的脸儿，颤抖地吻到她的唇上，接了一个辛酸的长吻。良久，香莲把他轻轻推开，无限羞涩终含着无限的哀怨，向他又挥手道：

"你去吧！"

雨海呆了一回，长叹了一声，便下了一个决心，回身匆匆出房去了。香莲待他走后，便倒向床上，呜呜咽咽地哭起来。不料，正在这时，只见雨海匆匆又走进房来。香莲连忙翻身坐起，拭了眼泪，急急问道：

"咦？怎么你又回来了？不打算去了吗？"

雨海摇了摇头，坐到床边，淌下泪来，道：

"不！我心中实在舍不得妹妹！"

"你要为你的前途计算，你别顾我，我不是催你走，但你还是快快离开这儿好，因为你多在一刻，你徒使我心中多痛苦一刻。哥哥，你快走吧！"

香莲见他复又进来，心中虽然最好希望他不去了，但自己良心有了责备。他原是个前进的少年，我岂能阻碍他的前程？因此，她便毅然地又催他走了。雨海见她只管叫自己快走，不要待我走后，她真的寻了短见，这怎么好呢？一时便愈加不肯立刻就走了。要想找些话来安慰她，但自己偏偏又说不出一句话来。心头的焦急，真像热锅上的蚂蚁一样。两人默默相对一回，香莲见天色将晚，便又催他走了。雨海心中一急，这真应着了"情急智生"的一句话，便凑过嘴去，附耳向她低声问道：

"妹妹，你娘在不在家？"

"她出去玩雀牌了，你问她什么？"

"妹妹，你有胆量和我一块儿走吗？"

雨海四周瞧了瞧，严肃地低低说了这句话。香莲猛可地听他想出这个办法，心中别别一跳，身子便不自然地会抖了两抖。眼前是显出了两条路，一条是广阔的光明大道，但两旁却有汹涌的波涛；一条是黑暗的歧路，里面散着一个个的骷髅。她眸珠一转，鼓足了勇气，下了一个大不了的决心，从床上跳下来，毅然地叫道：

"哥哥，我决定跟你走！"

雨海听见她竟大声地喊出来，可见她心中是十分的兴奋，倒反而大吃一惊，连忙把手将她嘴儿扪住，低声笑道：

"妹妹，你可糊涂了，岂能给你这样大喊吗？这儿是什么地方？"

"一个打牌去，其余都出堂差去了，还怕什么？哥哥，这真是天赐我重睹天日了，怎的我竟会一些儿想不到呢？哥哥，那么说走就走，我不拿一些儿东西，光着身子进，光着身子出，那不是很爽快吗？"

香莲眉儿一扬，滴溜圆的眸珠在长睫毛里一转，挂着眼泪，那颊上的笑窝就深深地印出来。两手理了理衣服，俏脚儿还跳了跳。雨海见她这样雀跃情形，若和方才相较，真是大不同了，也忍不住破涕笑道：

"那么妹妹快擦把脸吧！"

"不用！不用！我这样一擦就得了。"

香莲说着，把手背向眼睑上揉擦了一下，就向雨海嫣然一笑。雨海拉了她手，便蹑手蹑脚地走下楼去，却是一路无人阻挡，原是两个老妈子乘着没事，正在洗澡，相帮趁阿陈姐去打牌，他却躲在厨下喝他的黄汤。因此，成全了雨海和香莲，竟鬼不知神不觉地就悄悄地逃出了兰香院。

雨海拉了香莲急急奔了一截路，香莲深深地吐了一口气，道：

"哥哥，慢些儿吧！我真累死了！"

"妹妹，你不用急，前面有人力车来了。"

雨海说着，向人力车夫把手一招。车夫见有生意，立刻奔上来两辆。雨海香莲急急跳上，吩咐他拉到雨海的寓所里去。车到寓所时候已经是万家灯火了。

雨海把衣箱打开，把所有衣服统统取出。香莲帮着他理了一只皮箱、一只挈匣。各人心中都是跳跃得厉害，这样手忙脚乱地整理舒齐，时候已经八点敲过。两人在床边休息了一会儿，香莲道：

"不知怎的我的心竟跳得这样厉害，不要我们的事已被阿陈姐发觉了吗？"

雨海听了，把自己胸口直贴到她的胸前，含笑道：

"我的心不是也跳得同样的厉害吗？这就无怪了。妹妹，我们这时候就上船吧！你放心，不用害怕的。"

香莲和雨海两人胸口一贴，果然竟觉得各人的心儿是上下地乱跳。香莲噗地一笑，雨海拉她手儿站起来，道：

"妹妹，那么我们走吧！你给我提挈匣，我自己拿皮箱。"

"吓！你把这些房中用具都抛弃了吗？"

"那么难道叫我统统带去不成？你别说孩子话了，快些儿我们走吧！"

雨海说着，提着皮箱，一手拉着香莲，两人匆匆走下楼去，坐车到轮埠。迎面就见陶子卿走出来，一见雨海、香莲，便咦了一声，叫道：

"甘少爷，怎么你动身到上海去了吗？还有这位不就是媚香楼小姐？"

香莲一听这个陌生男子竟直呼出自己的名儿来，她原是虚心，吓得倒退两步。雨海连忙扶住她，道：

"你别害怕，这就是第一次陪我们到兰香院去的陶子卿。"

香莲这才放心，子卿早已把两人皮箱、挈匣取过。雨海道：

"你少爷可曾上岸去？快叫他出来吧！"

雨海还未说完，就见房舱里走出一个身穿白色制服的少年，虽在灯光依稀之下，也认得出正是迪民。迪民见了两人，也好生惊讶。雨海道：

"这事说来话长，我们且先进房舱里去安放好了行李再说。清洁些房间可还有空吗？"

子卿拿皮箱在前，听雨海这样说，不等迪民回答，就抢着道：

"有！有！你们跟着我来好了。"

于是，三人跟着子卿到一个房间，里面铺着对面两只床，被褥都很清洁。雨海十分满意，回头叫香莲坐下休息一会儿。子卿倒上三杯茶来，雨海道了一声谢。迪民见两人忽然一同动身到上海去，心中已料着七分，便问道：

"表弟和媚小姐大概还不曾用过饭吧？"

雨海、香莲被他一提，果然觉得肚里有些饿，因点头笑道：

"正在唱'空城计'。"

迪民便叫子卿到厨下去做两客大菜。雨海把侠魂的信取出，交给迪民瞧了一遍，并附耳低低地把香莲不忍和我分离，情愿一同出走的话告诉一遍。迪民点了点头，暗想，果然不出我所料。便向香莲望了一眼，笑道：

"莲小姐，我们好久不见了吧！你还认识我吗？"

香莲红晕着脸儿，掀着酒窝，微含了笑意，频频地点了一下头。迪民本待取笑她几句，今见她这样不胜娇羞的意态，心中起来一阵怜惜，也就罢了，便自和雨海谈了些旁的事情。不多一会儿，大菜也一道一道送上，迪民陪两人吃了大菜，方才自取安睡。这里就只剩了雨海和香莲两人。雨海关上房门，手臂向上一伸，打了呵欠。香莲明眸凝视着他道：

"海哥想是疲乏了，早些儿睡吧。"

雨海听了这话，点了点头，噗地一笑。香莲被他一笑，顿时红云满颊，觉得他这笑不免含着些儿神秘，便瞅他一眼，似嗔非嗔地笑道：

"你笑什么？难道我叫你早些儿睡，是叫错了不成？"

"我几时说你叫错了？你又多什么心？妹妹，你现在心的跳跃可有好一些儿了吗？"

雨海坐在床沿边，望着她憨憨地笑。香莲把手按在自己的胸前，含笑道：

"此刻想是安定了，心跳倒好了许多。哥哥呢？"

"我吗？仍还跳得很厉害，不过和刚才跳的原因不同，好像有些……"

香莲不等他说完，就啐他一口，笑起来道：

"别胡说吧！你好睡了！"

"妹妹，你别性急，我立刻就睡好了。"

香莲听他仍是一味地淘气，便倒身到对面的床里，堵着气不睬他。雨海笑道：

"咦？妹妹，怎么不脱了衣服睡呀？"

"你先睡，我再睡。"香莲脸儿向着床里回答。

"妹妹这话好不奇怪，你睡你的，我睡我的，你怎么可以来管我先睡。我又并不是和你睡在一床上呀！"

雨海笑着说，香莲哼了一声，却仍不理他。雨海才脱衣睡到床上，向她叫道：

"妹妹，我已先睡了，那么你也睡吧！"

香莲方才一骨碌翻身坐起，见他真已睡好，便向他挥了挥手，意思叫他回转头去。雨海知道她当着自己面前，不肯把旗袍脱去，便也不再和她开玩笑，身子转了一个侧，闭眼假寐。谁知今天实在感到很疲乏，所以没有三分钟后，就真的呼呼睡熟了。

这一夜里，雨海和香莲睡得非常香甜。不料，兰香院里的众人被阿陈姐闹得一夜不安宁，一会儿骂老妈子，一会儿骂相帮，整个到天明。又叫众人分头去侦察，哪里晓得香莲被雨海带着，早已船儿驶到大海洋上去了。

船行四日，这天早晨，雨海香莲正在洗脸漱口，忽听呜呜的一声汽笛长鸣震破了四周的静寂。香莲问道：

"今天船到上海了吗？"

"不错！这时也许已进吴淞口。我们且先喝了牛奶，和妹妹一同到船顶上去瞧瞧黄浦江的景致好吗？"

香莲点头答应。两人匆匆喝毕牛奶，便携手登梯，走到船顶，两人靠着铁栏杆远眺江景。这时船已进口，行驶甚缓。江水微微动荡，波出一曲一曲的花纹，同时发出含有节拍答喋的音调。

香莲微昂起了头，望着那碧天如洗，蔚蓝一色；但其中也点缀着朵朵白云，大概是被阳光反映的缘故，那白云的四周好像围着一圈强有力的电光。这时天空中又翱翔着一只海鸥，香莲心中偶然有了感触，不禁深深地叹了一口气。雨海回过头来，伸手抚着她嫩藕似的臂膀，低声问道：

"妹妹，好好儿的为什么又叹气？"

"我抬头望着青天白日中的那只海鸟，它是多么的活泼自由，想着我自己，仗着哥哥的大力，终算也有这么的一天。"

雨海听她这样说，把她身儿扳过来，两手按着她的肩儿，柔和地望着她，笑道：

"那么妹妹应该快乐才对，怎么倒反而叹气呢？"

香莲走近一步，偎到他的身前，纤手摸着雨海西服上的一只徽章，默默的好像柔顺的羔羊一般。好一会儿，方才微抬螓首，明眸中含着一眶子晶莹的泪水，颊上却是掀着倾人的笑窝，轻轻地道：

"我的心里当然是非常的快乐和兴奋，但我自己也不明白到底是为了什么，觉得有阵感触，莫名的惆怅会陡上我的心头。"

香莲说到这里，她眼角边竟真的淌下一滴泪来。雨海知道她内心也许是喜欢过了度，便低了头去，用唇去吻她颊上的泪水，笑着安慰她道：

"不错！妹妹的感触多半是喜悦吧。你别想过去伤心的事了，你想想将来甜蜜的生活吧！"

香莲听雨海这样说，也不禁破涕嫣然笑了。虽然是夏天的阳光，但因为是在清晨，所以阳光并不热毒，还觉得有些儿暖和，晒在身上，倒感着了爽快和适意。两人一个郎情若水，一个妾意如绵，正在默默地温存。忽然听得一阵哈哈的笑声，这把两人都吃了一惊，连忙分开手，回过头去一看，原来不是别人，正是迪民。香莲羞得抬不起头来，迪民笑道：

"表弟和莲小姐在呼吸空气吗？"

雨海望着他憨憨地笑，香莲瞟他一眼，红晕着两颊，微笑道：

"沈少爷，你在军界服务呀！怎的服务到轮船上来了？"

迪民见她倒和自己开玩笑了，因连连摇手，笑道：

"对不起，恕我不能接受你这个称呼。莲小姐，我这个表弟介绍给你得不错吧！"

香莲向雨海瞟了一眼，扑哧地一笑，抿着嘴儿，连忙回过身去背着他们。迪民向雨海努嘴而笑。雨海插嘴道：

"表哥，你不肯接受她这个称呼，那么你怎么却叫她小姐呢？"

迪民听了雨海这么说，不禁哈哈地大笑，道：

"表弟，你这话有趣，我不称呼小姐，难道称呼表嫂不成？这未免太快了吧！"

雨海到此，也自知失言，不觉通红了脸儿，支支吾吾地对答不出。香莲略偏了颊儿，向雨海恨恨地白了一眼，怪他不该多嘴。雨海也只好装作没有看见，脸上浮着了得意的笑，向迪民搭讪道：

"你瞧这儿不是已到了杨树浦了吗？两岸都矗立着烟筒哩！"

"是的，不多一会儿就好平码头了。"

香莲听迪民这样回答，因为要竭力免去自己的羞涩，便也笑着道：

"现在太阳晒在身上怪热的，我们还是回到舱里去吧！"

迪民噗地一笑，向雨海去个眼色。雨海当然不好意思跟着进去，香莲这就更觉难为情了，便自管姗姗地下去。迪民拉着雨海笑道：

"表弟，我说这孩子不错，现在究竟如何？"

"这也奇怪，她竟会和我表示特别的好感，死活地一定要缠住我，我也真弄得没了法儿。"

迪民听雨海这样说，便把手连连拍着他的肩儿，望着他笑道：

"表弟，像你这一副标致的脸蛋儿，哪个女人见了不爱？这就不怪莲小姐了。这次你们机会很好，双双地同到上海，我希望你俩永远地相爱，踏上了人生的一个新阶段，那我也代你们喜欢哩！不过，你得明白，你俩的结合，月老无形中还是我呢！这个你自己知道……"

雨海听了，拉开了嘴儿只管哧哧地笑。不料，正在这时，忽然汽笛又呜呜响起来。两人回头望去，原来船已到外滩，外摆渡大铁桥已显在眼前了，两人遂各自走开。雨海到了舱内，见香莲已把一切整齐。她见雨海进来，便笑着嗔他道：

"哥哥，你这人真糊涂，倒叫你表哥说出这话来，真叫人难为情啊！"

雨海抿着嘴笑，正欲答话，忽听外面一阵人声喧哗，知道船已平码头了。

第五回　伴舞为郎心无奈

　　雨海和香莲踏上了第二巴黎的上海，只觉得一切的建筑物以及马路上的形形色色的人们，果然和天津市大不相同。因为是太热的缘故，华贵的女士们大半都穿着镂花的纱旗袍，两袖固然是齐肩，背部也整个地露着肉，脚下是裸足镂空的皮鞋，十个脚趾还涂着血一样的红。旗袍的开衩是相当的高，微风吹来，旗袍下摆就随风飘起，可以瞧见很肉感动人的两条大腿。雨海心中有了一阵感触，他不明白现在这个潮流究竟是文明，还是野蛮。

　　车到东方饭店，两人先开了一个房间暂时住下。雨海对着香莲叫道：

　　"妹妹，我到新生日刊社找朋友去，你怕热可以先洗一个澡。"

　　"哥哥，你早些儿回来，我一个人可有些儿怕哩！"

　　香莲拉着雨海的手娇媚地笑了。雨海听了，拍着她的肩道：

　　"你放心，我就回来的。下午我们还得找房子去。你怕，你把房门闭着得了。"

　　香莲频频笑着点头，送雨海到房门口。雨海走不到两步，只听砰的一声，回头瞧时，见她真的把房门关得紧紧了。雨海忍不住笑一笑，便匆匆地坐车到新生日刊社里去。

　　侠魂正在编辑室里办公，忽然间雨海到来，旧雨重逢，自然是万分欣喜。两人紧紧握了一阵手，半晌说不出一句话来。

"你今天才到上海吗？三月不见，你脸上的气色倒很不错！"

"真的吗？你的精神也不坏。环境好不好且别谈，只要人儿平安那已大幸了。"

两人哈哈地笑了一阵，侠魂就请雨海坐下，喊茶役送茶，自己亲手递过一支烟卷。雨海忙着道了谢，问这儿办事人员有多少。侠魂道：

"为了节俭起见，同事并不多，一共十一个人，大家和衷共济，通力合作，拿出精神来埋头苦干，所以成绩很觉优良。现在你来了，我就多了一个帮手，而且人数齐巧成了十二个，这真是再好也没有了。"

雨海听他这样说，两手搓了搓，喷了一口烟，微笑道：

"我的意思，假使这儿并不十分需要的话，我可以另外想办法。"

侠魂见他说出这话，倒发急了。雨海也自知说话太厉害了些，这就无话可答，只好笑了笑，认为自己是错了。侠魂喝了一口茶，诚恳地道：

"你这是哪儿话？是我叫你出来，哪能不给你留了位置？再说，这儿对于编辑室里正感缺乏人才，好容易我把你大驾请了出来，你说这话，那你也太不把我当作自己朋友了。"

"我和你也可以是知己了，办起事来就彼此有了照应。不过你的住处倒是一个问题，因为我们寓所里已住了四个朋友，若再加一个，恐怕是不能够了。"

"这个我自会想法，你可以不用替我担忧，这几天华北消息怎样。我是四天不曾看报了。"

"哦！在七日那天夜里，双方已激战了四次，这件事恐怕是要扩大了。"

侠魂听雨海问及华北消息，不免皱了眉毛，觉得全身都有些儿说不出的不自然。雨海唔唔响了两声，昂着头，静悄悄地只管抽烟卷。两人默默坐了一回，只听壁上钟已鸣十一下了，雨海便即起身告辞。侠魂奇怪道：

"你这是打从哪儿去？回头我们一同出去吃饭好了。"

"不瞒你说，这次同我到上海还有一个亲戚，她现在东方饭店等着我。因为她胆小，叫我回到那边去吃饭。"

侠魂听他话因，想来这亲戚还是个女子，便望着他憨憨地笑道：

"能不能我和你一同去认识认识？"

"这有什么不可以，我正要和你们介绍一下，那么彼此就有了照顾。"

侠魂笑一笑，披上西服上褂，遂和雨海匆匆到东方饭店，却见房门依然关紧着。雨海忍不住好笑，握着拳儿敲了两下。只听里面女子口音问道：

"是谁呀？海哥回来了吗？"

雨海连连答应了两声，侠魂心中早已明白了几分。只见房门启处，就笑盈盈走出一个姑娘来。见了雨海，便扬着眉儿叫道：

"哥哥，你怎么去了这许多时……"

话还未完，忽然瞥见雨海身后尚跟着一个西服少年，这就不觉红晕了两颊，很快地逃避到梳妆台前去。雨海笑道：

"莲妹，你别忙，我给你介绍，这位是我的好友，也就是新生日刊社总编辑汪侠魂先生。这位是我表妹梅香莲小姐。"

香莲听雨海冒充是表姊妹，芳心又羞又喜，便笑盈盈地向侠魂弯了弯腰。侠魂却是很恭敬地行了一个四十五度的标准礼。香莲便捧了杯茶，给侠魂道：

"汪先生，喝杯茶！今天很热吧！衣服宽一宽！"

"梅小姐，你太客气了！真对不起！真对不起！"

香莲嫣然露齿一笑，但到底有些儿难为情，便自退到窗口边的沙发上去。大家静了一会儿，雨海便按铃叫侍者进来，喊了几只菜，拿瓶葡萄酒。等酒菜送上，时钟正敲十二下，于是三人在小圆台边坐下。大家喝着酒，谈着话，心里当然很是快乐。侠魂心里这是忽又暗暗地想，瞧雨海和香莲的神情，将来终是一对夫妻。我原没知道他和表妹同来，现在他们是非好好地借间房子不可，多一个人到底要多一半的开销，对于雨海的薪水问题，却不能定得低了。不过，社中同事原都尽义务性质，大半都在二十元和二十五元之间，就是我自己也只定了三十元。那么，他究竟定多少好呢？少了不够维持生活，多了也不过和我同样。若比我再多，别个同事怕不乐意。侠魂这样一想，脸上不免带上些儿沉吟的样子。雨海瞧了，有些纳闷，忍不住问道：

　　"老汪，你在想什么心事？"

　　侠魂被他一问，这事还是痛快直说了好，便笑了笑说道：

　　"雨海，我和你像是自己兄弟一样，原没有一些儿虚伪。社里同事的薪水都在二十元和二十五元之间，我自己也定三十元。不过你以后开销也许不十分小，我想也给你三十元月薪，但你是须要刻苦些儿了。"

　　雨海听他原来是在给自己打算，心里自然很感激，回答道：

　　"现在是什么年头儿，三十元也仅够开销了。本来办报，其主题原不在乎面包问题，我们虽然是个小小日刊，但到底对于国家和社会稍许要有些好影响才对。"

　　侠魂听他说出血性中话来，心里当然是更觉兴奋，酒也不免多喝了几杯。饭后，侠魂因社中尚有其他的事，便先行告别，约定晚上七时，在大西洋菜馆会晤。他预备叫社中同事都到齐，一方面彼此可以相识，一方面也表示欢迎的意思。雨海觉得这样对待自己，实在很有些儿光荣，便就连连答应。

雨海待侠魂走后，便又和香莲一同出外租房子去。因为已经明白经济来源是每月只有三十元，贵的房钱当然没有能力住。后来，给他们在虞洽卿路公平里十三号借到了一间亭子楼，每月租金八元。雨海和香莲足足寻了三个钟点，对于八元一月的租金，实在要算最便宜了。两人磋商之下，就准定租了。付了定洋，立刻又到北京路旧货铺子里买了两张半木床，以及其他一切日用家具，统统车到公平里，然后再把东方饭店的皮箱、挈匣也取回。两人忙碌了许多时候，方才把一间小小的亭子间布置舒齐。只是已经六点半钟，两人吁了一口气，都香汗盈盈。香莲笑道：

"哥哥不是要到大西洋菜馆去了吗？你快洗个浴吧！我给你泡水去。"

香莲说着，便提着钢勺子匆匆下去，不多一会儿，早已泡来，给他倒在面盆内，放下手巾，瞟他一眼，抿嘴笑道：

"你快洗吧！"

雨海道了一声谢，便赤着膊揩身。香莲见他背部自己揩擦不着，很吃力的样子，忍不住站起来，噗地笑道：

"手巾交给我，我给你擦吧！"

这种神情，除了自己爱妻外，恐怕连情人也没有这样举动。雨海心中不免荡漾了一下，就老实不客气地把手巾递给她，叫她自己擦背了。擦好了背，香莲又把脚盆取出，放下脚布，自己便走到房门外，掩上房门，笑道：

"我在外面候着你，你洗好了叫我是了。"

雨海对于她这样的体贴多情，心中真有说不出的感激，一面忙着匆匆洗毕，一面开门出来，叫了一声莲妹。香莲便在楼下匆匆地上来，笑道：

“洗好了，你快些儿去吧！时候不早了。”

“那么妹妹的晚餐怎样呢？我出去在对面广东馆子中给你去叫一锅伊府面来，好吗？”

香莲笑着点头。雨海披上西服，就长长地走下楼去。香莲待他走后，把他的洗澡水倒了，自己也洗过浴，把房中一切都收拾得清洁整齐。这时，一锅伊府面送来，香莲吃了一半，已经很饱，遂停筷不吃。独自坐在窗口纳凉，抬头望着满天的星斗，呆呆地出了一回子神。心中暗暗思忖，听中午侠魂的话，给雨海三十元的月薪，还是为了我的关系。其实，上海这样生活程度，三十元一月的薪水，给雨海个人花也是不够，这到底怎样是好呢？我也终不能完全依赖着他，自己良心上也说不过去，我应该设法给他分去一半的负担才对。不过像我们这种女子，用什么能力可以在社会上赚钱呢？银行、公司这种地方，并不是自己做不来，势力是一个问题，就会又是一个问题。那么，这两种是不用谈了。要不仍是上舞台区唱戏？但自己多时不唱，声音也不圆润了，觉得也不对。想到这里，心中无限感慨，望着紫褐的天色，不觉轻轻叹道：

“天啊！如此大的一个上海，难道真没有我们弱女子立足之地吗？”

自念到此，心中一酸，眼皮儿一红，那泪竟忍不住扑簌簌地滚下来。正在这时，忽然听一阵咭咯的革履声从楼上厢房里响下来。香莲回眸瞧去，只见一个花枝招展的摩登女子姗姗走下。因为室中亮着灯光，看到外面黑暗处比较模糊些；反转来说，从黑暗里瞧到光明处，当然是特别清晰。那女郎一眼瞥见香莲，便啊呀了一声，竟走进亭子间来，指着她问道：

“咦？你不是小玲妹吗？”

香莲听她竟喊出自己从前唱戏时的名儿，心中好生惊讶，连忙仔细向她打量，不觉也抢步上前，和她握了一阵手，脱口笑道：

"啊呀！我道是谁？原来是玉芬姊姊。你一向可好？我们差不多有两年没见了吧！姊姊也住在这儿吗？快请坐回儿。我再也想不到，在这儿竟会碰到你。"

原来玉芬姓陈，两年前和香莲同在一个戏院子里登台演唱。那时香莲名叫小玲，和玉芬感情很好。后来为了他师父朱驼三想奸污她身子，因此闹出事来，和玉芬从此分手了。这时彼此又相遇在一处，各人的心中自然是十分的欢喜。香莲亲自倒了一杯茶，和她遂絮絮谈着别后的情形。玉芬道：

"自从妹妹脱离了这个戏院子，从此营业就一落千丈，每月几乎发不出薪水。我瞧这里没有希望，就另找生路。妹妹，我现在已过着伴舞的生活了。你这两年到底在干些什么？这里怎的铺两张床？还有一个是谁呀？"

香莲听了，微红着脸儿，就把自己两年中经过统统告诉了玉芬后，又叹道：

"姊姊，我这两年真不知吃了多少的苦楚呢！"

"可是妹妹现在终于乐意了，你得着一个如意郎君啦！我还没向你道贺哩！"

香莲啐她一口，涨红了脸儿，抿着嘴儿道：

"姊姊，你别胡说，他是个守礼君子。虽然我们已爱到无可再爱的程度，但我们还是非常纯洁的友爱。不过他和我为了避免外界麻烦起见，现在我们已认作表兄妹了。"

玉芬听了这话，也深信不疑，否则房中何必要铺两张床呢。因点了点头，道：

"这人倒真是个多情种子，妹妹将来的幸福可不小哩！"

"但愿应了姊姊的话，我真不知要怎样感激你。姊姊，你不是说在过伴舞的生活吗？不知每月的收入还可以维持个人的生活吗？"

玉芬轻轻叹了一口气，望着香莲，十分凄凉地道：

"我和三个小姊妹借了一个前厢房，租金要二十元，每人也要出五元钱。连饭钱、车钱，以及胭脂花粉、服装等一切，统统也要三十元一月。伴舞的收入也只够敷衍每月的开销。说起来伴舞生活的苦，真非个中人不能知道。舞客好些，终算是大幸；若碰到几个色情狂的舞客，真也叫人气破肚子哩！"香莲听伴舞也有三十元一月可以收入，心中一动，便忙问道：

"姊姊，不知道像我这样的人，可有伴舞的资格吗？"

"像妹妹这样才貌儿，若上火山去伴舞，每月的收入真要比我多上一倍还不止呢！不过你是不能去的。"

"姊姊，你又要向妹妹开玩笑了，一样伴舞，那里收入要多少分别吗？再说，我又为什么不能去呢？"

玉芬听香莲这样说，不觉抿着嘴儿笑弯了腰。香莲倒怔住了，忙又问道：

"咦？姊姊干吗这样好笑？"

"这些你可外行了！同样的在一个舞场里伴舞，有的次次给人伴舞，有的却'吃汤团'呢！这句话你一定又不懂了，'吃汤团'就是一夜里舞票一张都没有。你想，伴舞的生活是多么的苦！"

香莲听了这话，方始有些儿明白，自己也忍不住笑起来，道：

"哦！原来是凭舞票的多少，是不是？那么几张舞票可换一元钱呢？"

"我统告诉了你吧！这个是要瞧舞场的大小而论的。大舞场每元舞票只有三张、五张；中等舞场，每元七张、八张不一定；小舞场十张、十二张，甚至于有每元十六张的。那真苦死了，舞女所得的舞票，是和舞场对折的。譬如舞票一元，你只好拿五角。"

"那么姊姊在伴舞的那个舞场，舞票每元几张？"

"我是在新都舞厅里，舞票每元七张。"

玉芬说完这话，便喝了一口茶。香莲凝眸沉思一会儿，笑向玉芬道：

"姊姊刚才说我不能去，这是为了什么缘故呢？"

"这个你还用问我吗？你既然有表哥赚钱，那你也犯不着去呀！"

香莲听了这话，不觉轻轻地叹了一口气，摇头道：

"他也只有三十元一月，怎样能够维持我们两个人的生活呢？像姊姊一个人，不是也要花到三十多元一月吗？所以，我不忍他负着负担，让我大家也去干些儿事，好姊姊，不知道你肯不肯给我做个介绍吗？"

"介绍当然可以，不过伴舞也不是什么容易的事。第一，先要把各种步子练熟了；第二，有时碰到'蜡烛式'的舞客，如果吃不起气的，一定要气得受不住。"

香莲听她这样说，纤手轻轻地在桌上拍了一回，心里倒真有些儿踌躇不决。但想着了经济问题，便抬头毅然地说道：

"姊姊，对于第二点，这些且别管他。只不过学习舞艺倒是个问题，因为我原没有一些儿基础，学起来比较困难些儿。"

"上海跳舞学校是很多很多，像妹妹这样聪敏的人，不难一学就会。但这事你到底也得和你表哥商量一下，他是否肯答应你去伴舞呢？倒真是个问题，我想，你且再考虑一夜，明天给我个回话。倘然真要去的话，我可以先伴你到跳舞学校去，然后再介绍你到新都去好了。"

玉芬说毕，便站起身来。香莲见费了她许多时候，十分抱歉，因送着笑道：

"姊姊这样热心，真令我感激不尽。那么明天准定给你回话好了。"

　　玉芬含笑点头，方才和她握手别去。香莲移步走到床边，对着室中宕下来的那盏电灯，呆呆地想了一回，到底去伴舞好，还是不去的好？不去吧，叫雨海一个人辛辛苦苦挣来的钱养活我，现在我和他究竟还没有到夫妻的名分，这叫我心里似乎很不好意思。那么去吧，恐怕雨海心中要不高兴。这事到底怎样是好？香莲这样一阵阵地细想，却是一些儿委决不下。一时想得模模糊糊的，竟伏在枕上睡去了。

　　香莲仿佛已得了雨海的同意，在一家皇宫舞厅里伴舞了。果然以香莲这样的才貌，舞国中立刻又添了一颗舞星。这颗舞星的光芒，比其他的更加闪闪烁烁亮得厉害。追求香莲的公子哥儿，不知有多少。香莲每夜回家，满皮匣全是花花绿绿的钞票。她无限欢喜地一五一十地交给雨海。雨海是含了满面的笑容，把香莲搂在怀里，默默地温存。不料，香莲抬起头来，见抱自己的却并不是雨海，却是一个陌生的男子。香莲芳心大吃一惊，急问是谁。只见他男子又笑盈盈地取出一只亮晶晶的钻戒，向香莲求爱。这时香莲神智有些儿模糊，好像自己手指上已戴着了钻戒，同时已答应了他的爱，两人拥抱着接吻了。但这时香莲的眼前又显出了雨海的脸蛋儿，她受了良心的责备，她惭愧极了，她恨恨地把自己怀中的男子推开，她忍不住呜呜咽咽哭起来。

　　"妹妹！妹妹！你梦魇了，快醒醒吧！风大呢，别冻了身子!"

　　香莲正哭得伤心，忽然被人推醒，连忙睁眼一瞧，原来推自己的正是雨海。夜风从窗外吹进来，窗帘布不停地飘摇，自己却是做了一个梦。回忆梦境，又恨又羞，心里真有说不出的难为情。这就从床上跳起，紧紧搂住雨海的身子，偎着雨海的脸儿，连连叫道：

　　"哥哥！哥哥！你多早晚回来的呀?"

雨海抚着她的美发，微笑道：

"妹妹，我才走进一步哩！你到底梦见什么啦？这样地伤心。"

香莲听他问梦中情形，心里又惭愧又羞涩，真觉对他不住，含着满眶子的眼泪，纤手抚摸着他的脸颊儿，淌下泪来，道：

"哥哥，你可不是喝了酒？怎么脸儿热辣辣的？酒这样东西是伤肺的，到底少喝的好。"

雨海见她这样柔情蜜意，心中自然愈加爱她。但她好好儿为什么竟真的淌泪呢？一时颇觉稀罕，便吻着她颊儿，温和地道：

"妹妹，你放心！我以后一定听从你的话，不再多喝酒了。你不要伤心，做梦是不足为准的。你梦见了什么？是不是我待你不好吗？妹妹，你千万放心，我是到死都爱你的……"

香莲听他说出这话，真把自己恨得切骨。慌忙伸手把他嘴儿一扪，泪如泉涌地道：

"哥哥，你怎么说死……啊！哥哥，以后任凭哥哥怎样待我，我始终爱着你，到死爱着你……"

香莲说到这里，伸手又把雨海脖子紧紧抱住，在他颊上吻个不停。雨海哧地笑道：

"妹妹，你叫我别说死字，你自己怎么倒又说起死字了呢？其实我们两人是用不到说这些话的，我们的身子和我们的心是早已变成一个了。妹妹，你说对不对？"

香莲这才哧地嫣然笑了，芳心里暗暗地想着，我这不要脸的人，怎么竟会做出这个梦来，这叫我如何对得住他。可爱的他，还猜我梦中是他待我不好呢？可见雨海——我的爱人儿——真是世界上第一多情的好青年了。我做这个梦，倒也是好的，这是反增加坚固我俩的爱情，叫我胸中有了戒心。因为将来我去做舞伴生活，一定也有像梦中那样事实发生。这时候，我可以坚定了意志，向他们竭力地抵抗奋斗，终叫他们每个都失望才好。想到这里，便推开雨海身子，拭干了泪痕，娇媚地笑道：

"哥哥，新生日刊社里的几个同事，你可都认得了？"

"全都认得了，妹妹，我明天就好到社里办公了。"

"哥哥，我想和你商量一件事，不知肯允许我吗？"

雨海听了这话，心里不觉一动，暗想，难道你要求和我结婚了吗？因问道：

"妹妹，你说吧！我如依得，终没有不依你的。"

心里听了，却又支吾了一回，微红了脸儿，凝望着他，低垂了粉颊，反而没有话了。这在香莲的意思，原是怕自己若说出要去做舞女的话，雨海要不高兴，所以实在有些难以启齿。

雨海看到忽然又这样不胜娇媚的意态、欲语还停的神气，心中倒起了误会。暗想，瞧着样子，她莫不是动了情吗？心中不免也荡漾了一下，但猛可有了一个感觉，理智告诉他道："发乎情，止乎礼。"我们青年应有优美的道德，绝不能为了一时的情欲，而糊糊涂涂做出寡廉鲜耻的事来。雨海这样一想，便又捧起她脸儿来，柔和而恳切地道：

"妹妹，我和你虽然同居一室，不过我们彼此的一颗纯洁的心是无愧于青天白日。我希望将来有个好些日子，那么我和妹妹就正式来一个隆重的结婚典礼，到这时候，鲽鲽鲽鲽，这我们是多么的快乐啊！"

香莲听他话中有因，不觉嫣然一笑，含羞答道：

"妹妹虽然不是个知识分子，但亦懂得有'廉耻'二字，这个你别误会我的意思吧！哥哥，你此后便要早出晚归地辛苦了，妹妹觉得你的负担是太重了。我所以说要和你商量一件事，就是妹妹要分哥哥的一半负担，外出也去干些儿事。"

雨海听她说出这话，方才明白自己是错理会了她的意思，心中更起了一阵敬意，抚着她纤手，忍不住笑起来，道：

"那么妹妹预备去干些什么事呢?"

香莲红着脸颊，显出淘气的模样，憨憨地笑道：

"我说出来了，哥哥，你可别生气。事情也真巧，住在这厢房的一个女子，她是我两年前唱戏的姊妹，现在她做舞女了，每月收入倒有三四十元。我想叫她介绍到舞场里去一同做舞女，那么对于经济上有些儿补助。我怕哥哥未允许，所以没勇气告诉你。哥哥，其实一个人只要有坚强的意志，什么事儿都不能动摇一个人心的。"

雨海这才知道她的一片苦心，回味她末两句话，显见她是很明了地告诉我了。一时沉思半晌，默默无语，却是委决不下。香莲见他这样情景，便孩子缠慈母般地捧着她脸颊儿，妩媚地笑道：

"哥哥，你的收入是只够每月的开支；我的收入可以储蓄起来，预备将来我和哥哥的结婚费用。哥哥，你答应我吧!"

香莲无限娇羞而又无限喜悦地说着，忍不住又得意地笑了。雨海细细思忖，觉得她的意思也不错。我不能过分地违拗她，便握着她手儿，诚恳地道：

"妹妹一片苦心，我十分感激。现在我赠你几句话，增加你坚强的意志，抱着'富贵不能淫，威武不能屈'的精神，奋斗你恶劣的环境，那么将来的前途，自然有光明的大道、幸福的乐园!"

"啊! 哥哥的话对极了!"

香莲听雨海答应了自己，心中又感激又喜悦，骤然把雨海抱住，两人的唇儿紧紧地凑在一处，吻住了。

第六回　艳如桃李冷如冰

红绿添红灯光下的一个场子中，四周布置着夏威夷的风景，凉风扑面，令人顿时忘时在盛暑之季节了。

音乐台上的菲律宾大乐队，悠扬地奏出悦耳动听的妙曲，使四围的舞客脚下都有些儿痒起来，不由自主地纷纷下海去求每个看中的舞娘，翩翩如蛱蝶穿花般的欢舞了。

这时，舞池里的座位上站起一个花信年华的女子，笑盈盈地走到一个妙龄女郎的前面，叫了一声小玲。那女郎即就站起，和那女子搂着也一同去舞蹈了。

原来这小玲就是香莲，那女子就是玉芬。香莲那夜得到了雨海的同意，心里十分高兴，第二天就和玉芬说知，并替雨海介绍。雨海又竭力托玉芬照顾，玉芬自然一口答应。当日便带香莲到香港跳舞学校学习舞艺。

香莲原是天生成的聪敏，不到一星期，把各种步伐都学得没有一样不会。玉芬遂把她介绍到新都舞厅一同伴舞，现在已有三天了。香莲虽然生得国色天香、婀娜多姿，但到底是上火山还只三天的舞娘，自然还不能十分引人注意。因为没有人求舞，坐着也是无聊，所以舞娘和舞娘也搂着舞蹈解闷。玉芬搂着香莲慢慢地舞着，她们是沿着舞池的四周，说她们在舞，还是说她们在走的好。玉芬一面和香莲闲谈，一面把她那眼波就只向舞客瞟来，脉脉含情。这种情景，就是老资格舞娘的门槛，意思是我是很多情，你们快来向我求舞。一般色情狂的男子，见她先来灌迷汤，哪有不坠入她的壳中？不过，香莲却原不知道这些，她以为这样慢慢地沿着舞池旁边走，那是很受人家的注意，而且也是一件很难为情的事。她心中存了这个想头，不要说抬头去秋波送情给人家，连随便去瞧人家一眼，都觉得不好意思。

一节音乐完了，大家各归座位。待爵士音乐又响起时，玉芬果然有了主顾。香莲见玉芬和人家贴着脸儿，眉花眼笑、殷勤现媚的神情，实在令她瞧了有些儿肉麻，脸上一阵红晕，那粉颊就低垂下来。不料，正在这时，蓦地眼前站着一个西服男子。香莲慌忙抬头瞧去，只见那男子三十左右年纪，一副白净的脸蛋儿，留着一小撮的胡须，倒有些政客的气味。遂站起身子，让他搂着了自己的纤腰，翩翩然舞蹈起来。在政客跳了一会儿也曾把脸儿贴到香莲的颊上去，但香莲把脸一偏，按着他肩上的手儿向他一推，这态度显然是拒绝他的意思。大概这位政客也是很聪敏的人儿，以后也就不敢轻薄，舞姿是想得大方了。

从晚上八时和香莲跳起，直到子夜二时止，差不多每一节音乐都没有脱过空，但也始终不曾和香莲交谈过一句话。这在香莲，当然更不和他说话了。临别，他给香莲十元钱舞票，并很温柔地说了声谢谢，便匆匆走了。香莲在前三天也只不过三元的舞票，今天突然得着十元的舞票，心里当然是十分喜悦。因为喜悦，不免也回想那政客模样的人。这人也真奇怪，竟有这样好的舞兴，足足跳了六个钟点。他不知姓什么、叫什么。想到这里，自己忽又啐了一口，暗暗骂道：这妮子可又痴了，他姓什么、叫什么，与你什么相干？却要你心中想着，这你太不要脸，太对不住雨海哥哥了。香莲这样一想，也就把那个政客忘得一干二净了。

"小玲，时候二点多了，你预备走了吗?"

香莲见玉芬姗姗过来这样说，遂站起来点头道:

"好的! 我和姊姊一块儿走吧!"

舞厅本来四点半打烊，因玉芬、香莲和账房说定二点钟要走，所以她们是可以回家的。对于舞票换钱手续，各舞厅略有不同。有些舞场当夜即可换掉。有些舞场须三日后换掉。新都这里是次日换钱，当然香莲、玉芬是带着舞票回到家里去。

两人到了家里，各道晚安回房。香莲轻轻推开房门，只见房中电灯亮着，雨海倚在床上看书。香莲笑盈盈地哟了一声，叫道:

"哥哥，现在是什么时候，你怎么还看书? 难道是等着我吗? 这可累你了，你明儿一早是要办事去的，怎么好不睡呢?"

香莲一手关上房门，身子早已奔到雨海的床沿边坐下。雨海放下书本，握着她纤手，脸上浮着似笑非似愁的样子，低低道:

"我是还只有刚才醒一会儿，知道你就要回来了。现在三点快到了吧! 只是辛苦妹妹了。"

"我也没什么辛苦，哥哥! 今夜我的成绩很好，得了十元舞票。假使每夜有十元，就有三百元一月，我可得到一百五十元。一年做过，就有一千八百元，就算用掉四百元，还有一千四百元好存。这数目是够我俩结婚的费用了，哥哥! 你想，这不是一件很好的事吗?"

香莲一面说，一面把黑漆皮匣打开，取出十大张舞票，交给雨海瞧。同时，她把眉儿一扬，眸珠在长睫毛里一转，掀着酒窝，咻咻地得意笑了。雨海并不注意那些舞票，两手抚摸着她的柔荑，凝眸望着她，不觉轻轻叹了一声。香莲见他不但没有一些儿欢喜样子，反而叹气了，心中好生奇怪，含颦凝眸问道:

"哥哥，这是一件极喜欢的事，你怎么反而不高兴呢?"

"这个你齐巧和我的意思相反，我心中却要妹妹每夜所得舞票愈少愈喜欢，愈多愈愁。你听了我这话，觉得奇怪吗？但妹妹原是个绝顶聪敏的女子，你只要细细地一想，你就明白我的一片苦心了。"

雨海紧紧握着她的手儿，脸部上表示万分的诚恳，呆呆向她望着。香莲听了，奇怪极了，凝眸沉思良久，猛可地理会过来，只觉雨海的情分真可称天无其高，海无其深。回忆舞场中，被陌生男子搂抱情形，心中不觉一酸，那眼皮儿就渐渐地润湿了，骤然投入雨海的怀中，紧紧抱住他的颈项，轻轻叫道：

"我的海哥！我的海哥！我知道你的意思，我明白你爱我的一片苦心，但是哥哥放心，妹妹虽然到死，还是永远地爱你！"

雨海听她说话的声音是有些儿颤抖，并有些儿哽咽，同时觉得她的胸部起伏不停，显见她是还在抽噎着泣。一时心里也无限感触，不觉淌下泪来，低声唤道：

"妹妹，你别伤心！我并不是……唉！环境太恶劣了，四周满布着堕人的陷阱，一不小心，也许有失足的可能。但我知道妹妹有坚强的意志、奋斗的精神、伟大的抱负，原不会受愚于人的……"

香莲听了这话，只觉一股辛酸陡上心头，忍不住又呜咽了一回。两人默默地淌着泪，等到桌上的座钟敲了三下，雨海才意识到时已近第二天早晨，因推开香莲，含泪催她去睡，道：

"妹妹，你也够疲乏了，我还惹你伤心，真太不应该了。睡吧！"

香莲并没有回答，移步到对面床旁，也就脱衣安息。香莲这一睡，直到下午一时才醒来，雨海早已到报馆去办事了。香莲漱洗完毕，正在拿开水泡了饭吃，只见玉芬穿着短衣短裤，蓬着头，赤着脚，穿了拖鞋，走进来，笑叫道：

"妹妹已经吃好饭了吗？我是还只有起来呢？我问你开水有没有？给我一些儿洗个脸。"

"有！有！我这两只热水瓶里全满着，你拿一只去好了。"

香莲一面说，一面把热水瓶递给玉芬。玉芬接过，抿着嘴儿笑道：

"你的表哥待你真好！你起来了，他把一切早给你预备舒齐。这下饭的咸蛋、熏鱼，也是他给你备的吧！你真好福气！像我，孤零零的一个，真也苦了。"

玉芬说到这里，又叹了一口气，便扭着屁股走上楼去。香莲听了这话，心里颇觉感触，想起来海哥真也多情体贴。我起来了，终觉房中一切是收拾得清清洁洁，热水瓶里终已灌满了开水，竹橱里也终备好了下饭的菜。这样好的丈夫，真是走尽天下恐怕也是很难找到哩！香莲想到这样，心里真有说不出的喜悦，忍不住掀着笑窝，自己独个儿咏咏地笑了。

光阴随着时间一分一刻地逝去，太阳失却了它的威热，向大地告别，暮色已降临了人间。香莲兰汤浴罢，梳洗已毕。她见时已六点半钟，知道雨海就要回家，她便把两只热水瓶也充满，泡了一壶好茶，旁边放着一只清洁玻璃杯。桌旁又给他摆好一铜壶热水，是给他洗澡用的。在洋风炉上并给他烧好饭，蒸热了小菜。一切舒齐后，方才和玉芬携手到新都舞场里去。

香莲走不到五分钟后，雨海就拖着沉重的步伐踱回家里来。脸上是含满了忧愁，心中只是暗暗地思忖，北平如果失守，天津恐亦难保，所谓唇亡齿寒，都有相当的厉害关系。这事在目前瞧来，恐怕是益发不能收拾了。雨海一面想着，一面开了司必令锁，推开房门。只见香莲已经不在，不免又暗暗叹了一口气。脱了衣服，挂在衣钩，伸手把茶壶提来，斟了一杯，已经温和，拿来解渴，却也正好。雨海喝过茶，把铜勺子里水倒出，洗过了澡。去拿汗衫短裤，早已很整齐地放在床头边。这时，雨海肚倒饿了，一面扭亮电灯，一面去开锅盖子，只见饭已煮好，上面还搁着两碗小菜。雨海端在桌上，盛好了喝。便靠窗口坐下，拿着筷子，先在碗里挑着饭粒，暗自想到：妹妹虽然不在，可是她把一切的事情先已给我预备舒齐。我走进屋子可以随手拿着泡好的茶喝；又可以不必泡水而洗澡；要换小衣裤，又放在眼前；肚饿了，饭立刻可以盛出来。这样种种称人心的事，这和妹妹在家，又有什么两样呢？所缺点的地方，只不过不见妹妹笑脸迎人的那副可爱脸蛋儿罢了。雨海想到这里，不觉抬起头来，向对面壁上望去，原来三日前香莲要进新都舞厅去伴舞之前，曾往照相馆子去摄一张小影，已志纪念。这时一张十二寸大的半身小影，香莲微昂了脸儿，明眸皓齿，巧笑流盼，一面孔的春风洋洋，好像不知道世界有一切痛苦的样子。雨海瞧她盈盈欲语的意态，一时情不自禁地脱口喊道：

"妹妹呀，你怎么不下来陪着我一同吃饭呢？"

雨海自念到此，也不觉独个儿哑然失笑起来，但心中不知有了这样一个感触，忍不住又深深地叹了一口气。夜风从窗口一阵阵送到雨海的身上，虽然时在仲夏之夜，也感到有些儿凄凉。

当雨海在家里正思念着香莲，香莲却正在新都舞厅中和人家伴舞呢！和香莲跳舞的人，又是昨天那个留短须的男子。今晚又换了一套西服，簇新笔挺，打量过去，终是一位有钱的阔客。他和香莲跳着舞，故意远远离开身子，大家瞧着脚步跳。但他也偶然抬头，正和香莲脸儿瞧个清楚，望着她很多情地微微一笑。香莲觉得这个并没有报之以微笑的必要，因此沉着粉颊儿，装个不瞧见。正在这时，音乐已停，香莲便归座位，心中暗想，他这样和我表示好感，到底不怀好意，我倒要防着些不可……

"梅小姐，十二号台子的客人请你坐台子去。"

粗量的话声打断了香莲的思潮，抬头望去，原来是场内茶役。

心里迟疑一回，瞅着他问道：

"真的吗？是怎么样的客人？"

香莲虽然明知茶役是不会和她开玩笑，那客人也料定就是和自己跳舞的那个；但因为心中不愿意去坐台子，以为这样和他缠几句，好像便可以逃脱这个难关似的。其实，这哪能够办得到，除非你不做舞女。既入此门，岂能违拗？香莲到此，方才感到心中是痛苦极了。茶役把手指在唇上左右划了一下，笑起来道：

"我骗你干什么？是个'八字须'先生……"

旁边的姊妹们都笑了，香莲觉得有些儿刺耳。无可奈何地站起身子，跟着茶役走到十二号台子，茶役便自走开。香莲见那个"八字须"的男子早已站起身来，满脸堆笑地把手一摆，笑道：

"请坐！请坐！"

香莲把头一点，就在椅上坐下。那男子也在她身旁坐了，两臂伏在桌上，昂着头笑问道：

"我和小姐舞也跳得不少次数了，可是却还没有请教小姐的贵姓哩！"

"我姓梅。"

"噢！原来是梅小姐。你的舞艺好极了，真使人佩服。梅小姐喝什么？天气热，清水没什么意思，喝冰牛奶、冰汽水好吗？"

他一面说，一面向茶役招手，香莲却偏偏说道：

"谢谢你，我不喝这些，就拿杯蒸馏水来吧！"

茶役答应自去。他却呆了一呆，觉得这位姑娘的性情真是古怪极了。自从跑舞场以来，遇到舞女实在也不能算少，无论她是红得全身都发出了火，也没有不笑脸迎人的。我今待她这样多情，叫她喝冰牛奶、冰汽水，她偏偏不要，却喜欢喝白开水，这真也有趣极了！想到这样，便望着她憨憨地微笑，只觉得她的脸蛋儿虽然是艳若桃李，但她的态度却是冷若冰霜，因此在爱她的成分中不免也渗透了些儿惧。茶役把蒸馏水拿上，那男子把桌子上烟盒子里抽出两只烟卷，一支送到香莲的面前，含笑道：

"梅小姐，抽支烟！"

"对不起！我不会抽烟！请你自己吸！"

他为了要迎合她的意思，连自己也不吸，把烟卷搁过一旁。两手搓了搓，向她又微含笑意地说道：

"梅小姐，恕我冒昧，请问你芳名是……"

"没关系，我叫小玲。"

香莲握起杯子，微喝了一口，那态度是相当的洒脱。他心中猜测，这也许是她的架子，只要少爷有钱，那还怕你逃到什么地方去。遂把座椅移了移，凑过脸去，笑道：

"梅小姐，大概你还不认识我是谁吧？"

香莲并不回答，只向他望了一眼。他笑了笑道：

"我告诉你吧！我姓谢，名枕山，新村地产公司、华中银行、志诚贸易公司，都是我任总经理职。我的住宅就在愚园路三百十五号洋房里。梅小姐的住房不知在什么地方？假使有空的话，我可以来伴小姐同到我家里去玩玩。不知你肯告诉我，你的府上是住在哪儿？"

香莲听他说出这许多任职的地方，这无非是要卖弄他的阔绰罢了，忍不住心中冷笑一声，但面部上却仍显出很自然的态度，摇头道：

"这个请你原谅我，我家里丑陋得很，怕不能见客；而且，我妈妈很厉害，不许我外面有一个男朋友；即使我告诉了你，你来了，我亦不能见你；所以，我还是不告诉你吧！"

香莲这几句谎话，枕山倒也信以为真，因为小家碧玉的做父母的，把他们女儿当作一朵摇钱树，万一做女儿的在外面和男朋友荒唐，这他们的女儿不是要不值钱了吗？那当然是要管得严谨了。因点了点头，说道：

"梅小姐这话也是，不过你要明白，我是个诚实的人。昨天自从和你跳舞以后，觉得梅小姐的人格、性情、容貌，真是再好也没有了，所以我极愿意和你做朋友，不知你愿意有我这样一个人做朋友吗？"

香莲听他这样说，心里忍不住好笑，这是追求的初步吧！但是我不需要有你这样一个朋友，便淡淡地自歉道：

"承蒙你瞧得起我，但是我觉得像我这种女子怕够不上资格给你做朋友吧！"

"你这是哪儿话？怕我配不上你吧！梅小姐，我以为大家不用客气，比较诚意些儿，你想对不对？"

枕山两眼包含着无限的柔和目光凝视着香莲，表示他是十分的恳切。香莲不表示什么意思，只望他笑了笑。枕山想一个女孩儿家，无论怎样会交际，大半终是怕难为情的多。这位梅小姐所以这样意态，不免是带着羞涩的成分，也许并不是完全憎厌我，于是枕山的心里更存着了十二分的希望，笑问道：

"梅小姐是哪儿人？从前在什么学校里读书？"

"原籍北平，不过久居在上海。我没有上过学校，所以苦就苦在不识字。假使我有很好学问的话，还用上火山来做伴舞的生活吗？"

香莲这几句话是她从真性中吐出来，所以忍不住深深叹了一口气。枕山两手搓了搓，他也觉得很可惜。不过，这又是自己一个说话的好机会，不能让它轻易地错过。脸儿上显出十分同情样子，诚恳地道：

"梅小姐现在可愿意读书？假使愿意的话，我可以完全帮助你。"

香莲这倒出乎她的不妨，脸上不觉怔了怔，对于这一份的好意，当然不能不表示感谢，因婉言谢绝道：

"谢先生的好意，我很感激！不过这有两个困难，第一个我不能有空闲的时间；第二个已到了这么大年纪，再读书也不像样子了。"

"我说这两个困难全不成问题，我既答应完全帮助你，我当然可以给你想办法，使你很安心地读书，不用再顾到其他的一切；至于年龄方面，你也不见十分大吧！在我眼中看你，只不过十六七岁。再说，上海妇女专科学校很多，这时完全不成问题。只要你答应一声，我立刻可以照办。"

枕山说完了这话，很是得意地笑了一笑。香莲奇怪道：

"我是一些儿没有空闲的人，你说可以给我想法子，我倒要你说给我听听，究竟是个什么法子？"

"梅小姐是个小孩子的心，那我的法子，是当然叫你不要跳舞了……"

香莲不等他说完，便抢着问道：

"谢先生，你这话奇了，我家里有爸妈、兄弟、姊妹，全靠我养活他们。那么，不做舞女，去读书，难道叫他们饿起来不成？"

枕山趁势把她手儿一握，哈哈地笑着道：

"梅小姐，你别性急！我虽然是很愚笨的人，对于这个问题，哪有不想到的吗？我问你，梅小姐家中要多少钱一月才能开销过去，我就给你加上一倍。那梅小姐不是可以解决一切问题了吗？你就可以安心地到我公馆去住读了。因为上学校也不好，还是请有名的老先生来教读比较妥当。不知梅小姐的意思以为怎样？只要你金口一诺，什么问题都没有了。"

香莲和他话也说得许多了，本来是胸中存了戒心，见了他好像比仇敌还可憎。现在经他再三的体贴多情，委婉地迎合自己的意思，一时也忘情所以，大概不外是为情感作用，可憎的心理固然消灭，倒反觉得天下竟有这样好的人，真也难得极了。忍不住眉儿一扬，滴溜圆的眼珠在长睫毛里一转，掀着倾人的笑窝，急急地问道：

"谢先生，你这话可当真？"

香莲本是个绝顶聪敏的姑娘，聪敏人往往也容易被人骗入圈套。不过这是一时之间，香莲一面惊喜欲狂地问着，一面心中就又在猜摸他的一片话。既然叫我上学去读书，为什么却又叫我上他公馆去住？我到他公馆去住，他给我全家的生活费，那么我这人是算什么？香莲这样透底地一想，那两颊顿时涨得血红，觉得这是莫大的侮辱。香莲立刻恢复了她原有的理智，她很快地缩住了这话，鼓着小腮儿，这情景显然有些愤怒，哼了一身道：

"不！不！这是不可能的事，我和谢先生是个初交，决不愿谢先生给我这样劳心的，这个事谢谢你了。"

枕山从来也不曾瞧见她娇媚的笑容，好容易给自己把她的心花说开了，居然也会惊喜欲狂地问出这个话来。心中这一乐，忍不住要手舞足蹈。但万万料不到这欢喜没有一分钟后就消逝了。她突然又变了原有冷如冰霜的态度，这好像是柔顺的羔羊头上生出两只倔强的角，变成不受人管束的山羊了。这使枕山不能不惊讶得呆了起来，泛了两泛眼皮，低声问道：

"梅小姐，你这是为什么？我没有什么地方得罪你吧！"

"不！谢先生，你太客气。我觉得有许多地方不十分会应酬客人，因为我是个初上火山的人，这个请你原谅！"

枕山觉得这位梅小姐的脾气真可算是第一古怪了，实在叫人难以捉摸。本来是欢欢喜喜地谈着，一会儿立刻又使起性子来。但是究竟为了何事生气，这他自己还是弄得"丈二和尚——摸不着头脑"。不过，今天她已显出不高兴样子，话是绝不能再说一句了，倒还是走了的好。只要工夫深，铁条也可以磨成针呢，日子多着，那怕什么。枕山这样一想，立刻叫侍役购二十元舞票交给香莲。一面站起向她行了一个四十五度的标准礼，一面赔笑道：

"梅小姐，今天我觉得很对不起你，明天再见。"

枕山说毕，便匆匆地自出舞厅去了。香莲心中痛快极了，她觉得这是给他侮辱女性的一个报复，忍不住哈哈地狂笑起来。

第七回　怜香窃玉争禁脔

　　香莲这样地一阵狂笑，侍役原不知她内心是感觉到相当的痛苦，以为她是快乐今夜在一个舞客身上就得着二十元的票，忍不住也代她喜欢道：

　　"梅小姐，这个'八字须'先生，是上海鼎鼎大名的富商谢枕山，他认你做朋友，正是你的一条得财之道，切不要放弃了才好。"

　　香莲并不回答他什么话，只白了他一眼，匆匆回到自己的座位上去，心中暗暗地想：这小鬼终算还是个相识的，要不我再给他些没趣，瞧他把我怎么样。他今夜这一走，也许是生气了，我希望他心中最好恨着我，明天别再来缠绕我，那才称我的心哩！香莲正在低着头儿细想，忽听有人很柔和地叫道：

　　"梅小姐，多天不见了，你好吗？"

　　香莲抬起头来一瞧，原来是自己第一次进舞场，和自己跳的少年陈敏士。便忙笑着站起身来，频频点了一下头，道：

　　"真的多天不见，你才来吗？"

　　敏士一手搂着她纤腰，一手拉着她玉手，并不跳舞，却并肩向舞池里踱着步子。听她这样问，因很气愤地道：

　　"我是早已来了，你不是被这个'八字须'男子请去坐台子吗？不知他跳过你几次舞，怎的就随便请人家坐台子。这种人真是太不知耻！要知上舞场来，其主题原是跳舞，陪着坐坐算什么意思！梅小姐，我不是说他坏话，他这种行为，简直是瞧你不起!”

香莲听他说出这话来，直把她粉颊儿气得血红。暗想:你因为要我对他发生恶感，所以拿这话来激我，可以叫我爱着你。其实，我胸中是个雪亮的人，对于你们两人，哪个放在眼里？不觉鼻子里哼地冷笑了一声道：

“不过，舞场里原有这种规矩，你不能轻视我们做舞女的人格。”

敏士见她柳眉倒竖，娇靥含嗔，不觉吃了一惊，慌忙赔着笑脸，解释道：

“该死！该死！梅小姐，你千万别生气！我原是气着这个王八羔子，所以代你不平，谁知说急了，不顾到竟冒犯了梅小姐。那真罪该万死，还请梅小姐宽宏大量，饶赦我这次说话造次才好。”

香莲见他这副丑态，倒有些像舞台的小丑模样，一时也忍不住嫣然笑了。敏士见她娇媚地笑了，这才心中放下一块大石，嬉皮笑脸地谢道：

“承蒙皇后开龙恩，赦我无罪，真令我终身感激哩!”

香莲噘着小嘴，冷笑一声，暗想：这种小子全不是好人！他既恨着枕山，那我倒有个办法，可叫他们火拼一下子哩！香莲这样一想，眼珠一转，心里就有了主意，便妩媚地笑道：

“谁和你嬉皮笑脸？我问你，刚才这个‘八字须’的男子，你可认识他?”

“这杂种谁认识他!”

“你不认识他，他倒认识你哩!”

“什么话？他认识我吗？他向你说我些什么来?”

“他骂你是个小滑头，从前曾给你吃过苦头。说你见了他，好像小鬼见了大王一般。我真给他说得笑痛了肚子哩!”

敏士听了这话，气得脸儿一阵红一阵白的，直转变成了青，连连喊道：

"胡说！胡说！他简直是放屁！我连他这小鬼认都不认得，他敢和我这样开玩笑？你知道他叫什么名字？"

香莲见他果然中了自己的圈套，忍不住哧哧地笑道：

"他叫谢枕山，你真不认识他吗？他是华中银行总经理，其他各地方也兼了好多个总经理职司。他说你在他行里曾做一个职员，你什么倒赖了呢？"

敏士气得跳脚，呸了一声，骂道：

"这猪猡！我和他无冤无仇，他敢小视我。做个银行经理有什么稀罕，在我眼中瞧来，和一只耗子一样。我明天见了他，若不给他一些颜色看，我从此也不姓陈了。梅小姐，难道你相信他的胡话吗？"

"我哪里相信他的话，我也真恨着他哩。不过陈先生，你切勿和他计较，因为你们吵起来，一定要连累我的。"

敏士轻轻拍着她的肩儿，安慰她道：

"梅小姐，你放心！万事都有我，一人做事一人当，我怎能连累梅小姐？"

香莲见他真个气急了，弄假竟成了真，一时心中倒也怕起来，情急智生，便偎着他身儿，撒娇似的不答应道：

"陈先生，我叫你不要和他计较，你就应该听从我的话，将来看有机会，我自然会关照你。你假使不听我话，我就不爱你了。"

敏士听她这样一说，哪里还敢再说半个不是，便满脸含笑地叫道：

"梅小姐，你爱我？你这话可当真？"

香莲红晕了两颊，秋波瞟了他一眼，无限娇媚地笑了。敏士见了这情景，心里真有说不出的痒处，憨憨地笑道：

"梅小姐，请你明白地答复我吧！我情愿生生世世做你的奴隶，给梅小姐穿鞋、穿衣，永久地服侍你……"

"陈先生，你这话错了！同是一个'爱'字，就有许多分别。例如有母爱、友爱……"

"吓！你倒占我便宜了，这我可不依！再说，你也养不出我呀。"

香莲听他这样说，忍不住咯咯地笑弯了腰，抿嘴道：

"我这是一个比方，现在我俩的爱，是只好算友爱的，我哪存心占你便宜。"

敏士见她这样娇媚不胜情的意态，真是爱到极点，便脱口笑道：

"梅小姐，难道你不好说情爱吗？"

"你别胡说！情爱还没到这个时候哩！"

香莲白了他一眼，雪白的牙齿咬着红润的樱唇，忍不住嫣然笑了。敏士见她虽然是含着娇嗔，但并没有正色地动怒，而且结果还是很娇媚的笑，这显然并没有憎厌我，心里就不免荡漾了一下，也报之以甜蜜的一笑。

音乐停止了，场内灯光由暗绿变成了绯红，于是大家各归座位，香莲和敏士也分手走开。

时间一分一刻地走着，在爵士音乐声中，似乎是光阴特别消磨得快。转眼之间，不觉已子夜二时。香莲见敏士舞兴依然很浓，便对他笑道：

"我要回去了，对不起！明天你再来吧！"

"时候早哩！回头我喊汽车送你回去好了。你忙什么？"

"并不是我胆小，我天天两点钟回家，这是妈妈和舞场大班说定的。假使迟回了家，妈妈要骂我的。"

香莲因为生怕他们缠绕，所以对一个舞客都说是有妈妈的。敏士听她这样说，很神秘地憨憨笑道：

"你妈真也太厉害了！难道连自己女儿都不放心吗？"

"我妈并不是不放心，因为怕有些舞客不老实，所以叫我早些回家，省得多事。"

香莲盈盈向他一瞟，又抿着嘴儿一笑。敏士听她话中有因，怔了一怔，笑问道：

"请问梅小姐，我这个人到底算老实还是不老实呢？"

"这个我倒瞧不出，让我细细观察你一年两年的行动，那我一定可以答复你了。"

敏士见她刁得可爱，乖得讨人喜欢，忍不住哈哈笑起来，道：

"要这么许多日子吗？这可真叫我心焦了。"

香莲轻轻拍他一下肩儿，笑道：

"本来'知人知面不知心，画虎画皮难画骨'，你嫌两年多，我却嫌它少哩！"

"梅小姐年纪虽轻，社会上阅历上倒颇有经验。你说的话不错，所谓'日久见人心'了。这些我们且别谈，那么你真要走了，我也不能留下，但可否送你回家去？"

"这个我心领，谢谢，因为我这里有个姊姊，叫作玉芬，大概你也认得的吧！她是和我一同回家的，这都是我妈妈托她，所以彼此很觉不便，请你原谅我吧！"

敏士听了，也只好由她，待一节音乐完了，就叫侍者买舞票十元，交给香莲，并问她道：

"梅小姐，这个谢枕山明天来不来？"

"他今天已给我碰了一个大钉子，明天也许不会来了；即便来了，你也不用和他计较，刚才我和你说的话忘记了吗？你要使性子的话，我一定不和你要好了。"

香莲握着他手，哼着不肯依他。敏士连连把她手摇撼了一阵笑道：

"我有几个脑袋？敢不听梅小姐的话。但你说已给他碰个钉子，这话可是真的吗？"

"谁骗你？"

香莲扑哧一笑，才说了这么一句话，只见玉芬走过来喊道：

"小玲，我走了，你走不走？"

香莲慌忙脱了他手，连说走了。敏士见她并没说谎，也只好笑了笑，说声再见，便匆匆地先跑出舞厅去了。

黑漆漆的天空中，满布着闪烁的星斗，西边高空的一角，散发出一片鱼鳞样的浮云，且又有些儿像水波浪。夜风一阵阵地吹，人行道上的街树枝叶儿相互地摩擦，奏出瑟瑟的声音。这含有音乐成分的细碎音调，在万籁俱寂深夜的空气中，是更觉得清晰动听。香莲、玉芬携着手儿从雪国里消了夜出来，这是香莲请的客，因为香莲今夜得了三十元舞票，而且是感到一阵痛快，所以她愿意做个东道。玉芬道：

"这儿离家路近，我们踱着回去吧！"

香莲点了点头，两人并着肩，挽了手臂，默默地向前进。只听得细碎的脚步声合着节拍响着。马路上冷静得一些儿声音都没有，除了贫穷劳苦的人们，阁楼里闷得透不过气，只好东一堆、西一堆地躺在马路旁的人行道上。此外是只有远处发现下几辆人力车的黑影子，好像机械似的慢着步默默地拖着。在街灯的光线下显露以后，但不到三分钟后，那车夫瘦长的影子又在黑暗处消失了。

"小玲，几天来的舞女生活，心里感到的是什么滋味？"

玉芬觉得这样是太冷清了，回过脸儿，望着香莲问出这几句话。香莲微微地叹了一声，轻轻地道：

"我心头感到的只觉一股辛酸，为了生命在社会上挣扎，不得不如此呢!"

"唉!妹妹的话也可算令人心痛极了。强作笑容得来代价,究竟是可怜的。"

"但是除此之外,是否还有我们的出路呢?"

"话虽如此,不过目前情景,究竟不是我们根本的出路呀!'舞女'两个字,到底是被一般人认为轻视的,都以为是陷害青年子弟的尤物。其实,他们只要以艺术目光来认清跳舞的意义,这就是了。"

香莲觉得玉芬这几句话真是对极了,不过认跳舞为艺术的人能有几个?这就又深深叹了一口气。两人默默地又走了一截路,香莲忽然精神一振道:

"姊姊,北边的战事是愈闹愈大了,我倒希望它能扩展到这儿来,大家来结一个总账,那倒也是痛快的。不要瞧轻舞女是社会的寄生虫,舞女也有人格高尚、理智、坚强的。也许比其他一切轻视舞女的人儿更强,那也说不定。战事扩展,绝不是不可能的事,到那时我准上前线去。虽然我够不到又揎枪的资格,救救忠勇的弟兄,大概终能够的吧!"

玉芬听了这话,把她要合上的睡眼顿时又睁了开来,紧握了她手,摇撼了一阵,恳切地说道:

"妹妹这话有志气,姊姊原追随在你的左右,共同奋斗。"

"我们既存了这个心,将来终有给我们达到愿望的一天。"

香莲扬着眉儿,得意地笑了。玉芬频频地点头,脸上也挂着一丝笑意。

两人到了家里,在扶梯口亭子间门前道了晚安,握了握手,玉芬自回厢房里去。

香莲推开房门,里面并没有亮着灯光,知道雨海是熟睡着,心里很是安慰。因为恐怕吵醒了他，所以电灯也不开，就在暗地里脱了衣服，跳到床上躺下，正欲拿线毯盖在身上睡时，忽听雨海一阵呜咽的哭声，继续喃喃地说道：

"妹妹，有……了他……忘了我……"

香莲侧耳细听，以下的话甚是模糊，只有"忘了我"三字颇觉清晰，心里十分伤感。哥哥为了我在外面伴舞，表面虽没有阻止我，但他心里不知是怎样放心不下呢？不然何至于连梦寐中都怕我变心。哥哥这个忧愁是应该的，照我在目前情形瞧来，实在有变心的可能。但我是一个意志坚强的女子，虽刀斧加颈，也不足以动摇我的心，海哥他尽可以大大地放心好了。不过这也难怪他，我和他虽然一往情深，论时间只不过三四个月光景，一个人往往只能共患难，而不能共富贵，这不但是朋友如此，情侣何尝不如此。但我当时若没海哥冒险带我同到上海，岂有今日长睹青天的机会？我怎能忍心负情于他？况且我的心在津门时早已交给了他。若反复无常，那不是成个朝秦暮楚的贱女子了吗？我虽不是个知书识字的女子，廉耻终也明白，恩仇终也认清。哥哥这样寝不安席，虽然爱我之情超过一切，但他到底还不明白我的心呢！做舞女岂是我甘心情愿？为了我俩的前途计、经济的基础计，我也不得不如此。只要问心无愧也就是了。

想到这里，无限辛酸陡上心头，忍不住那满眶子的眼泪，滚滚掉了下来。哥哥昨天曾对我说，妹妹舞票愈少他愈喜欢，言在意外，用情之苦，亦算可怜极了。香莲到此，更加心痛，忍不住呜咽而泣。谁知香莲一泣，倒把雨海惊醒了。他模模糊糊细忆梦境，虽然香妹哭诉辩白，但到底还是伤心成分多而喜悦成分少。此刻，听耳边果有女子泣声，心中吃了一惊，几疑自身犹置在梦中。急忙揉了揉眼睛，用手拍了拍额上，恍然并非梦中，那么这泣声是谁？慌忙问道：

"是谁在哭？妹妹吗？你什么时候回的？为什么伤心呀？"

香莲一听雨海醒了，连忙拭干眼泪，停止哭泣，柔声回答道：

"哥哥，是妹妹！我还只有刚才走进不到三分钟。我没有哭，哥哥在做梦吧！但是梦中的事是不能作准的。"

雨海听了这话，方才明白香莲的伤心，是因了自己的梦魇。想我梦中呓语，定有使妹妹难堪的地方，所以她伤心了。回味她末两句话，心中陡然想起搬进这里的那夜，自己也不是曾和她这样说过吗？可见她这话是有意思的了。也许她怨恨我多心吗？但两人所以如此，不都是为了深情相爱吗？总之，环境压迫得我们太可怜了。想到这里，不禁轻轻叹了一声。香莲听他半晌并没有回答自己，忽又叹了一口气。心中放心不下，便从床上坐起，跳下床来，开亮了电灯，移步到雨海床边站住。雨海骤然瞥见香莲身穿衬衣短裤，露胸裸腿地站在眼前，好像玉树临风的样子，因急道：

"妹妹，你怎么又起来了？"

香莲她回答什么好呢？无限哀怨的目光中带有了无限的柔情，猛可地投入雨海的怀抱，忍不住又扑簌簌地掉下泪水。雨海抱着她娇小的身子，偎着她苹果似的粉颊儿，说什么好呢？眼瞧着她嫩藕般的臂膀、羊脂白玉般的腿儿，心中起了无限的怜惜。捧着她脸儿，凑过嘴去，吻在她殷红的唇上，默默地温存了一回。雨海轻轻拍着她的肩儿，道：

"妹妹的心，我知道了，时已夜深，别受了寒，快回床上去睡吧！"

香莲始终不曾说过一句话，她柔和地望着雨海，嫣然露齿一笑，匆匆离开了雨海的怀抱，跳上自己的床里，回眸瞧着雨海呆凝的神情，心中不知有了怎样一个感触，眼角不觉又涌上一颗晶莹莹的泪水。

这天夜里，雨海和香莲各人怀着一颗甜酸苦辣的心，直到东方发了鱼肚白的曙光，方才沉沉地达入梦乡。

　　大凡一个男子，对于自己所心爱的女子，他追求得非常厉害，但是却不能得到对方的垂青；愈追求得热烈，而愈得不到对方的爱心。因此，对于那女子更加像当活宝一样地看待，终要费尽心计，把她弄到手中，方肯罢休。但是，既弄到手中，玩过了后，早已又视为粪土一般——这原是公子哥儿玩弄女性的惯手。意志坚强的女子，认清了社会上一切的欺诈和黑暗，当然不容易被人诱惑；但意志比较薄弱的女子，为了金钱的利惑、势力的威胁，总之被"虚荣"两字迷住了心，因此而失了她人生所仅有的珍贵的贞操。如此的女子也不知有多多少少。

　　谢枕山就是社会上这样的一个典型人物，他家中虽拥有娇妻美妾，但他觉得世界上的女子就各有不同的妙处。他既存了这样的一个心，自然是明天和她发生关系，今天和她发生恋爱。即使闹出事来，反正有的是钱。只要金钱一出场，万事都能了，因此更增加他拈花惹草的兴味。

　　这几天他的心里是一心地恋着香莲，觉得香莲的容貌和身段，实在是美得不能再美。若能和她真个的销魂，那真所谓"牡丹花下死，做鬼亦风流"。但是，香莲这个姑娘的脾气，偏偏是古怪得很！见了她艳如桃李的脸庞就要爱，但瞧了她冷若冰霜的态度又要怕。不过，枕山抱着"只须功夫深，铁条儿也要磨成针"的决心，他相信，终有那么的一天，让自己任意地玩弄。

　　枕山天天上新都舞场去跳香莲，终要花他二十元舞票。敏士也是香莲的老舞客，当然不示弱，抢着花费，抢着跳舞。两人几次要在舞场中冲突起来，终算经香莲婉言相劝，方才无事。不过两人就成了敌对行为，大有一触即发的情势。敏士怕香莲不爱他，所以把一腔怒火竭力地镇压着。

这是八月十一的夜里，香莲进新都舞场已经有二十几天的光景，这二十多天来，有半个月以上的日子，枕山和敏士是天天地来和香莲跳舞，各显阔绰，互献殷勤。香莲觉得这种人的脾气，只肯在女人身上花钱外，别处也许是一钱如命。这种瘟生钱，何乐而不取？那当然是来者不拒。这天夜里，两人自然是不会不到。枕山抢着先和香莲跳。因为有了多天的相识，自然比较熟悉了许多，谈谈笑笑，香莲也犯不着和他生气。枕山忍耐了这许多天，实因已经迫不及待，预备今天夜里，终要到达了自己的目的才好，于是他脸上浮着奸猾的笑，柔声地道：

"梅小姐，今夜我想带你出去玩玩好吗？"

香莲听了这话，心知他不怀好意，但敏士几次要打他，全是我阻拦下来，今天不妨叫他们火拼一下，让我来瞧一场白戏，出一出胸中的闷气。香莲这样一想，滴溜圆的眸珠在长睫毛里一转，这就有了主意，娇媚地点头笑道：

"好的！不过现在还太早，回头十二点钟走好了。"

枕山听了这话，他的心花儿朵朵开了，十二点钟以后，还到什么地方去玩，除了开房间……这孩子真可人儿。枕山想到这里，很神秘地笑了，点了点头，连连答应。一节音乐完了，敏士早已争先恐后地来和香莲跳舞。香莲和他跳到暗绿地方，笑着向敏士道：

"陈先生，你不是要打这个小子吗？今夜时机到了。"

"真的吗？你允许我动手，我就立刻打他。"

香莲听他真是烂草包，因白他一眼，笑道：

"你这人干吗这样性急？我和你说能打他，自然有相当的理由，因为他刚才约我十二点钟后带我出去。我知道他一定不怀好意，你可以后面跟住我们，我料他一定带我上旅馆去。但是你不用立刻进来，听我叫喊声音，你便进来好了。"

敏士听了，连声地唔唔道：

"这小子真在发昏，癞蛤蟆想吃天鹅肉，我不给他饱尝一顿拳头，也不姓陈了。梅小姐，你放心大胆前去，我给你做保镖，万事都有我。"

香莲含笑点头，把手儿握紧了他手，微微摇撼着，表示感激的意思。暗绿的灯光变成了红色，大家回眸一笑，便各回座位上去。

香莲手腕上长方白银的表面，短针已指在十二点了。枕山笑盈盈地携着香莲出了新都舞场。两人默默地走了一截路，枕山笑道：

"梅小姐，我们到大中华饭店去谈一会儿，好吗？那边我房间是长开的。我们肚也饿了，就到那边去吃大菜好了。"

香莲心想，大中华离我家里很近，这倒颇合我心，因频频含笑点头。枕山听她答应，又见她不胜娇媚无限羞涩的意态，可见她是完全动了情，心中具有说不出的喜悦，抓不着痒处，恨不得这时立刻把她一口吞下肚去。望着她脸儿，馋涎欲滴地发出了得意的微笑。

两人到了大中华饭店，乘电梯到四楼。陈敏士追着上去，只见两人挽手向四百十四号房间内进去，把房门掩上了。敏士就在对过四百四十四号房间内一瞧，不料事有凑巧，里面躺着一个男子，正是自己好友麻皮阿林。两人一见，立刻招呼。敏士告诉他自己来意，阿林把胸口一拍，笑道：

"小开放心，事事都有阿林动手就是了。"

敏士听了，十分喜欢，就静瞧对面房中动静。只见茶役先拿酒拿菜进去，一会儿便又退出。敏士知道枕山先要吃酒，然后发泄他的淫欲。不要小玲真被他灌醉，这事可怎么办？想到这里，妒火中烧，意欲不待她呼喊就闯进去。正在心头忐忑乱跳，忽听小玲一声叱道：

"你喝了酒，可要把我怎么样？你在胡闹，我喊了！"

敏士听了这话，早已迫不及待，立刻伸手将阿林一拉，两人便闯入对面房中。只见枕山脸儿通红，醉眼模糊，两手抱着香莲缠着不放。香莲见敏士进来，胆子就大了，便叫喊道：

"陈先生！你快来，他要强行非礼呢！"

敏士早已飞步上前，照准枕山面部就是劈头一拳。枕山啊呀一声，早已跌在沙发上了。香莲得脱了，便逃到房门边。枕山一见敏士，真是情敌见面分外眼红，立刻从沙发上跳起，仗着酒气，精神百倍，大喝一声，就向敏士拦腰撞去。两人扭成一团，打个不休。阿林见枕山不弱，上前助阵，枕山哪里抵敌得住，被掀倒在地，被两人拳如雨点地一顿毒打。香莲恐真的打死，吓得花容失色、全身颤抖，暗想：倒不如一走了事，难道还等着吃官司不成？香莲想定主意，立刻转身就走，急急奔出大中华饭店，走在人行道上，不料横斜处走出一个人，竟和香莲撞了一个满怀，只听那女子的声音都啊呀的一声叫了起来。

第八回　罢舞从戎惨折肱

香莲从大中华饭店里逃出来，本来是吓得面无人色，经此一撞，更是大吃一惊，忍不住大叫起来。那横斜里走来的人，因时在深夜，突然有人撞她，还以为是碰见了歹人，所以也吓得竭声叫起来。直待两人听得叫声颇熟，定睛一瞧，不禁都又失声扑哧笑了。原来这人也是个女子，而且正是玉芬。两人慌忙握了一阵子手，玉芬问道：

"咦，小玲，你不是给那个姓谢的带出去了吗？怎的你又一个人打从那儿出来的呀？"

香莲因怕敏士追出来要缠不清，遂拉着玉芬穿过马路，弯进公平里内，方才惊魂稍停。悄悄地把经过的事告诉玉芬知道，又气吁吁地道：

"姊姊，你刚才从新都回来吗？你摸摸我胸口，我那颗心兀是跳得厉害哩！"

玉芬听了她话，觉得小玲这妮子真也够淘气了。一面按着她胸口，一面笑道：

"妹妹的手段真厉害，这是一个报复，替我们被压迫的女子吐一口气，这真是令人痛快极了。这小子，活该！活该！"

玉芬说到这里，两人都得意地哈哈笑了一阵，便开了司必令锁进内，走到亭子间门口，见雨海还没有睡。见了两人，便站起来叫道：

"妹妹回来了，你知道这两天消息并不好吗？"

玉芬听了，吃了一惊，且不回房，跟着香莲进内。香莲眼皮泛了泛道：

"我已听说很危险，北四川路一带居民已是十室九空。据说日侨亦已纷纷回国。这两天风声鹤唳，草木皆兵，究竟如何，想来哥哥有确实的消息了。"

香莲说着，便拉着玉芬在床沿边坐下，两眼凝望着雨海，等雨海说出话来。雨海点头道：

"不错！战事现象都已成功，我料三日内，必然一触即发。我的意思，妹妹舞场也不用去了，深更半夜，或者发生什么意外，那时料不定的。再说，战事爆发，舞场也是停业的。所以，我瞧还是早些不去的好，不知妹妹的意思怎样？"

香莲为了枕山和敏士的事，深恐牵累自己，本来意思也情愿暂停几天，今听雨海这样说，便点头答应道：

"哥哥的意思，想得不错，我准定听从你的话是了。"

香莲说着，回头拉着玉芬的手儿道：

"我瞧姊姊也暂时停业几天吧！战事不爆发，我们且别谈；即使明后天爆发了，我们就准定我们的事去，你想好不好？"

玉芬听了，回想前几天夜里和香莲在马路上预定的计划，不觉含笑道：

"好的！我们就准定这样干。今夜时也不早，我倦得很，明儿再见吧！"

玉芬说着，便和两人打个招呼，自回房去。香莲关上房门，雨海听两人谈话有因，不免凝眸沉思。香莲见他呆若木鸡地出神，忍不住走向前去，拍着他肩儿，娇媚地笑道：

"哥哥，你呆站着干吗？可是想什么心事？"

雨海见她小鸟依人的姿态，便伸手抚着她乌亮的美发，柔声地问道：

"我听不懂你和玉芬小姐的话，到底你们是什么意思？请妹妹告诉我好吗？"

香莲一听是为了这事，不禁扑哧一笑，两手挂到雨海的颈项上，微昂着粉脸，凝望着他憨憨地笑着，一面便絮絮地告诉自己和玉芬战事爆发后的志愿、所干的工作。雨海心中敬佩极了，他觉得香莲究竟是个不平凡的女子，不禁伸手抱着她的身子，两人鼻尖对着鼻尖地凝望良久，雨海低声道：

"妹妹的精神，我真佩服极了，你真是我生命中的一盏明灯呀！"

香莲听了这话，欣喜极了，眉儿飞扬，眸珠一转，掀着酒窝笑了。雨海瞧她如此妩媚可爱的意态，真是情不自禁，低下头去，两人的嘴唇便紧紧地吻在一处了。良久，良久，各人的脸上浮现了一丝会心的微笑。

次日香莲醒来，时已午后，急忙起身，漱洗完毕，只听下面进来的人都说时局紧张，战事难免。香莲心想，这事究竟如何，晚上哥哥回来，自然明白真相，因此也不敢出门一步。正在这时，忽见玉芬拿了一张报纸匆匆上来，一面咯咯地笑，一面连连喊道：

"玲妹妹，你快瞧吧！这'八字先生'被人打得头破血流呢！"

玉芬说着，把报纸摊在桌上。香莲见昨夜这事已登作新闻，心中倒吃了一惊，暗想：不要把我的名字也登在上面，这被雨海哥瞧见，不是要起误会了吗？一时也不及问话，就伏在桌上，瞧那则新闻：

风流舞客浴血情敌

昨夜一点十五分，华中银行经理谢枕山，偕新都舞厅某舞女，同至大中华饭店四百十四号房间，此乃谢氏长开之室。当即吩咐茶役送上酒菜，两人欢饮。至四十五分，忽闻房内有女子叫喊之声；接着突有陈赓老之公子陈敏士，偕其伴麻皮阿林闯入该室，挥拳与谢氏格斗。谢氏不敌倒地，被两人毒打一顿。事经四三号茶役发觉，立即电话至捕室报告。当由捕房派华探赵子都率领探捕前往捉获。谢氏业已头破血流，当送仁济医院治。新都舞女已逃逸无踪。敏士、林则由陈赓老一五百元缴保，待谢氏伤愈，再行审理。闻此次浴血真相，不外是桃色纠纷云。

香莲瞧完这则新闻，知舞女姓名并未登出，心中才放下一块大石，而且还觉得一阵痛快，不禁哈哈地狂笑起来。玉芬笑道：

"妹妹，这个陈敏士原来是陈赓老的儿子呢！"

香莲听了，想了一会儿，不觉拍手叫道：

"唔！唔！是了！怪不得他不把枕山放在眼里，说银行经理稀罕什么，在我眼里像耗子一样。原来他仗着他爸爸的势力，真所谓天也不怕，地也不怕了。"

"妹妹，像谢枕山这样身份的人，实在不该如此好色。昨夜这一顿打，真是给他一个当头棒喝，可惜他未必肯反省呢！"

香莲听了，忍不住又咪咪笑起来。一会儿，她不知想着一件什么心事似的，拉着玉芬，凑过嘴去，在她身旁低低说道：

"姊姊，这事在我海哥面前千万别同妹妹提起。虽然我原没什么意思，但到底要起误会的，所以还是不给他知道的好。"

"这个姊姊又不是痴了，哪里会说给他知道？即使他问新都女郎是谁，我也要给你掉个枪花哩！"

玉芬白她一眼，香莲忍不住憨憨地笑，握紧了她手，表示无限的感激。

黄昏的时候，太阳已失却了它炎热的淫威，在一片蔚蓝的青天中消逝了去。雨海从外面匆匆地奔来，见香莲正在点洋风炉子烧饭。因为每日回家，终是独个儿的纳闷，今日骤然见了香莲，本来是忧形于色的脸部上，这时立刻也会展现了一丝笑意。香莲一见雨海回家，早已像小鸟儿似的一跳一跳奔上来，亲亲密密地叫了一声海哥，给他脱了外褂，倒了杯开水，端盆面水，拧把手巾，交给他笑道：

"怎么额上的汗像雨点似的，外面热得厉害吧！真把你累死了！"

这宛然是贤妻的口吻，雨海觉得这是自己的幸福，接过手巾，向脸上一阵乱擦，交还了她笑道：

"我这人特别怕热！妹妹，我告诉你，战事一定有爆发的可能了。"

"真的吗？下午我听楼下二房东说，外面造谣蜂起，恐怕一触即发。现在照你，这事是证实的了。"

雨海拉着她手在桌边椅上坐下，脸上显出慌张的样子，说道：

"可不是？我此刻正从北火车站回来，京沪线客车已停，警察大队、保团大队都已全身武装出防；路上行人都是提箱挈匣、扶老携幼，情形令人不寒而栗。越界筑路之处，万国商团，亦全体出动；虹江路和北四川路、上海大大剧院之间，双方都上刺刀相峙而立：这是所谓一触即发之危机。自四川路桥至公园靶子场一带商店，业已家家打烊，冷清得并无一个路人，形势已完全进入战时状态。你想，这还能维持几日呢？"

香莲听了这话，心里别别乱跳，那脸上不自然地也会惊慌起来，紧紧倚着雨海的身子，好像耳中已听到了清晰的炮声。雨海见她这样，拍着她身子，忍不住笑道：

"妹妹，你干吗？怕吗？别怕！你不是还想着为国家尽些责任吗？"

"哥哥这话对呀！我不怕！我不怕！我哪里有怕什么呢？"

香莲从雨海身旁跳起，挺了胸膛，显出勇敢的样子。雨海瞧她十分有趣的神情，忍不住望着她，也得意地笑了。

第二天早晨，天空是阴沉沉满布着密密层层的战云，太阳已急得逃得无影无踪。从风声中传来铁鸟轧轧的声音和隆隆的炮声，显然战局已在八月十三日那天里开始爆发了。香莲和玉芬就在战后的第三天实现了她们的愿望，雨海对于香莲这种爱国的情绪，当然不能加以阻止，而且还热烈地赞助。

新生日刊社里为了要扩充资料，发表多量的消息，那篇幅自然不得不增加起来。雨海除编辑外，还担任了新闻记者，日夜都没有空闲时间。有时在后方和香莲、玉芬见了面，知道彼此身体都很健康，心中当然是有说不出的快乐。

这是一个深夜一时的光景，雨海匆匆从炮火连天中得了消息回来，和侠魂接谈了一切的事，便各自归案头工作。忽然，台灯旁倚着一封信。雨海一望而知这是香莲的笔迹，心里一阵高兴，就把信封取来，偷偷地先放在嘴上接了个吻，然后方很快地启开，抽出来展着瞧道：

海哥：

那天在后方医院里和你见了面，彼此因为出于意料之外，当然是更显出了惊喜欲狂的神情，可惜当时彼此都有职务在身，没有充分的时间可以给我们谈话，只有亲热地握了握手，问声哥哥身体安好，大家又默默地走开了。

今夜双方都没有动静，妹妹比较往日空闲得多，独对孤灯，殊觉无聊，想着了哥哥，就写封信来，和哥哥谈一

97

谈别后的衷情。

　　光阴过得好快，在隆隆炮火中度着生活，不觉已一月多了。当我和玉芬姊第一天进院，耳中听得轰轰的炮声，这炮声是震耳欲聋。大概为了和前线相近的缘故，炮弹在头顶穿过之时，还发出了呼溜溜尖锐的风声。这声音落入两个自落娘胎还只初次闻到的姑娘耳中，怎不要令我们心胆俱碎，几乎跌倒在地呢！说来是惭愧的，不过在哥哥面前用不到说半句谎话，当然是老实地告诉你了。

　　在这里服务了三天，经验告诉我们这炮声是没有什么可怕的，除了声音大些，此外没有什么用处。我相信即使炮弹落在我的面前，那炮弹也绝不会爆炸开来。我们既存了这样的一个心，于是此后听见炮声，好像是一个响屁，没有能力可以使我们有害怕的可能，仍然你干你的，我做我的，镇静得安如泰山的模样。

　　这天夜里，是一月来最激烈悲壮的一幕，我认为是历史上一页可歌可泣的光荣史，真是值得纪念的一幕，永远不能磨灭的啊！

　　黑漆漆的天空，愁云密布，不要说瞧不见整个的月光，就是连三五颗闪烁的小星都亦已在烟雾里消逝了。万籁俱寂，四周是静悄悄的可怕。但在令人不防的时候，那炮声又在空中响起来。接着，机关枪、排枪、小钢炮、铁甲车、坦克车，轧轧的声音、噼啪的声音，响入云霄；同时，天空铁鸟的盘旋发出恐怖的音调；轰轰的掷弹之声，震动了桌上一切的瓶和杯发出叮叮当当的声响。这料定是大规模的进攻了，众同伴静得一丝声息都没有，连呼吸一口气都不敢。耳中只听得枪炮声中又杂夹了一阵喊杀声、吆喝声……在每个人的眼前，展开了一幕人类的大残杀。

经过了半小时之后，四周又复沉寂了许多。我们全体出动了，静悄悄地溜出了帐篷，抬头见黑漆的天空，已被炮火烧得了满天血红，映着了遍地的鲜血，也是同样的通红。凝眸望着烟雾弥漫的前途，只瞧见无数的黑影子在奔奔，半空中随风飘摇的旗帜，很明显的比鲜血更红。阵地一些儿没有移动，我的脸上挂了欣慰的笑意。但低头瞧着了遍地累累的尸体，啊，可惨呀！有了头，没了身；有了手，没有腿。我默默地挥着表示无限致敬的热泪外，我们轻轻地又去抬起那一息尚存的勇士。从夜风中送来前面远处疏散的枪声，犹在劫后空气中流动。

哥哥，你听了这一篇悲壮的情形，你别伤心！要知道，青天百日满地红的由来，就是万千勇士们所造成！

我的身体很好，你的身体想来也不会坏。我这时心里兴奋得了不得，虽然哥哥并不在我的身边，我好像已整个倒在你的怀抱里一样了。哥哥，你瞧到这里，不知也有和我同样的感觉吗？下次再谈。

祝你安好！

你的香妹在这里向你立正

九，十八，夜

雨海瞧完了这封长长的信，脸上浮着了笑，在笑的成分中稍许带了些悲，但事实还是喜悦的成分多。他觉得这封信，妹妹写得很有意思，我倒可以把它公开地在报上登载一下。不过，末后一节是要给她删去了，比较更好。于是雨海提起笔来，略略改了一下，就准定簿露报上，标题是"从后方医院来的一封公开信"。

这封信布露了以后，引起了女士们的同情，参加后方医院去服务的当然更见踊跃。雨海每夜终要十二点钟后回家，虽然生活是辛苦了许多，但因为身心快乐，精神也不见疲劳而委顿。这天下午，在报馆了刚吃过了饭，只见茶役匆匆进来道：

"甘先生，外面有个姓沈的先生来找你。"

雨海听了，连忙走到会客室，只见一个西服男子在室中打旋。两人一见，都啊了一声，慌忙握了一阵手，原来正是沈迪民。雨海叫道：

"表哥，好久不见了，自战事发生后，我到太古轮船公司去探问了数次，说各轮暂时停航。询问你现寓何处，他们又称不知，所以我也无从再找你了。舅父身体可好？现在你们到底住在何处呀？"

雨海请迪民坐下，迪民叹了一口气，摇头道：

"这事说来话长。自战事开始，我和爸爸就在惠中旅社暂住，不料爸爸竟生起病来，足足有二十多天，所以我一些儿也脱不得身。"

"哦！原来舅父生了这许多天的病吗？现在可大好了？我真一些儿都不知道，这时我和表哥一同去望望老人家吧！"

"表弟社中不是很忙吗？特地也不用去了。"

"说哪儿话，我原本是心里十分记挂，今日你若再不到来，我心中真要焦急煞了。"

雨海说着，便站起来，去和侠魂告知一声，就和迪民携手出外。迪民笑问道：

"表弟，你的莲妹妹现在干些儿什么事呀？我想你们不妨可以来举行一个结婚礼了。"

雨海听他话中好像疑我们已有了关系，不觉红晕了脸儿，正色道：

"表哥，现在是什么年头儿，'匈奴未灭，何以为家?'况且莲妹她自有她的抱负。表哥，你别瞧她是个坤伶出身的，现在所干一切，实在是个不平凡的女子呢!她现在已到后方医院里服务了。你瞧，这就是她从那边的来信。"

雨海把香莲来信原稿递给迪民。迪民瞧了两句，便啊了一声，叫道:

"这信我是早在昨天报上瞧见过来，原来就是你莲妹写给你的吗?怎么把名字都改过了。"

迪民仍然把信交还他，脸上显出无限的惊奇。雨海频频点头，很得意地笑了一笑，望着迪民笑道:

"你瞧这封信写得如何?我觉得像她这样并没有进过学校的女子，实在已很不容易的了。"

"这一方面当然是她天生的聪敏，但另一方面终是你良师教导得好呀!"

迪民瞟他一眼，忍不住着嘴笑。雨海摇了摇头，笑道:

"这个功劳我不敢冒认，其实我根本没有教她过。大概天赋、她的慧质，所以有这样的进步了。"

两人这样一路走一路说话，不知不觉早已到了惠中旅社，乘电梯上三楼，跟迪民走进三百十三号房间，只见舅父沈伯坚穿着睡衣，倚在床上，正和陶子卿谈话。雨海慌忙地走上前去，请了安，喊道:

"舅爹!你患的是什么贵恙啊?怎的拖长这许多日子?现在可大好了?"

伯坚见了雨海，脸上浮着笑容，拉着他手，自然地流露出亲密的慈爱，点头道:

"医生说的是湿瘟症，现在终算恢复了。海儿，真的多天不见你，你脸儿瘦削了许多，想是办事辛苦了。"

雨海笑着摇头，把手摸着自己脸颊道：

　　"瘦削了吗？我却不觉得，而且进来精神反觉比前好些。舅爹现在吃些什么？气力有没有？"

　　"有时吃了些稀粥，有时吃了些面包，也不一定。这两天已好多了。"

　　两人谈了一会儿，子卿端上一杯茶，雨海道了谢。伯坚向迪民道：

　　"民儿，刚才我叫子卿到公司去询问，据邵大班说，已和对方接洽停妥，大概下星期仍可复航。我想这倒也好，停航几天中，我患了几天病；现在复航了，我病也痊愈了——那不真也是个怪事吗？"

　　迪民听了，点头，觉得天下巧事原多。说轮船可以复航，因向子卿详细问一遍，子卿也详细告诉了。迪民道：

　　"这样才好，否则整日没事干，那真要嫌烦死人了。"

　　雨海听他们轮船可以复航，心里甚是喜欢，便道：

　　"舅爹要什么事找我的话，可以拨四三八九六电话好了。"

　　伯坚点头答应。雨海又谈了一会儿，便起身告别。伯坚、迪民知他公事忙，不便留他，就叮嘱几句，随他走了。

　　一星期后，雨海接到一个电话，知道表哥迪民来的。他说爸爸的病完全已愈，他们已于今天上午到大达轮任事，明天一早便要开航。因恐雨海到惠中去白走一趟，所以来电通知一声。雨海连连答应，并嘱下次船到上海，也来电通知。迪民答应，彼此就即挂断。这时忽见侠魂匆匆走来，手中拿了许多电稿，向雨海笑着道：

　　"想不到为了舞女和谢枕山浴血格斗的陈敏士，果然赴南京投考航空学校去了。"

　　原来陈敏士原是运动健将，体格强壮不要说，眼力也相当锐利。他这次被法院判决下来，处缓刑三个月。后因为有他爸爸的面子，终算以三元抵一日计，罚金从轻了事。这次战事发生，陈赓老挈眷避难香港，敏士不知怎样有了一个感触，竟激动了他爱国的情绪，毅然赴都投考航空学校去了。

雨海一面接过各项电稿，一面点头连连说道：

"这样才不愧是个现代青年。国家已到如此地步，若再醉生梦死地糊涂下去，那还好算是个有心肝儿的人吗？"

侠魂笑着点头，便自坐到案头上去。他们在办公时间，绝对不多说一句空话，埋头苦干，也可见他们办事的精神了。

光阴如流水般地逝去，自战事开始至今，只觉眼儿一霎间，不觉已有两个多月。其间为了对方曾有封锁的谣言，一时市民大起惊慌。资产阶级神经过敏地都大事屯粮，以致米价飞涨，连面粉亦涨价一倍以上。贫苦市民叫苦连天；奸商趁机图利。后幸当局谕令，米价不得超过定额之上，市面始稍安定。

雨海这天夜里正在伏案阅稿，忽然茶役送上一信。雨海结果一瞧，见寄信人的具名是玉芬，心中好生奇怪，她从来不曾和我通信，怎么今日会寄信给我。忽然心中一动，顿时大吃一惊，立刻拆开来瞧，只见寥寥数语道：

雨海先生：

　　莲妹于昨夜救护伤病之际，突遭流弹，致伤腿部。现已移送中国红十字会医治，见字急速前来，勿误！

玉芬手启
即日

雨海瞧罢此信，暗想，果然不出我所料，一时打呼一声啊哟！人儿几乎晕厥倒地。

103

第九回　海欲枯兮生路绝

这是一个普通的病房，里面一排排的都是床铺，每张铺上全躺着受伤的士兵，嘴里不时地哼着痛苦的呻吟之声。在暗淡的灯光下，只见那西首窗旁的床上，却是躺着一个女子，床旁站着一个看护，床沿边伏着一个西服少年，三个人默默地并没有说话，只不过那眼眶子的泪水却是大颗儿地滚了下来。

这三个人当然是香莲、玉芬和雨海了。雨海接到玉芬这一封信，好似晴天里响了一个霹雳，不禁大叫一声啊哟。侠魂听雨海如此惊慌模样，也吓了一跳，连忙过来问何事。雨海半晌说不出一句话，良久，眼皮儿一红，竟淌下泪来。侠魂见桌上展着一信，遂忙瞧了一遍，这才明白，不觉也代他着慌道：

"呀！既然你表妹受伤不轻，那么你快些儿去望一次呀！"

雨海被他一提，这才醒悟过来，立刻站起身子，和侠魂手儿一握，道：

"那么这儿事全拜托你了，对不起！"

雨海不待侠魂回答，身子早已奔出了新生社，急急坐车到红十字会。只见玉芬正在给香莲喝完了药水。玉芬见雨海到来，立刻让过一旁，雨海也不及问话，伏在床沿旁，两手捧着香莲淡白没有血色的脸庞，只喊了一声"妹妹！"那喉间已经哽咽，再也说不下去，眼泪如泉水般地涌上来。香莲见了雨海，虽然她是感到非常的痛苦，但她脸上仍然强装出笑容，灵活的眸珠在长睫毛里一转，深深的酒窝掀了起来，微笑着道：

"哥哥，你不要伤心，我这伤是不要紧的！医生已施用过手术，弹子业已钳出。这是一些儿微伤。你瞧这儿躺着的勇士，他们哪个不比我伤得厉害？战场上更惨哩！哥哥，你放心，我绝没有生命危险的！即使不幸死了……这我亦很光荣的啊！"

香莲把纤手抬到雨海的头上，慈和地抚着。这话显然有些儿颤抖，说到末了，心中起了一阵感触，只觉有些儿酸鼻，眼皮儿一红，泪水也忍不住夺眶而出。雨海除了流泪外，一句话也说不出。拉过她纤手，轻轻地握着。只觉她柔若无骨的玉手是枯黄了许多，这大概是两月多来战地辛苦的表示吧，便拿到嘴上吻道：

"妹妹的伤我原知道不要紧，但你终要受痛苦了啊！伤在腿上哪一部分？妹妹让我瞧一瞧好吗？"

"哥哥，别瞧吧！瞧了也不过徒然使你多伤心罢了。再说，怪难为情的……过几天给你瞧好了……"

香莲说到后面两句，声音很低，秋波盈盈瞟了他一眼，淡白的颊上，也不自然地添了一圈红晕，娇媚地笑了。玉芬听了，便说道：

"甘先生，你且给她好好儿养一会儿神，因为她血流得不少，还是少和她谈话好。"

玉芬说着，又把雨海轻轻一扯。雨海会意，便站起身子。这时香莲似乎也有些倦意，别转脸儿去，合上了眼，好像沉沉欲睡的光景。雨海回过头来，低声问玉芬道：

"玉芬小姐，莲妹的伤到底是在哪儿呀？"

玉芬听了，微红了脸儿，叹了口气，喃喃着道：

"在大腿最高的部分，已差不多到胯间了。"

"那么这是很危险的呀！玉芬小姐，她到底要不要紧呢？"

"对于生命绝没有危险，只不过也许要成了残废，变成跛子了。"

"啊呀！这可怎么好？"

玉芬的话是轻得十分，谁知雨海倒大声喊出来。这把玉芬急得连忙伸手向他嘴上扪去。既把他扪住了，心里倒又不好意思。因向香莲努了努嘴，幸喜香莲已经熟睡，便轻声道：

"甘先生，你切勿声张，香莲妹妹她自己也不知道要成跛子。她要知道了，心中一定愈加伤心，你千万不要和她说穿才好。我因为是医生告诉我，所以偷偷地说给你知道。你要安慰她，说跛子原没关系，只要生命存在，已是不幸中之大幸了。"

雨海听了这话，很觉感动，一面淌泪，一面点头道：

"玉芬小姐这话很对，但是我想着她像小鸟儿那样活泼的人，一旦叫她成了跛子，她自己固然伤心，叫我心中又怎不要难过呢？"

雨海说到这里，泪如雨下。玉芬颇觉酸鼻，眼皮儿一红，忍不住也掉下一滴泪来。两人啜泣了一会儿，雨海问玉芬道：

"玉芬小姐，你还要回到后方医院去吗？"

"我已和院长商量，决不移到红十字会来，因为我实在舍不得离开莲妹。除了应尽的义务外，我和她还有友爱的互助呀！所以服侍起来，比较更可以开心些。"

雨海听了玉芬这样说，立刻恭恭敬敬地向她行了一个九十度的鞠躬礼，说道：

"玉芬小姐这份儿美意，我在这儿先代莲妹向你道谢了。"

玉芬见他这个样子，慌忙侧了身，红着脸儿道：

"我和莲妹情逾手足，根本用不着'道谢'两个字，只是莲妹为国成了残疾，我希望你更应该可怜她才好……"

玉芬说到这里，莫名的伤心充满了胸口，竟是哭了起来。雨海听她话中有因，这样替莲妹操心，真不愧是莲妹的知心。一时自己要想说几句始终如一的话，也在喉间哽咽住了，倒不如跟着玉芬一同哭了来得痛快。正在这个时候，骤然轰隆隆一个炮声，这不但使玉芬、雨海吃了一惊，连香莲也睡梦中吓得竭声叫起来。雨海慌忙伏下身去，让香莲紧抱了自己。一面又偎着她的脸颊，拍着她的胸口，轻轻地叫道：

"妹妹，你别怕！你的哥哥在你的身边。不要紧的，你别怕！"

香莲微睁着明眸，见雨海偎着自己，果然在他的怀抱里。一颗芳心真是又喜又羞，而且又安慰。淡白的脸颊儿红润了，掀着酒窝，娇媚不胜情的意态，频频地点头，露齿嫣然地笑了。她虽没有说话，但雨海已知道她的意思，好像她曾在回答："哥哥，我不怕！我一些儿也不怕！因为我空虚的心灵，已得着了现实的安慰。"雨海觉得她默默无言，比较回答还多情。

两人默默地温存了一回，一个郎情若水，一个妾意如绵。香莲虽然在万分痛苦之余，心头感到的喜悦之中，不免亦带有些儿甜蜜的滋味。

"当！当！"壁上的钟很清晰地敲了两下，香莲这才意识到时候已经深夜了，慌忙把雨海的身子推开，挥手道：

"怎么时候已到了这样晚了，你还依恋在这儿？"

雨海对于香莲这骤然的举动，倒出乎意料之外，不禁怔了一怔，凝视着她粉颊，柔和地道：

"今夜我不回家去了，社里的事我都托给人了。"

"不！不！哥哥，你须得回去！我不愿你为了儿女之情，而废了国家大事，你不应该把社中事托给人办，你还得回去自己干！"

香莲很快地回答。雨海的眼皮儿湿润了，并不说话，柔和的目光显出可怜的模样。香莲瞧此情景，她再也说不下去，长叹了一声，伸手把他拉到身边，无限温柔地轻轻叫道：

"哥哥呀，你的恩情天无其高，海无其深，我知道你的心了，我心里是不知怎样感激着你。但你只管放心去干你的正事，我是不要紧的。再说，我还有一个姊姊在这儿呢！哥哥，别留恋，你走吧！"

雨海不敢违拗，点了点头，意欲抱着她亲热一回，但又凝视着玉芬在旁，无可奈何地站起身子，但手里兀是握着她的玉手不放，说道：

"妹妹，我听从你的话，你真是个爱国的好女儿，我很敬佩！我很惭愧，我愿你多给我一些儿勇气，和妹妹站在同一的战线上，共同奋斗！"

香莲扬着眉儿，妩媚而又兴奋地笑了。雨海把她的手紧紧一捏，也含笑道：

"我走了！我走了！妹妹安心地养息，明儿再见。"

雨海说完了这句话，方才把她手放了，双脚一并，手儿架到额上，喊了一声"敬礼"，身子便转背就走。瞧了这种情景，香莲也忘记了一切痛苦，倒把她引得哧哧地笑起来。雨海走到门口时，听到香莲的笑声，就很得意地又回过头来，向她望了一眼，不料待回身时，险些儿和框子撞了。玉芬见他这样恋恋不舍的含有滑稽的神情，也忍不住抿嘴笑着追出来，道：

"甘先生，你放心去好了，莲妹我自会小心服侍的！"

"多谢玉芬姊姊！我一切都拜托了你！"

雨海一面走一面回答，身子早已奔出了红十字会。街上是冷冷清清的，一些儿没有声息，只有远处从秋风中送来一阵噼啪的机关枪声，身子不觉抖了两抖，心头激起了一阵无限的凄凉。

凄凉的秋风吹来了辛酸的消息。这消息是包含着无限的血泪，沉痛欲悲伤，占有了每个人的心灵。

予打击者以打击，足足抗战了三个月之久，为了军事上战略的

108

关系，不得不忍痛奉令西移。

香莲迁出红十字会，回到家里来休养，已有半个月的光景。腿部的创口虽然是痊愈了，但可怜她竟真的已变成了跛子。玉芬就在国军西移的那天，因路线切断，抱着一颗创痛的心，只好仍回到她原有的境况。

这是十一月十二日的那天，永远不会忘记的一天，这值得纪念的一天，是使人到死都不会磨灭的啊！风在不停地吹，雨更在不断地落，且还夹着片片的雪花——老天难道亦在替世界上的一切作不平之鸣？

香莲独坐房中的窗旁，纤手拖着下巴，眼瞧着天空中凄风苦雨，耳听得从南市响过来的隆隆炮声，一阵阵的悲哀渗入了她破碎的心房，制不住那满眶子里的热泪，像老天爷一样伤心，跟着纷纷雨点，扑簌簌地滚落在她的脸颊！她的脑海里憧憬着在战场上许多健儿的影子、雄伟的身材、英气勃勃的脸蛋儿、挺结实的臂膀、铁一样的腿部……都是从他们母亲的腹中怀了十个月的胎，辛辛苦苦地由婴孩抚养到童年，再由童年抚养到成人。但经过了战场上炮火的洗礼，个个都不由自主地倒下来，累累的尸体，尸体已经变成了白骨，白骨已经变成了沙砾，随着狂风向天上飘，无形地幻灭……香莲想到这里，再也想不下去，泣血的伤心似江湖般的澎湃，沉痛的悲哀似万马般的奔腾！泪眼凝望着蒙蒙细雨的前途，不觉轻轻地叹了一口气，低声自念道：

"大丈夫死国寻常事，可惜英雄正少年！"

香莲念罢，摇了一摇头，移步到床前，倒身躺下，抱着一条被儿，默默地淌泪。

"莲妹，怎么啦？你又在伤心了吗？唉！这又何苦呢？这次你能保全生命，实在已是不幸中大幸了，带着些儿残疾，那打什么呀？"

香莲回过头来，只见玉芬娥眉微蹙，明眸里含着无限哀怨无限同情的目光，默默地凝视了香莲。香莲长叹了声，把手在被褥上拍了拍。玉芬理会她的意思，就在她床沿边坐下。香莲拉过她手，抚摸了一会儿，叫道：

"姊姊，当初我哪知会做残疾，早知如此，倒不如让我痛痛快快死了来得干净。唉！我的命也算够苦了，谁知造物妒人也真太酷，他不知要磨难我到怎样的地步呢。"

香莲的泪像断线似的珍珠一般掉下来，玉芬的眼皮也湿润了。安慰她道：

"妹妹，你又不是残废到不会走路了，这是一些儿都没有关系的。再说，你的海哥真是个世界上第一有情人，他为了你的受伤，也不知流了多多少少的眼泪。我知道他绝不会因妹妹腿儿成了残疾而不爱你，这些妹妹尽可以放心好了。你的脸儿已瘦削得多了，若再郁郁不欢，因此而造成别种疾病，那不是自己身子受苦吗?"

玉芬这几句话，香莲当然表示万分的感激，点头道：

"姊姊的话原是不错，但我倒并非是为了这个问题。本来我身子是活的，现在变成了一个活死人，叫我怎能再好到外面去办事呢?"

玉芬听了，也摇头连连叹气。两人默默地淌了一回泪，四周是静得一丝儿都没有声息，只有隆隆的炮声震碎了寂寞的空气。这天炮声没有停，风也没有停，雨也没有停，大家都不甘示弱地闹了一整天。

晚上雨海从新生社里回来，脸色很不好看。香莲吃了一惊，芳心勃勃乱跳，拉着他手，瞧着他满颊被雨淋过的头发，急急问道：

"哥哥，你怎么没有坐车来吗? 淋出病来可怎么好呢?"

雨海并没回答，倒身躺在床上，长长地叹气。香莲忙着拧一把手巾，亲自给他揩拭着头上的雨水，柔声地安慰道：

"哥哥，别伤心！别气馁！我坚决地相信，最后的成功还是属于我们的。"

雨海忽然坐起，紧紧搂住香莲的身子，只叫了一声"妹妹"，已是默默地淌泪了。香莲躲在雨海的身怀里柔顺得像羔羊一般的温存，心里想着了自己的腿伤，无限辛酸，陡上心头，眼皮儿一红，那泪也扑簌簌地滚下来。

雨雪纷飞中带去了寒冬的日子，一年容易，早已到了第二年的春天。隆隆的炮声已不在耳边响亮，从春分中吹送过来的，只有一阵阵悠扬的爵士音乐之声。上海依然是东方第二巴黎的上海，剧院、舞场，除了原有的恢复营业外，新开的也不知有多多少少，真所谓是雨后春笋了。玉芬为了生活鞭策的驱使、经济的压迫，只好重返她的原有环境，供人作搂抱的生涯。香莲为了替国家尽了一份的责任，损坏了她的一条腿，是只好居住在家里。同时，新生日刊社受了某种关系的影响，因此停止出版。雨海抱着一颗愤愤不平的心，无限悲伤地回到他的家里。香莲得知了这个不幸的消息，除了两人抱着默默地淌泪外，彼此都说不出一句话。

这是一个天气晴朗的清晨，雨海还睡在床上，香莲早已把房中一切收拾的清洁。燃着了洋风炉子，煮了一锅泡饭。自己坐在床沿边，望着对面床上睡着的雨海默默地出神，心中暗暗地思想：我已成了残废，他又失业了，此后的生活问题，究竟怎样来解决……想到这里，无限忧愁陡上心头，真有说不出的焦虑。

"梅小姐，密司脱甘出去吗？"

一声咿呀的推开门声，接着就发出了这个问话声。香莲慌忙抬起头来，只见一个西服少年，颇觉面熟，猛可记起，便忙站起来，笑道：

"哦！你不是汪先生吗？请坐！他还没睡醒呢。"

侠魂回头见雨海果然还醋醋熟睡，忍不住笑了笑，就在椅上坐下。香莲倒上一杯茶，侠魂道了谢，向香莲望了一眼，低声问道：

"梅小姐的伤听说已成了残疾，这真令人可惜！不过梅小姐的精神实在令人敬佩的！"

侠魂说着，好像非常同情，表示无限的扼腕。香莲轻轻叹了一口气，眼皮儿一红，但脸部上还装出一丝儿勉强的笑容。两人静了一会儿，香莲站起来道：

"汪先生找雨海一定有事，待我把他喊醒了吧！"

香莲说时，已走到床边，把雨海身子推醒，侠魂要阻止她也来不及了。雨海揉了揉眼，打个呵欠道：

"妹妹，什么时候了？"

"汪先生来瞧你，已坐了好一会儿了，你快起来吧！"

雨海听侠魂到来，便一骨碌翻身坐起，望着侠魂笑道：

"你早！你早！对不起！叫你等候好多时候了。"

雨海一面说，一面早已披衣下床。香莲备好脸水，给雨海洗好脸。侠魂道：

"我今天来告诉你一件事，我们倒不妨去试验一下，因为我们从前在学校里不是对这些事也感到相当的兴趣吗？"

侠魂说着，在袋内摸出一张剪下来的招考启事交给雨海。香莲站在雨海背后，和他一同瞧道：

招考话剧人才：兹有新燕剧团，欲招添男女演员数位。程度初中毕业，身家清白，绝无不良嗜好，年龄十八岁以上，三十岁以下。需能操流利国语，方为合格。如对于话剧感到相当兴趣者，请于即日赴克利司路三五四号敝团面试。一经录用，薪水从优。

雨海和香莲瞧完了这张招考启事，都沉思了一回。雨海笑道：

"你的意思以为怎样？"

"反正不花你什么钱，就去试试也不要紧。"

侠魂望着他笑着说。雨海点了点头问侠魂可曾用过饭。侠魂道：

"我已吃了点心，你们请用吧！"

香莲这时心中不觉又有了新的希望，但愿他们录取了，这才是'天无绝人之路'呢！香莲这样想着，脸上不觉又浮上了笑容，很高兴地端出菜碗，盛上了饭，让雨海匆匆吃毕，便和侠魂同到新燕剧团去应试了。

两人到了克利司三五四号，只见一幢石库门，门上挂着一块牌子，上面写着"新燕话剧团"四字。遂敲门进内，就有茶役接入会客室，问明来意，便匆匆进内报告去。雨海听楼上有女子的笑声，且又播送出一阵清脆的歌声，这大概是他们团内的基本演员了。正在这时，便见一个四十左右的西服男子匆匆下来。三人相见之下，互通姓名，方知这男子就是导演郑枫。彼此说了些客套，各自坐下。郑枫细细向两人打量，果然觉得一个是风流小生，一个是硬派小生，都是本团需要的人物。便又问两人的履历，雨海和侠魂都用很纯粹的北平话对答如流。郑枫十分佩服，便笑道：

"原来两位就是《新生日刊》的编辑，久仰得很。可惜为了环境关系，不得不停止出版，社会人士一定是深表同情！即是鄙人，也是《新生日刊》的一个读者。素来敬佩编辑的精神，好似鹤立鸡群，此次事变，深感痛惜！现在两位有意来敝团共同苦干，自然万分欢迎。最近鄙人根据雨洋移步著作，编成话剧，定名《生路》，对于女主角已有，男主角上未着落。现得两位大材，实是大幸。鄙人意思，在月内积极排练成熟，将来登台一鸣惊人，收入必定可观。

113

那时，两位便是敝团的台柱，所需酬劳，还用说得吗？"

雨海听他说了这许多的话，方才知道在排练之时，彼此还是尽义务性质。不过，我两人本来并非话剧专家，反正闲着无事，就不妨答应了他也不要紧。但不知侠魂意思怎样，便向他望了一眼。谁知侠魂也正在瞧自己，好像也是猜测自己的意思，因问他道：

"侠魂，你瞧怎样？"

侠魂听了，沉思一会儿，向郑枫又问道：

"那么请问密司脱郑，这儿对于膳供不供给？"

"这儿本来已有几位基本演员住着，不过两位在上海如没有耽搁之处，不妨就搬进来住。况且，你们的角色比较吃重，住在这儿，排练起来，自然比较容易得多。"

侠魂听可以住宿的话，倒也不妨暂时度一度眼前的困难再说，将来果然一举成名，这也是说不定的事，因对雨海道：

"那么我们准定来试一试，你瞧好不好？"

雨海也点头答应。郑枫见两人愿意加入，心中颇觉喜欢，当时便取出登记簿和志愿书，请两人填入。一切手续舒齐，郑枫答应两人明日搬进来住。雨海因香莲一人在家放心不下，且她又成了残疾，一切都要照顾，我岂能不管她而搬到这儿住呢？那不是要增加她心里的悲伤吗？所以他对郑枫又声明道：

"我不能住宿到这儿，每天上午八点到团，下午八时回去，在特殊情形之下，当然我可以迟些回家。"

郑枫正因为团中地位小，容纳不下，他肯如此，真是求之不得，就一口答应。正在这时，忽听一阵咯咯的革履声从楼上响下来，只见两个妙龄女郎姗姗而至。雨海见其一个稍矮的颇似香莲，这就不禁一怔。郑枫早站起来把她们叫住，给雨海两人互相介绍道：

"来来！我给你们介绍，这位是马梨雅小姐，即饰《生路》重要女主角，这位宋秀玲小姐，亦是《生路》中重要角色。这两位，这位是甘雨海先生，这位是汪侠魂先生，都是文坛前辈，现在加入本团，彼此都是成了同事，应该大家相见相见。"

雨海侠魂听了，也忙站起，向两人弯了弯腰。不料这位貌类香莲的马梨雅小姐，且很大方地伸过纤手，意思是要和雨海握手。雨海这就不能不伸过手去，彼此一握。梨雅嫣然一笑道：

"密司脱甘今天才加入吗？欢迎得很！实在是敝团荣幸之至！"

"过奖！过奖！你太客气了！"

雨海说完了这话，为了要避免人家注意，表示自己一视同仁，这就又和宋秀玲握了握手。侠魂也和马梨雅招呼，大家客气了一回。雨海和侠魂遂向郑枫告别，准定明日起，大家进行排练《生路》话剧。雨海和侠魂出了新燕话剧团，侠魂尚有别事，就和雨海分道儿去。雨海独个儿在马路上慢慢地踱着，想着这个《生路》话剧排练成熟后，是否能够一鸣惊人，这当然不能预料。假使不能博得社会欢迎，那薪水恐怕还是没有希望。眼前我虽然有了吃饭地方，但莲妹怎么办呢？幸喜莲妹上次做了二十多天舞女，倒有一百多元收入，现在她终还可以维持。可怜老天真也太忌人，好好儿的把莲妹成了残疾，这怎不要叫人心里难受呢？想到以后生活，真是茫然无知。眼前混得过也就是了，以后生活也就管不得许多了。雨海一会儿这样想，一会儿那样想，想来想去，终是失意的悲哀占住了他整个心灵，忍不住那满眶子眼泪滚了下来。

"密司脱甘，你等等！慢些儿走！"

这几句清脆女子的声音把雨海惊得回过头去，原来追上来的正是马梨雅小姐。慌忙拭干了泪痕，脸上勉强装出笑容，说道：

"密司宋呢？她到哪儿去了？"

"哦！她有事到别处了。密司脱甘的府上在哪儿？"

梨雅说话时，身子已是和雨海并着肩儿走。雨海觉得不便告诉她，因圆个谎道：

"我在上海没有家，耽搁朋友家里。"

梨雅见他不肯告诉地址，心中奇怪，便问那样问这样，絮絮地问个不了。雨海感到这位马小姐有趣，但口中回答的都是十分含糊。这叫梨雅心中更起了疑窦，觉得这人有些儿神秘，因此秋波凝视着雨海，只是哧哧地笑。雨海觉得她这副意态实在有些儿像莲妹，不免也望她一眼。但忽然心中有了怎样一个感觉，他便和梨雅点了点头，很快地道：

"马小姐，我还有些儿事，明天再见！"

说完了这句话，就立刻跳上一辆人力车，向前一指，那车夫就拔脚飞跑。雨海这才轻轻吐了一口气，回过头去望梨雅，只见她兀是出神。因为既回过头去，不能不表示一些意义，只好又向她招了招手。梨雅见他这样特别的举动，心中正感到奇怪和气愤，今见他又回过头来向自己招手，可见这人实在是个很多情的。心里不免又荡漾了一下，亦连忙举起手帕摇了一摇，红晕的脸颊儿含了一丝笑意。因了两人彼此招了招手，便又引出下面曲折离奇、可歌可泣的故事来。

第十回　花更憔悴无颜色

光阴如流水般地逝去，转眼之间，雨海和侠魂在新燕话剧团服务，不觉已有半个多月了。为了排练《生路》剧本，导演郑枫和雨海、侠魂、梨雅、秀玲等显然是分外忙碌。雨海和梨雅在剧中是扮演一对爱人，郑枫为了要适观众的心里，所以叫他们表演得非常逼真。梨雅本是醉心着雨海的品貌，当然对待雨海格外地表示亲热。虽然雨海是置之淡然，视若无睹，但这些原不能灰了她的心。她芳心中觉得这是雨海人格的高尚处、态度的大方处。他具有无限的热情，但他更有超人优美的道德。这些雨海的性情，就在半月中排练剧情时，被梨雅猜测得来。因为雨海在剧中时，认清了剧中人的个性，发挥他放浪不羁的热情：快乐时，欢笑若狂；伤心时，痛哭流涕。所有剧情对白，他都自己酌量增减：痛快处，令人精神振奋；失意时，又令人喟然而叹。这种逼真的演剧，连导演郑枫也不觉敬服。但他一到平常时，又变为沉默寡言的一个性情了。不过他脸上对于无论何人还是含着笑，这笑是含着勇敢果决的表示，令人见了，实在有些儿可亲，也有些儿可惧。因此，梨雅对于雨海，就更增加了浓厚的爱心。

半个多月来的友谊，半个多月来的谈话，更因为剧情中表演得亲热的关系，雨海和梨雅当然比前是熟悉了许多。梨雅虽然探问不出雨海的身世和环境，但她且把自己的身世先痛痛快快地告诉了雨海。于是雨海才知道马小姐也是北平籍，年纪十几岁。高中里曾过了一年生活，为了战事的影响，炮火毁了她的家乡，刺刀下牺牲了她的爹娘。她跟着哥嫂，含着一眶无限辛酸的悲泪，漂流到上海来。梨雅说完了她的经过，便不管一切地抽抽噎噎哭起来。雨海感到无限的同情，眼皮儿一红，也陪着她落下一滴泪来。于是梨雅肯定雨海实在是个富于热情的少年，一缕痴情也就更加深深地缚住她了。

侠魂他有他伟大的抱负、奋斗的精神，他觉得献身话剧界，终究不是我们现代青年一个根本的出路。于是他除了在剧团里尽了应做的事务外，他放大了眼光，静待着时机的到来。

梨雅为了不明白雨海的身世，足足纳闷了半个月光景，就在这天，无意中和侠魂谈及。侠魂却毫不介意地统统告诉了梨雅。梨雅这才知道雨海不肯和自己恋爱的原因。

梨雅既明白了雨海还有一个表妹叫香莲，且知道香莲又是一个有着先进思想的女子。对于香莲，固然是抱着十二分的同情；对雨海，却更感到一万分的敬爱。大凡爱情这样东西是专有的，真有不可思议的神秘。别的事情可以让人家一步，这爱情却断断不肯让人的。梨雅虽明知雨海心中有了他表妹，他表妹又是自己同情的人，照理应该和雨海冷淡，但梨雅却反而更和雨海表示亲热。在梨雅心中是否要和香莲夺爱，当时她自己也不知道。她的一颗芳心只觉世界上除了雨海外，实在没有一个人再可以使自己感到可亲了。你想，爱情之所以称谓神秘，就很可见一般了。

这是一个春天的黄昏，新燕剧团里排练完了戏，大家三三两两靠在沙发上闲谈，秀玲向梨雅笑道：

"马小姐的表情益发逼真了，比前天又进步了许多，这次登台表演，准不会使观众们失望的。"

梨雅听了，却不回答，望了雨海一眼，却是哧哧地笑，许久方才笑道：

"宋大姊，你也表演得不错呀！抱着孩子哺乳，真像得很！好像真的已做过妈妈似的！"

"啐！罢了！谁像你认真，恩爱缠绵，倒真的像一对小两口哩！"

秀玲瞅她一眼，说出这几句话来，众演员都哗然地笑了。梨雅绯红了双颊，奔到秀玲面前，伸手要拧她的嘴。秀玲咯咯地笑得透不过气，一面握住了她手，一面连连讨饶。两人就在沙发上扭股糖儿似的缠作一堆。扮老太太的小韩，装作他滑稽的鬼相，拍着旁边的大胖子老关，逼尖了喉音，娇声滴滴地道：

"我的好哥哥，我真爱你呀！爱你！爱你！真爱死你了！"

老关也是个滑稽的专家，知道小韩在形容梨雅和雨海的表情，一时停住了眼睛，馋涎欲滴的神气，把身子倒了下去，笑着道：

"哦哟，妹妹呀！你这样肉麻动人，我的汗毛孔根根竖得像钢针一样了。被你这样爱起来，我可吃大勿消，真个要被你爱死了。"

众人瞧了这一对活宝的神情，个个忍不住捧腹大笑起来。梨雅真没了办法，索性厚着脸皮，也附和着笑，但偷偷地还把秋波向雨海瞟来。雨海在社会上做了许多事情，经过了许多困难，把他一张绝嫩的脸蛋磨折得老透了。他不比一年前见了香莲时就会脸红，他只觉得他们所以要开玩笑，完全是调剂他们枯燥的生活。他觉得这是无羞涩的必要，因此他是毫不介意的，脸上也显露出很自然的笑容。郑枫生恐闹得太厉害了，使他们两人要恼羞成怒，因劝止众人：

"好了！好了！大家别闹笑了。这是剧中的表情，怎可以不逼真？不逼真，就不会感动人！不感动人，哪能够一鸣惊人呢？"

大家听导演这样说，就都停止了笑，于是室中又复归到原有的寂静，侠魂他是始终默然着，待众人停了笑声，他便抬起头来问道：

"密司脱郑，这个《生路》剧本已经排练得相当成熟，不知几

119

时可以登台公演？对于那个戏院，以及一切服装、道具、布景、灯光设计，不知统统可有计划成功吗？"

众人听侠魂问出这句话来，方才好像从梦中初醒一样，你一句，他一句，向郑枫问个不停。郑枫本来也是满脸含着得意的笑容，经侠魂一问，这好像是一支锐利的箭猛可地刺在自己的心里，顿时不禁紧蹙了两道浓眉，把无限的心事又都勾引起来，但他竭力地镇静他面部的表情，向大家摇了摇手道：

"这些你们别急！戏院我原定是皇宫剧场，和他们约定四六开折账，那边正厅座位有五六百只，楼厅也有二三百只，一共千把只座位。假使能够卖满座，起收入之数，倒也可观。对于布景、服装、灯光设计……以及其他一切……也绝不无疑难问题，只不过是缺少一样经济……但你们千万不用焦急，我终不会使众位失望的……"

郑枫的话是吞吞吐吐，实在是有说不出的苦心。侠魂和雨海原是绝顶聪敏的人，到此方知郑枫是冒险行事，实在他也是个穷光蛋。要想赤手成家，那不是一件容易的事。这样瞧来，戏剧虽然是排练成熟，但什么时候可以公演于剧场，问世于社会，这日子还渺茫得很。众演员也都理会过来了，大家都急得跳起来。小韩几乎要哭了，他皱了皱眉，环了眼，噘了嘴，喊着道：

"大导演先生，这个可不行呀！我老实告诉你，我家里有一个白发老娘、黄脸老婆，还有三个小东西，他们天天喝着薄粥，希望我早已登台公演，拿了薪水，可以去籴米买柴；倘然公演没有日子，这还……叫我可怎么好呢？"

小韩说到这里，便真的哭了起来。老关见小韩的哭，引起了他无限的同情，两手一揉眼皮，也忍不住呜咽起来。众人见了两人这个情境，真是又要笑又要难受。郑枫这就急急地搓搓手儿，安慰他们道：

"你们俩不要这样吧！谁不知道谁，大家都是个可怜人。反正我约定你们的日子还有半个月。在这半个月的日子中，我非东钻西钻竭力设法不可。唉！金钱万能！万能！万万能！"

郑枫说到这儿，深深地叹了一口气，接着众演员都颓然地倒在破沙发上了。破沙发已没有了弹性，倒了下去，却是爬不起来，不约而同地微叹了一声。虽然叹声是非常细微，为了数多的缘故，这就听得很响的一声，但不到一分钟后，室中又沉寂得没有一丝儿声息。

"当！当!"

一阵摇铃的声音震碎了四周一切的寂静，大家都知道这是吃夜饭的时候了，纷纷地站起来，像鱼贯似的先后默默地走下楼去，只有那鞋子摩擦着地板，发出了一阵嘈杂的响声。

吃饭的人倒有两桌，每桌还坐着十二个人，圆台面倒也罢了，偏偏是两张方桌，当然是挤得可想而知。饭菜四碗一汤，而且是少得缩在碗底里。所以这儿吃饭，非实行"三快主义"不可，叫作眼快、手快、嘴快，否则就有吃淡饭的可能。幸喜男女演员是分开一桌吃的，女的究竟比男的要客气多，不过四菜一汤根本就不够给十二人下饭，所以客气也是精光，不客气也是精光。最后还是又由马梨雅叫茶役买了几包黄豆，来给大家吃完了这碗饭。

今天当然也不会例外，两桌子的人，还只划了半碗饭，那菜汤早已空空如也。小韩喊起来道：

"这饭司务太岂有此理了，小菜愈弄愈少，叫我们怎样咽下饭去呢？"

老关把空碗拿在手里，做个要掷的姿势，大声骂道：

"妈的蛋！这杂种不是人，不给他敲碎几只碗，他是不肯把菜弄好的。"

雨海连忙给他抢下，瞪他一眼道：

"你别胡闹！饭司务也有饭司务的苦衷！你若真的敲碎了，岂不是多损失的吗？"

"其实我们不想吃好，只要菜多一些儿，能够不吃淡饭，也就是了。"

众人都叹了一口气。郑枫默默无语。他自己知道仅仅只有五角钱一桌饭菜，要吃十二个人，这……怎能够叫饭司务有多些菜可拿出来。一阵阵的悲哀渗入了他的心。一口口地划着淡饭，直向肚里咽下去。良久，向众人望了一眼，叹道：

"诸位都感到非常苦吧，不过我已整整填进了三百多元钱了，我的内心也许比诸位更苦！不过在这个时期里，我们终得忍耐一下子，大家甘苦与共，埋头苦干，终希望将来有些好日子过才是。吃淡饭虽然不容易，不过我们只要想想前线的战士，那我们虽吃一口淡饭，也是感到很香甜的了……"

郑枫这几句话说得中听，雨海和侠魂颇觉感慨。虽然老关、小韩心里有些不乐意，但却也不敢再说什么了。大家懒洋洋地握着筷子，在碗内一粒粒地挑着米粒向嘴里送去。

大凡什么事，空口说白话地喊高调，到底是容易些；假使要实行起来，自然是比较困难了。只要见吃淡饭的事，就可见社会上一切说任意道德的君子的内心。因为人心到底是肉做的，一人之心即千万人之心。古来真正圣贤人，究竟能有几个？

大家正在感到淡饭难咽的时候，这就听得隔壁桌上发出了柔和的声音，喊道：

"密司脱甘，你接着！"

雨海回过头去，这就见梨雅手中拿着两包的纸包，笑了笑，随着话声，把手一扬，那两个纸包便都飞掷过来。雨海连忙接住，把它透开，放在桌子中间，笑着道：

"大家别愁，马小姐又来接济我们了！"

大家听了，定睛一瞧，只见一包油氽黄豆、一包油氽花生。于是众人一齐回过头去，异口同声地道了一声：

"马小姐，谢谢你！"

梨雅忍不住咯咯地笑起来。大家吃好了饭，争先恐后地洗过了脸，三三两两地坐一堆，摸出烟卷来，默默地抽着烟，望着烟圈飘飘渺渺地飞散开去。有的低声地哼，有的轻微地叹，也有默然地出神，也有喁喁地诉说。清辉的月光从窗子外照在整个室中的众人淡白的脸儿上，显然都带着些凄凉。

这是一条平坦的马路，两旁行人道上植着一丈一隔的杨树。月光照着树叶枝儿，那黑影子就很清晰地映在地上，大概为了微风吹动的缘故，因了枝叶儿的摇摆，那映着的黑影子也就不停地动荡。富于诗情，而含有画意，倒添了不少的情趣。

雨海和梨雅从新燕剧团里出来，梨雅表示和雨海特别的好感，所以紧偎了他身子，并着肩儿走。彼此都不说话，默默地只听得皮鞋摩擦在水门汀上，发出了含有节拍的细碎声音。

"密司脱甘，你是住在公平里的吧！还有一个妹妹，是不是？"

梨雅像顽皮的孩子，跳了跳脚，望着雨海说出这个话来。她为什么不说表妹，这她当然有她的原因。雨海骤然听她这样问，心里倒是吃了一惊。我既没有告诉过她，她打从哪儿得知的呢？这事显然有些奇怪，但自己既说上海没有家，现在被她道破，这也是很不好意思的。因而红晕着脸儿，当作毫不介意的样子，点了点头，只应了一个"唔"字。心中细想告诉她的人，除了侠魂无心说出外，当然没有第二个人了。梨雅见他在想什么心事，便又笑道：

"密司脱甘，我瞧你今天好像有些不快乐，不知心中有没有烦闷

123

的事，我和你虽然只有二十多天的友谊，不过我心目中已认你是我的知己。你的烦恼不妨说给我听听，也许我们有互相慰藉的可能。"

雨海回头见她明眸里含着无限的柔情，听了这几句知心着意的话，当然谁也不能够不感动，这就情不自禁地把她手儿紧紧一握，点了点头，诚恳地道：

"谢谢密司马的美意，我非常感激。我原也不是有什么烦闷的事，不过在目前这种环境之下，哪一件不是令人失意？怎能叫我堆出笑脸来？"

梨雅听了这话，轻轻地叹了口气，纤手反捏紧了他，表示非常的同情，只低声儿道：

"今天团里的影像使你多少也有些儿感触吧？"

雨海默默无语，两人又走了一截路。这是一家咖啡店的门口，梨雅停止了步，望着雨海，恳求似的道：

"密司脱甘，我们一同进去坐一会儿怎样？"

"时候怕不早了吧！再说，你哥哥和嫂子等着要心焦，我们还是改天再谈吧！"

雨海沉着脸儿，一本正经地回答。梨雅心中感到一阵莫名的悲哀，眼皮儿一红，险些淌下泪来。雨海瞧她盈盈欲泣的神情，颇觉楚楚可怜，心有不忍，也不禁凄然道：

"密司马的意思，我十分感激！但是我觉得我们的环境太恶劣了，终得先来奋斗一下不可！"

雨海说到这里，长长叹了一口气。梨雅明白他的境遇也许是比自己还恶劣。当然，各人有各人的心事，哪里有闲功夫来应酬呢？于是她默默地点了一下头，背转身去，用手帕揉擦了一下眼皮。雨海虽没有瞧见她在干什么，但很显明她是在擦泪。夜风一阵阵地吹来，身子不自然地抖了两抖，两人都感觉到有些儿凄凉。

"密司马，我给你讨车！"

雨海觉得这样老站在人行道上有些儿不雅，说了这句话，就向人力车夫招手。梨雅跳上车子，点头说声再见，便叫车夫向前拉去。雨海瞧她这个模样，显然有些儿生气。望着她远去的身影，在黑暗里消逝了去，忍不住仰天叹了一口气。

雨海拖着沉重的步子，黯然神伤地回到家里。推开了房门，只见里面一片漆黑，听得香莲躺在床上呻吟着。雨海吃了一惊，连忙亮了电灯，走到床边，俯身叫道：

"妹妹，你怎么啦？不适意了吗？"

香莲听了雨海声音翻过身来。在灯光反映之下，这就瞧清楚香莲蓬松着乱发，娥眉含颦，两颊绯红，明眸中似乎还含着晶莹的泪水。她见了雨海，还勉强装出笑容，柔和地叫道：

"哥哥回来了……"

雨海坐到床边，伸手摸着她的脸颊，只觉得热辣辣地烫手，失惊道：

"早晨还好好儿的，怎么就病了？妹妹，你现在觉得怎样难受？"

香莲听了这话，眼角旁涌上一颗晶莹莹的泪水，斜淌到颊上，轻轻地道：

"没有什么大病，只不过有些儿头疼，全身发烧得厉害，想是受了些儿感冒，睡一两天也就好了。"

雨海握着她手，热度很高，伸手摸她的身子，也果然怪烫手的，心中就有些儿焦急，蹙了眉毛道：

"这……怎么好呢？明天请个医生瞧瞧吧！"

"哥哥，你千万不用心急！这些儿小病，哪就会死吗？"

雨海听她好端端地突然说出一个"死"字，心中一阵悲酸，险些儿也滚下泪来，连忙镇静了态度，用手把她嘴儿扪住道：

"妹妹，你这又何苦来呢？我瞧妹妹总太忧郁了吧！你要明白，'积劳所以致疾，久郁因以丧身'，你虽带着些残疾，不过这些没有关系，我不是早对你说过了吗？况且，妹妹是为国牺牲这条腿，那是多么荣幸、多么值得纪念的一件事啊！"

香莲滴溜圆的眸珠在长睫毛里一转，表示无限的感激。但她那两眶子的热泪终忍不住它滚滚地淌下来。雨海无限辛酸，倒身在她旁边并头躺下，偎着她的脸颊儿，默默地温存，雨海问道：

"妹妹，晚饭可有吃过没有？是什么时候发热的？"

"我吃了晚饭，收拾清洁，忽然一阵头疼，眼睛顿时一片昏黑，便再也支撑不住，就倒在床上不会动弹了。"

雨海听了，颇觉伤心，知道她所以生病的原因，一半固然是为了腿儿变成残疾而伤心，一半也是为了经济关系的劳苦。两人都淌了一回泪。雨海见她连鞋子还没脱去，遂又坐起身子，给她脱了鞋，又给她脱了袜。摸着她瘦削的脚儿却是冷得冰冰阴的，可见四肢冷热不调和。回头来瞧香莲，香莲的脚被他捏着，当然是非常羞涩，偏了脸儿，不敢向雨海望。雨海叫道：

"妹妹，你的脸儿这样烫手，脚儿又这样冰冷，可见四肢不和，明天就准请医生去！"

雨海说着，把她脚放进被里，给她好好地塞紧了被。也不等香莲的回答，身子就奔出房去。香莲见他十分真心多情，当然是感到了十分的安慰。不多一刻，雨海便匆匆地回来，手里除了拿块神面茶外，还有一只奶油面包和一厅鹰牌牛奶。他把洋风炉子燃着，先煎了神面茶，服侍香莲喝下。香莲这时神志昏迷，竟沉沉地睡去。雨海呆呆地望着她的脸庞，轻轻地叹了口气。心中不知怎样有了一个感触，泪水不禁又夺眶而出。他慢慢移步到桌边，把面包切成了片，牛奶厅子开了洞，预备半夜里香莲喊饿要吃时可以便当些。一切舒齐，方才回到对面床上，躺下来，闭眼养神。这天夜里，雨海蒙蒙眬眬地没好好儿睡，一会儿听香莲喊茶，他便起来；一会儿听见香莲呓语喃喃，梦中哭醒，雨海又要起来安慰她。这样闹了半夜，方始熟睡。雨海这是疲倦已极，关了电灯，方欲入睡，忽听香莲又叫一声道：

"哥哥，啊呀！我的哥哥哪儿去了？"

这把雨海大吃一惊，连忙又开了电灯，翻身起，只见香莲睁大了眼睛，好像发狂的样子。雨海见她这样昏迷模样，没了办法，只好调到她的床上，钻进她的被里，抱着她，叫道：

"妹妹！妹妹！别害怕！哥哥抱着你！哥哥在你的身旁！"

香莲被雨海搂在怀里，果然很安静地睡去了。雨海恐她还要哭醒，遂也不回到自己床去。况自己亦睡思昏昏，两眼合上，就沉沉睡去了。

一线曙光从黑漫漫的长夜里破晓，香莲一觉醒来，只见自己被雨海搂在怀里，实现了共枕同衾，不觉顿时娇羞欲绝，细忆昨夜情景，却是茫然再也记不起来，意欲推醒了他，心中又觉不忍，因此也只好假作睡熟，当个不知道。知道雨海醒了，香莲方轻声儿叫道：

"哥哥，你这是算什么啦？"

雨海忽听香莲问出这话，可见神智已清楚，回复原状了，心中才放下一块大石，笑着摇头道：

"妹妹，你还问我呢？昨夜我真被你急死了！"

就着，因把昏迷的样子和梦中呓语统告诉了她。直把香莲羞得满脸颊通红，把脸儿藏到他的胸脯，扑哧笑道：

"哥哥谎我，我几时曾有这样子，那么我自己怎么的一些儿不知道呢？"

雨海知道她是含羞推脱的表示，也不必和她强辩，一面起身，一面笑道：

"照妹妹这样说，那还是我的不好了？"

香莲听了，只望着他哧哧地笑。雨海摸着她的脸颊道：

"今天了好些儿没有？肚饿了，我给你冲牛奶面包吃。"

"哪有好得这样快，我的头仍好疼哩！"

香莲皱着眉说，好像孩子向慈母撒娇似的憨气可爱。雨海一面冲牛奶，拿面包，给她放下床前的椅上，一面给她檫了口，望着她道：

"妹妹，你不用急！我今天陪在床边，给你整天地捶头儿可好？"

"那你难道剧团里不去了吗？"

"这种剧团去不去也没有什么关系！"

"哥哥，你这是哪儿话呀？"

雨海听她问得急，遂把剧团内容真相对香莲告诉一遍。香莲叹了一口气，芳心又焦急起来，这样以后生活将怎样办呢？便忙道：

"哥哥，那可怎么好？二房东昨天对我说又要加房钱。这样下去，贫民阶级的苦人真没法再生活下去了。"

雨海恐怕这消息对她病体是有损无益，一时倒懊悔不该说出来，但既然说了，又不好缩回，只好安慰她道：

"妹妹，你不用焦急，万事都有定数，愁苦没有用的，天下哪有饿死的人吗？妹妹，我现在抱定乐观主义，什么事都不忧愁的。你也千万不要忧愁，快对我笑一笑！"

雨海伏下身去，捧着她粉颊，轻怜蜜爱地表示无限的柔情。香莲这就不得不嫣然一笑了。雨海情不自禁，低下头去，和她接了一个吻。香莲连忙推开他身子，瞟他一眼，道：

"哥哥，你这人！我是有病的人，嘴里有秽气，不要传染吗？"

"妹妹又不是什么病，哪里会传染，我偏吻你！"

雨海说着，把嘴凑到她的唇上，还听得啧啧的声音，可见是吻得十分有劲。香莲又忍不住咻咻地笑了。

　　这天雨海没有到剧团去，成天伴着香莲，和她说笑解闷，香莲很高兴，脸上浮着笑容，好像已没有病一样的了。

　　其实，香莲的病是很厉害的伤寒症，今天她所以高兴，完全是心理作用，因为昨夜自己和雨海相抱着共枕同衾而睡，虽然并没有真个如鱼得水，但宛然已成了一对小夫妻。再说，雨海如此多情，想来绝不会因自己残疾而变了心，芳心已欢喜，所以好像没有病了似的。雨海见她有说有笑，还以为真的好了，所以也不再请医生给她瞧。照实在情形来看，又是为了经济压迫；假使有钱的话，很好的人也要请个医生验验身体呢！唉！金钱万能？金钱万恶？

　　第二天侠魂来找雨海，方知是为了香莲患病，所以没到剧团，遂也向香莲安慰一番，一面又告诉雨海道：

　　"郑枫今天夜里七时在大上海饭店请一个客人，叫我们统统前去相陪。这人据说是个金融界名人，很有几个钱。郑枫的用意当然是要他助一臂之力了。"

　　雨海听了这个消息，心里倒又有了一个希望。郑枫这样竭力在转念头，这事说不定有成功的一日，对于夜里去做陪客，当然是乐意去了。

第十一回　断肠花对断肠人

这是一个精美的房间，里面亮着一百支光的电灯，中间摆着一张银台面，台上放着一大盆时鲜水果。房里四围椅上坐满了人，郑枫、雨海、侠魂、梨雅、秀玲、老关、小韩以及灯管设计员、庶务员，一共九人，大家穿着新的衣服，预备和这位金融界的名人相见。各人的手上都夹着一支烟卷，默默地吸着。梨雅轻轻地问雨海道：

"密司脱甘，我听密司脱汪说，你的妹妹有些儿不适意吗？不知道患的是什么贵恙？"

"恐怕是受了一些儿感冒，今天好多了，多谢你挂心！"

梨雅笑了一笑，雨海做个并不理会的样子，吸了一口烟卷，抬头喷了出去。正在这时，忽听见郑枫说道：

"时候已经七点一刻了，怎么还没有来，不要失我约了，那就糟糕！小韩，你到外面去等一会儿，也许他找不着房间。"

小韩答应一身，把领带向上抽了抽，整整衣服，就走出房去。老关道：

"一个人太不恭敬了，我凑成双去，那才有个样子。诸位想，我这话可对不对？"

老关说着，故意把头颈一缩，咽了一口唾沫，摆动着大屁股，移步走了出去。众人见了这一对活宝行动，忍不住又都掩口笑起来。

"来了！来了！"

约莫五分钟后，小韩跳着进来，把手圈在嘴里，好像探子来报告什么要紧消息似的。众人听了，都站起身子，拉了拉衣角，连咳嗽一声都不敢，仿佛是要见伟人般的模样。就在这个时候，只见老关在前，后面跟着一个西服中年男子，还留着一小撮胡须，神气活灵活现地走进来。郑枫连忙抢步上前，握住他手，十分亲热地摇撼了一阵，笑着喊道：

"谢经理，果然不曾失约！欢迎欢迎！敝人恭候好久了。"

郑枫说着，把身子让过一旁，向众人介绍道：

"这位就是金融界领袖谢枕山先生！"

于是雨海、侠魂等都逐一地彼此相见。侠魂听"谢枕山"三个，仿佛甚觉耳熟，向雨海望了一眼，齐巧雨海也来望自己，两人彼此一望之后，这就猛可地记得，原来就是上次和陈敏士浴血搏斗的这个不成材的东西。

"这位就是敝剧团排练《生路》剧本中女主角马梨雅小姐！"

郑枫最后介绍到梨雅时，枕山顿时一怔。心中暗想，这人好像新都舞厅舞女梅小玲。上次我为了她，吃了姓陈小子的一顿苦，现在我跑遍了各个舞场，却不见梅小玲一人，原来她是在这里。但转念一想，我这人也真糊涂得可怜，她不是叫作马梨雅吗？怎的我可以当作梅小玲呢？想到这里，脸上浮现了一丝笑意，立刻伸过手去，把梨雅的手儿紧紧握住，说道：

"原来是马梨雅小姐，久仰！久仰！"

"太客气！承蒙密司脱谢劳驾前来，真是敝剧团荣幸得很。"

梨雅本待弯了弯腰完事，谁知他竟伸手来强握，心里虽然不快，但要仰仗他的地方很要紧，自然只好向他敷衍几句。枕山听了这两句清脆动听的话，直把他乐得心中奇痒难抓，笑眯眯地望着梨雅的脸蛋儿，竟是怔住了。梨雅见他手也不放，只管目不转睛地盯住自己，好像馋涎欲滴的神气。这样似乎太不雅了，羞得红晕满颊，心中一急，这就有了主意，放出她洒脱的态度，把手一摆，笑道：

"那么就请密司脱谢入席吧！"

枕山这才醒来似的，放了她手。郑枫遂请枕山上座，依枕山的意思，最好让梨雅坐在身旁。梨雅多么乖觉，推雨海、侠魂上前笑道：

"你们两位酒量不错，所以陪密司脱谢坐在一旁吧！"

于是大家挨次坐下，梨雅、秀玲坐在雨海的下首，郑枫、侠魂坐在枕山的左首，大家殷勤奉承。枕山因为梨雅不肯开拳，他便要打一个通关。郑枫见枕山高兴，当然拍手赞成。枕山从郑枫起，挨次划下来，轮到梨雅的地方，梨雅站起来笑道：

"密司脱谢，请你原谅我，我是真的喝不下来的！"

"划拳哪有个不会的吗？我既打了个通关，马小姐当然是不能推却。你瞧宋小姐不是也会划着。快来！来！来！别害羞！"

枕山撩着袖子，伸出手来，向梨雅做个要划的姿势。梨雅拍着雨海的肩胛，哧哧地笑道：

"那么我请密司脱甘来给我代拳吧！酒准定我自己喝。"

"不行！不行！一定要你自己划的。你如果一定不肯，那是瞧不起我了。"

枕山的脸儿上是显出了不快乐，郑枫向梨雅连丢了几个眼色，笑道：

"马小姐她倒也真的不曾猜过拳，今天既承谢经理这样热心要求，马小姐不妨试试。不过，谢经理说瞧不起的话，那太严重了，这叫我们怎样担当得起？"

侠魂和雨海心中真有说不出的气愤，暗暗骂了一声"色鬼"，觉得这种丑态，实在有些瞧不上眼，低了头，拿着碟子里的西瓜子，一粒粒地嗑。梨雅听郑枫这样说，脸儿一阵阵地红晕，内心真有说不出的痛苦，含着一眶辛酸的眼泪，颊上是装出不自然的笑容，说道：

"密司脱谢，那你终可以相信我了，但是我猜不来，你别见笑！"

枕山哈哈地大笑了一阵，他觉得自己是胜利了，伸手就和梨雅连猜三拳，这当然是梨雅输了。枕山笑道：

"马小姐，对不起！我现在奉陪你喝三杯吧！"

因为心中有了气，那个是最会醉人的，梨雅一连喝了三杯，两颊早已绯红。虽然是气他，但表面上还是装出洒脱的态度，把杯子向枕山一照底。枕山哈哈又是一阵狂笑，连说"痛快！痛快！"酒过三巡，郑枫把剧团中缺乏经费，欲想求谢经理助一臂之力的意思向枕山恳请。枕山趁着酒兴，便一口答应。这一餐终算吃得很满意，大家欢然而散。只有梨雅心中，觉得枕山不免有些儿侮辱我们女性，很是气愤，但为了剧团中整个的利益计，当然是不得不闷在肚里。在梨雅，当时哪有料得到以后还有更难堪的事情发生呢？

枕山自从答应帮助郑枫的经费，往后就常到新燕剧团里来游玩。郑枫待他好像比亲爷还要敬重。除雨海、侠魂、梨雅外，其余演员，当然亦是个个大拍马屁。枕山所以到新燕剧团里来游玩，目的并非在酒，无非是引诱梨雅罢了。郑枫当然瞧得明白，见梨雅不愿和他亲近，心中很是焦急。他一心只管剧团的前途，自然不顾别人家一个女孩儿，给她失身也好，给她一身幸福也好，反正自己有钱可以进账就是了。郑枫既存了这个心，就竭力劝梨雅和枕山亲近。梨雅不答应，有时郑枫跪下来向梨雅叩求。这叫梨雅没了法儿，当然委委屈屈地允许他了。不过，在梨雅心中，也是早有成见，绝不像其他一切小女儿那样意志薄弱，容易会上人家的大当，因此而牺牲了自己一生的幸福。

这是一个和暖的夜里，新燕剧团里同人还只刚吃好饭，枕山坐着自备汽车来了。郑枫接入客室，亲自递烟，划火柴，一面恭恭敬敬报告道：

　　"谢经理，这次敝团能公演于剧场，问世于社会，实在是全靠你的大力，令我们实在感激不尽哩！现在服装都已在定制，布景亦在设计，我今天已和皇宫剧场接洽停当，决定在下个月一日假座那边登台公演，他们于三日前先登封面广告。谢经理，不是我夸海口的话，《生路》剧若一登台公演，准能一鸣惊人哩！"

　　枕山听了，吸了一口烟，昂着头笑道：

　　"今天是廿三日，还有七天时间，难道你们都预备舒齐了吗？"

　　"都舒齐！都舒齐！待到一日那天，还请谢经理劳驾前来指教！"

　　"马小姐的表情一定是非常的好，到了那天，我一定约几十个朋友来捧场，对于各位小报，我都可以设法叫他们鼓吹，不知马小姐心中喜欢吗？"

　　枕山涎皮嬉脸地望着梨雅，等待她回答。梨雅偏不说话，却笑一笑。侠魂、雨海瞧不入眼，便都各自走开。雨海更因香莲一星期来，病体并无十分痊愈，心中忧愁记挂，就悄悄地先回家里去了。

　　"马小姐，今天夜里天气很好，我意欲请你到仙乐舞厅去玩一回，不知你肯赏光吗？"

　　枕山见众演员都走开去，便站起来向梨雅笑着说。梨雅眸珠一转，心中有了主意，就频频含笑点头。郑枫见梨雅果然听从自己的话，自然是万分喜悦，满脸堆笑地送他们两人跳上汽车，方才得意地回进里来，一面笑，一面眼前就显出了公演那天观众拥挤的情形。一会儿那济济人头又变成了花花绿绿的钞票……于是他不由自主地哈哈大笑起来！

　　汽车到了仙乐舞厅停下，枕山扶着梨雅下车，挽着梨雅的玉臂，走进舞厅，当有侍者招待入座，问喝什么茶。梨雅道：

"淡的吧！密司脱谢怎样？"

"我不成问题！你喜欢什么，我就喜欢什么！你的心和我的心是没有两样的。"

梨雅瞟他一眼，噗地一笑，低头无语。侍役把茶送上，两人各握了杯子喝着，眼睛向舞池里望，只见对对红男绿女，好像翩翩蛱蝶穿花一般，飞来飞去地欢舞，每个人的脸上都含着得意的笑。枕山把手向梨雅的肩儿拍了拍，梨雅回过头来，明眸凝望着他，似乎候他有什么话说出来。枕山笑道：

"密司马和那姓甘的很要好的吧？"

梨雅听他说出这话，把脸儿一红，正色道：

"我和团中同事个个都很要好，绝没有什么厚薄的。即是密司脱谢，我和你原是没有几天友谊，为什么会和你一同出来玩呢？这都因为自己是个好动不好静的。"

"我原是说着玩，你生什么气？你说我们原没几天友谊，这话不错，但这也是个非常奇怪的事。我们虽然初见，却是一见如旧。我的心里好像一天不见你，心里就非常不快乐的样子。不知你可有和我同样的感觉吗？"

枕山大胆地把身子移了移，握着梨雅的柔荑，脸上含着了奸猾的奸笑。梨雅哈哈狂笑了一阵，说道：

"你这人有趣！承蒙你这样记挂我，我心里自然是非常感激。不过，我因为公务繁忙，脑子里固然没有工夫来映你这样一个人，连想也没想过，这些实在要请你原谅。我真太忙了，没有工夫可以来想你。我知道你大概一定很空闲的吧！"

梨雅这几句话既幽默又滑稽。这使枕山心里真也弄不明白她究竟是什么意思，一时望着她可爱的脸蛋儿，竟呆呆地怔住了。良久，方站起来，向她一个鞠躬，笑着道：

"我请求密司马舞一次，不知肯允许吗？"

梨雅嫣然一笑，就起身站住，枕山这就一搂她纤手，按着步伐，翩翩舞向池中心去了。在跳舞的时候，枕山当然是向她表示特别的好感，甜言蜜语，殷殷地奉承得了不得。梨雅既存心要和他开个玩笑，也就发挥她放浪不羁的热情，表示她也有相爱的意思。枕山心中还以为女子是最会假面具的，态度更加不可捉摸。老实说来，都是个迷人的尤物，只要瞧她刚才情形和现在相较，可见女子也并不是个真正好人。但她现在这种浪漫的姿态，实在是合乎我的脾胃，心中一乐，脸上含满了笑。搂着她的纤腰，更紧一些儿，把自己身子直偎到她的胸口，故意不停地摩擦。他的用意就是相受着她富于弹性的两只软绵绵沙利文面包。梨雅知道他用意的所在，却并不拒绝他，微抬蛾首，只向他娇媚地嘻嘻地笑。枕山只觉得一阵阵细香从她口里吹出来，如兰如麝，令人熏得心神欲醉，真有说不出的爱处，忍不住心里荡漾了一下，笑着道：

"密司马，你真美丽极了！我碰到的女子实在不少，可是从来也没有瞧见像你这样艳丽的女子。我心实在爱得你几乎要发痴，但是你心里不知可亦有同样地爱我吗？"

"密司脱谢，你这话可真的吗？"

"我要骗你，我决不好死！"

梨雅心中暗骂一声道："你这种人就没有好结果！"但表面还是含笑道：

"只要真心相爱，这又何苦赌誓呢？"

梨雅秋水样的明眸瞟了他一眼，脸上是红晕得可爱，显出无限娇媚儿又无限羞涩的意态，这叫谢枕山真所谓乐得心花儿都朵朵开了。音乐停止，场上映出了红色的灯光。梨雅和枕山携手回到座上，枕山笑道：

"我今天真是兴奋极了，意欲喝些儿酒，你可同意吗?"

"我赞成你喝酒，可是我自己不会喝，只好奉陪汽水怎样?"

梨雅眸珠一转，扬着眉儿笑了笑，显出淘气的模样。枕山握着她手儿，呵呵笑道：

"可儿! 可儿! 你没有一件事不合着我的意思，你真是我的心肝儿……"

枕山得意地说着，一面吩咐侍役拿两瓶汽水和两瓶香槟，一个喝香槟，一个喝汽水。等两瓶香槟喝完，枕山早已醉眼模糊，要挽梨雅再去舞一次。梨雅险些儿被拖倒，害得众人哗然大笑。梨雅红着脸，把他扶起道：

"密司脱谢，我瞧你醉得很厉害，还是早些回去吧!"

"我是住在大中华饭店的，那么你送我回去怎样?"

枕山涎皮嬉脸地说着，梨雅点头答应。两人遂回到座上，叫侍者过来，付去四十元钱。侍者连连道谢，送两人出外。枕山倚着梨雅，把手向西首一招道：

"阿三!"

这就见西边开来一辆簇新汽车，两人跳上车厢，汽车鸣的一声，便直开到大中华饭店里去。

枕山携着梨雅，走进他长开的四百四十号房间，就把梨雅紧紧搂住道：

"我的亲爱的，你今夜陪我在这儿，可好? 因为我实在舍不得离开你呀!"

"你这是什么话? 你醉得太厉害了，我不同你争论，明天和你评理!"

枕山见她柳眉倒竖，杏眼圆睁，真的动了怒，他便扑地跪倒，哀求道：

"我没有醉，我真的没醉！我心里实在太爱你了，你可怜我吧！密司马，你瞧！你瞧！"

枕山拉着她的纤手，把自己那只光芒四射的钻戒套在她的指上，同时又摸出一大叠钞票，塞在她的手中。梨雅低头瞧去，不觉冷笑一声，但心里顿时有了一个主意，不觉嫣然露齿一笑，说道：

"密司脱谢真的没有醉吗？那你一定是真心爱我了。"

"我当然真心爱你呀！好妹妹，你如不信，我挖出心来给你瞧怎样？"

"你既然真心爱我，那么你一定能听从我的话。"

枕山听她已有允许的意思，便站起来，猛可把她抱住，笑着道：

"只要妹妹说一句话，假使要天上的月亮，我一定也听从你的话，设法给你办。"

梨雅推开他身子，粉颊上含满了笑容，娇媚地道：

"你且别猴急！我对你说呀，你果然真心爱我，我就叫你再喝一瓶香槟酒，你能够吗？因为你没有醉，似乎还并不十分兴奋。一定要喝醉了，那才兴浓有趣哩！"

枕山听了这话，心里真有说不出的痒处，不觉哈哈地大笑道：

"哦！原来你怕我不中用吗？我就准定依你，但你别笑我没用，我的法宝可真厉害，等一会儿你别讨饶好了。"

梨雅听了他这话，真羞得满颊绯红，肚里骂声"色情狂的浪子，真是死有余辜"。这时，枕山吩咐仆役拿瓶香槟进来，开了瓶盖，也不用玻璃杯子，就把瓶口对准着嘴，咕嘟嘟地喝着。梨雅拍手笑道：

"喝得快！喝得快！喝好了我们睡吧！"

枕山一听，心花大开，真个把香槟酒当作了啤酒喝，一口气地喝得精光，枕山的酒量虽然好，但这一种形式的喝酒，哪有不醉吗？

何况他本来已喝过两瓶酒。等他把这瓶酒喝完，只觉眼前一切物什都天旋地转起来。梨雅慌忙把他扶到床上躺下。枕山两脚还没放下，人早已烂醉如泥地睡去了。梨雅得意极了，伸手就在他颊上打了两个耳刮子，冷笑一声，恨恨地道：

"醉生梦死的狗才奴！社会的寄生虫！你要知道，女子并不是个个可以给你欺侮的啊！"

说着把桌上那叠钞票拿了，就匆匆走出大中华饭店。在马路上很快地走着，瞧见一个难民，她就给他一张钞票，心里只觉一阵痛快，不觉深深地吐了一口气。

那夜雨海回到家里，见香莲沉沉酣睡，也就不去惊动她，自管脱衣就寝。次日早晨，雨海在睡梦中被香莲呻吟之声惊醒，连忙翻身坐起，披衣下床，走到她的床边，低声唤道：

"妹妹！妹妹！你怎样啦？"

"哥哥，我发烧得厉害，全身好像火焚一般，妹子真苦死了……"

香莲说到这里，脸上显出无限的痛苦，泪水如雨点一般地滚下来。雨海用手一按她额角，果然比以前更烫手，心中大吃一惊，知道香莲病得不轻，便忙安慰她道：

"妹妹，你别急！哥哥给你请医生去。"

香莲伸手把他拉住，两眼里的泪水如泉一般地涌出，哭道：

"哥哥，但是钱呢？昨儿二房东已来催讨了两次……"

雨海听了，心如刀割，俯下头去，偎着她的脸颊儿，淌下泪来道：

"妹妹，你放心，我终得给你设法……"

雨海说着，便把皮箱取出，拿了冬季的大衣和西服，用布包好，又把自己的挂表和一只戒指脱了，藏在袋内，对香莲叫道：

"妹妹，我立刻就去，你别急！"

香莲瞧此情景，真的悲酸已极，不禁呜咽而泣。雨海也凄然泪下，挟了包裹，正欲跨出房门，不料房外齐巧走进一人，和雨海一个满怀。两人定睛一看，都咦了一声。雨海羞得脸儿一红，喃喃着道：

"密司马？你怎的这样早会来呀？"

梨雅见他手挟一包，脸上带着泪痕，见了自己，好像十分惶恐的样子，心中吃了一惊，忙问道：

"昨天不是说你妹妹的病体仍不见愈吗？我是特地来瞧她的，你此刻往哪儿去呀？"

雨海支吾了一回，因为怕耽误请医生时间，只得红了脸，直告诉道：

"我不瞒你说，我妹妹病得十分厉害，我是设法给她请医生去。"

梨雅原是个绝顶聪敏的女子，当然已经明白了，遂把他拉住道：

"密司脱甘，你不用忙！我且见了你妹子，我就立刻打电话请西医去。"

两人说着，身子早已回进房里。香莲骤见一个美丽的女郎和雨海进来，心中倒是一惊。雨海忙介绍了，香莲这才明白，眸珠在长睫毛里一转，点了点头，表示是谢谢她的意思。梨雅见香莲和自己有些相像，心中更起了爱怜之心，伸手摸她脸颊，果然热得烫手，因安慰道：

"香妹放心，我此刻就去请西医。"

说着，身子已奔出房去。香莲觉得很是奇怪，拉了雨海的手，道：

"哥哥，这位马小姐真热心极了！她……很有钱吗？"

雨海呆了一会儿，摇头道：

"真奇怪！她的境况也并不十分好，今天瞧她的意思，似乎请西医不要钱似的。哦……也许她是认识的吧！"

不多一会儿，梨雅和一个西医来了，梨雅说是人和医院请来。西医给香莲诊视一回，摇头道：

"热度十分的高，最好送往医院里去，头额非用冰偎着不可。"

雨海等听了，都吃了一惊，梨雅忙道：

"只要能够治好病，就住院去医也不要紧。密司脱甘，香妹的病既然不轻，就准定住院吧！"

这时雨海已没了主意，遂给梨雅调排，喊汽车把香莲送到人和医院里去了。

第十二回　此恨绵绵何时灭

汽车到人和医院，把香莲送到二等病房，香莲拉着雨海的手道：

"哥哥，妹子不愿用冰，不知可还有什么别的方法吗？"

"她的病实在已到非常危险的时期，你们为甚不早些儿给她看治呢？她既不愿用冰，那么我就给她先打几枚针吧！"

西医说着，便给香莲打了两针，又给她配好药水，服侍她喝下，便自到别个病房里去。梨雅在皮箧内取出她昨夜分给难民剩下的三百元钞票，交给雨海道：

"密司脱甘，这三百元钱就给你妹子做医药费吧！我此刻走了，晚上再来望你的妹妹。"

雨海接过了这一叠钞票，惊奇得说不出话来。香莲更是莫名其妙，天下竟有这样的好人，因叫声"马小姐"，道：

"妹子此病倘能痊愈，终身不忘你的大恩！"

梨雅握着她手，柔声安慰道：

"人类原有互助的义务，我同情妹妹的身世！这些儿帮助，妹妹也值得说这些话吗？"

香莲听了这话，感动得淌下泪来。梨雅安慰一番，便匆匆作别而去。雨海心中暗想：梨雅这许多的钱是哪里来的？难道我昨夜走了之后，枕山曾约她出去……是她牺牲……所得代价吗？想到这里，惶恐极了，两颊通红。但转念一想，你也太瞧轻梨雅了，梨雅岂是个平凡的女子，她实在有和莲妹坚强的意志。我相信她绝不会受人愚弄的！不过，她这三百元钱是什么地方来呢……大概是枕山送给她的，这是诱惑女性第一步的计划吧！

"哥哥，我和你说话。"

香莲见他呆呆地坐在床边，好像想什么心事似的，因拉着他衣袖喊他。雨海回过身子，握着她手，低声问道：

"妹妹，你要什么？"

"我没有要什么，哥哥，马小姐这样仗义的好人，我从来也没有瞧见过，这叫我的心里不知怎样感激才好哩！"

香莲明眸里含着眼泪，脸上微含着一丝笑意，凝视着雨海。雨海又恐香莲心中发生误会，因说道：

"马小姐她听我说你患病，她十分关切。今天她这样仗义，倒真叫我们没齿不忘。"

香莲点了点头，闭眼养神。心中暗暗思忖，马小姐和海哥的感情一定很好，假使我果然不中用了，在我临死之前，终得给他们成功一对，也聊以报她待我这样的热心。想到这里，无限悲伤陡上心头，那眼角边就涌上一颗晶莹莹的热泪。这使雨海瞧了，更有说不出的心痛。这是一个冷清的夜里，香莲进人和医院后的第三天，香莲的神色很不好看，口里不停地喘气，这气是只有呼出，没有吸进。床前围着三个西医，大家呆呆地望着香莲灰白的脸儿，轻轻地叹气，搓着手儿，默默地走出病房外面，叫雨海出来。黄西医摇了摇头，低声道：

"密司脱甘，梅小姐的病……很可惜！恐怕是不中用了，你可以给她料理后事了。"

自从香莲进院后，病势一天一天地厉害。雨海在这三天内没有离开她床边，而且也没有好好地睡过，提心吊胆，已经是非常地担忧。前一天下午，侠魂曾也来望过香莲。说起梨雅，侠魂告诉雨海，梨雅已于昨日失踪了，恐怕是被谢枕山拐去的。郑枫急得屁尿直流，向谢公馆询问，他们回答老爷是不回家住的。又到他行里去问，也回称经理并没来过。这样瞧来，两人同时失踪，定有连带关系。雨海得此消息，觉得这事其中必有许多蹊跷，自己为了莲妹的病势厉害，也无心顾及这事。

　　不料，到第二天夜里，黄西医便对雨海这样说，当时雨海听了这话，真好像晴天中响了一个霹雳，几乎昏倒地上。立刻翻身进内，伏到香莲床边。只见香莲两眼失神，只是气喘，想着她不久就要脱离这个世界，沉痛的悲哀像油煎似的沸滚；锥血的伤心像江湖似的澎湃。捧着她瘦削的脸颊，只喊了一声"妹妹"，那喉间早已咽住，泪似雨点般地滚下来。香莲颤抖地叫道：

　　"哥哥，我自知也不中用了……唉！回忆吧！回忆一年前的事吧！承蒙哥哥瞧得起我，冒险从天津带我到上海，满想从此是重睹天日，可以终身服侍哥哥。但妹妹的命太苦了，老天爷不愿我们有月圆的一天，所以把妹妹磨折得半途和哥哥分散了。虽然人生百年如白驹过隙，迟早终脱不了一个死，但我们的死别，终究是觉得太惨了吧！不过，你要想明白些儿，譬如妹妹在战地上服务时就死了。所以，我虽然死了，哥哥，你千万不要伤心！你的年纪正年轻，前途的希望也正不可限量呢！妹妹终希望你有成功的一天，那我虽在九泉之下，也是非常地安慰。"

　　香莲说到这里，已是上气不接下气，泪是像泉水地涌出，但她淡白的脸上还掀起了酒窝，浮现出一丝儿心酸的苦笑。雨海他明白香莲是真的不中用了，他除了心痛哭泣之外，他说不出一句话。他如痴如癫地呆望着香莲的脸儿，忽然又哭着叫道：

　　"妹妹啊，早知有今天的一日，我悔不该把你带到上海来！唉！

妹妹，今生我们是不能有圆满的一天了吗？我恨造物！我恨世界！我恨社会！我恨环境！我恨！我痛恨……"

雨海伏在香莲的身上，呜咽地哭了。香莲枯瘦的手儿抚着雨海的脸儿，泪水都沾在雨海的颊上，抽咽道：

"哥哥，我和你也许是只有一些儿缘分吧！唉！我觉得自己的人生好像是大海中的一张树叶。妹妹还在襁褓之中，父母双双就含冤而死。妹妹跟着老家人漂流到上海，以后的生活……都是别有滋味！好容易在天津和哥哥相见，这妹妹的心里，好像我前途点了一盏明灯。谁知道从天津辛辛苦苦地到上海，未到一年，就要和哥哥永远分别。这仿佛是树叶子受着狂涛的打击，终于浸覆到海底里去。我的人生就是这个的象征啊！哥哥，我到现在只不过十八岁的人，所受的社会的磨折实在也够苦了。你真不知前世作了什么孽，今生才有这个报应！"

雨海伤心极了，他觉得自己的心好似有人用刀在割一样的难受，他忍不住痛哭了。香莲又继续地道：

"哥哥，你别哭呀！在这千金一刻的时候，我们多说一句话好一句，因为以后我和你是再也没有谈话的日子了。哥哥，我们还是想想过去得意的事吧！我在世上浮沉了十八年，能够遇到像哥哥这样的真情人，我实在已经很欣慰了。哥哥，你抬起头来，我们多望一刻吧！"

雨海抬头，和香莲怔怔望着，各人的眼泪不断地从眼角边滚下来。两人整个的脸颊被泪水沾了去，香莲忽然问道：

"哥哥，那位马小姐怎的没有来过呀？我很想见见她，不知你有法子去请她来一次吗？"

雨海见她突然提起梨雅，心中一怔，但仔细地想，香妹的意思当然是受了她的恩惠，所以记挂她了，便告诉她道：

"妹妹，马小姐就在那天下午失踪了，这是侠魂告诉我的，听说是被一个谢枕山拐去的，所以她现在在哪儿还不知道。"

香莲骤然听见"谢枕山"三个字，猛可触动了心，不觉怒目切齿地恨道：

"社会上这种丧心病狂的浪子，真是杀不可赦！凭着几个臭钱，把我们女同胞真看得太轻了。唉！哥哥，我本来的意思是想叫马小姐来做我的替身，现在可不能够了……"

雨海这才知道她所以问梨雅，还含有这一层的意思，愈觉她的缠绵多情，这就愈增自己的伤心，偎着她的脸颊哭道：

"妹妹，我从此以后再也不娶妻了，我愿终身伴着妹妹的小影，共同到战场上去奋斗。我觉得世界上一切是太黑暗了。"

香莲的眼泪都流到雨海的颊上，她心里真是有说不出的感激，她脸儿渐渐地反映出微红的光，颊上掀起了酒窝，柔声地叫道：

"哥哥，妹妹祝你成功！我们……再……见……"

雨海兀是贴着她的脸儿哭着，顿时感到她的颊已冰冷，慌忙抬头看时，香莲的两眼已闭，一缕芳魂早已脱离了她的躯壳。雨海把她身子连推了两推，不觉抚尸大哭道：

"啊呀！妹妹！你真的丢下我走了吗？"

这时看护才闻声进来，见香莲已死，大家因她脸儿若花，这样年轻，竟一病不起，无限的悲酸渗进了每个看护小姐的心房，忍不住也落了几点同情的热泪。当把香莲尸体移到太平间，雨海既要办理后事，也不能过度伤心，立刻打电话给侠魂和玉芬。侠魂答应立刻就到。玉芬正在新都舞厅，得此消息，早已花容失色，便在账房间请了假，立时坐车到人和医院。只见侠魂已在，玉芬还没开口，先哭起来，道：

"我的莲妹真死了？我的莲妹……死了吗？"

雨海又被她引得挥泪不已，伴他们到太平间去瞧香莲遗容。玉芬想起自己的身世，更觉悲痛欲绝，不禁号啕大哭。侠魂泪下如雨，却不见雨海动静，回头见雨海，谁知竟已昏倒椅上。侠魂吃了一惊，连忙劝住玉芬，一同喊醒雨海，大家出了太平间。梨雅给雨海三百元钞票，对于医药费只用了四十几元，雨海把剩下的两百五十几元，就做了香莲衣衾棺椁以及葬费之用。从此以后，茫茫大地上再也找不到香莲这一个人了。

雨海把香莲下葬后那天，回到家里，忽然接到一封从大沽寄来的航空快信。雨海不知是谁寄来，心中好生奇怪，连忙拆开瞧道：

雨海表弟如握：

敝船昨破获拐匪谢枕山携带女子一名马梨雅。嗣经查询，该女子谓系表弟至戚。兹兄已将马小姐暂留津门，函到希望弟速即前来陪同回沪。诸希台洽，并颂文祺。

表哥迪民手书
即日

雨海瞧完这信，心中暗想，原来梨雅果然被枕山拐骗去了。这事可怎么好？表哥来信叫我去伴她回沪，我到底去还是不去好呢？正在委决不下，忽见侠魂匆匆来道：

"哈哈，明天是一号了，梨雅还是石沉大海，郑枫急得要上吊，今天和皇宫剧场去声明，明天不能登台表演。皇宫剧场主人要向郑枫赔偿登广告的损失哩！我瞧这事终也弄不好了，我在红十字会里有一个朋友，他现正在招考出发前线的救护员，你如愿去的话，我们就一同去报名好不好？"

雨海听了这话，眼前顿时展现了新的希望，兴奋得跳起来道：

"老汪，你果有这一条路吗？那我正是求之不得！莲妹已死了，我心中还有什么挂念？我一准跟你们去奋斗！"

侠魂听了大喜，便立刻和雨海一同到红十字会去登记报名，不料早已额满，而且已定明天上午十时出发。侠魂连忙和他朋友商量，方才补进，嘱两人明日上午九时到会集合，动身出发。两人大喜，便即握别回家。

这天夜里，雨海往香莲墓前作别，无限伤心地又痛苦了一场。回到家里，整理了一只皮箱，把香莲的小照好好藏在箱中，想起了过去种种的一切，那泪不禁又滚滚沾湿衣襟了。

坐在写字台旁，对灯出了一会子神，把表哥的来信又瞧了一遍，心中无限感触，便深深地叹了一口气。暗自想到：梨雅小姐对我的情分，也不可谓不深了，怎奈我曾经沧海，伤心人别有怀抱，她的恩情是只好辜负她了。但是这次莲妹的后事一切费用，若没有她给我三百元钱，这事显然是窘极了。可见世界上万事都有定数，莲妹这样结果，到底也不能说她十分的坏，只不过是太伤心罢了。所以对于这一些，我实在是深深感激梨雅。梨雅她和表哥说，一定是冒称我亲戚，所以表哥自然是格外地关心了。现在我既然不去陪她，表哥下次南下时，亦必陪她同来。这我并非无情，实在有说不出的苦衷，不过我终也得要报答她的恩惠才是……想到这里，沉思良久，眸珠一转，这就拍案叫道：

"才子佳人，真是一对！我何不来做一个月老，玉成其美满婚姻，那我也可算报答她了。"

雨海打定主意，脸上含了一丝儿笑容，遂抽出信笺，簌簌写了一封给迪民和梨雅的信。一时偶有感触，不觉对烛提笔又赋古风一首，一并附在信里。等玉芬从舞场回来，他便把信交给她道：

"玉芬姊姊，我明天一早就要动身到外部去，这儿所有一切用具都送给了姊姊。这一封信，我拜托你，假使我有个表哥叫作沈迪民的来找我，你就把这信给他好了。一切费你神，我很感激。"

"啊！甘先生，你要到哪儿去呀？"

玉芬一面接过信，一面惊讶地问，显然脸上是充满了奇怪。雨海含笑道：

"和朋友一同到前线做救护的事去，因为在这孤岛的上海住着，也没有什么意思吧！"

玉芬轻轻叹口气，对于雨海的身世颇为同情，意欲阻他不要去，但人家去志既决，劝也没用，遂祝祷几句，各自回房。

次日，雨海起得很早，漱洗完毕，忽见玉芬匆匆推门进来，手里端着一碗大肉面，说给雨海充饥。雨海见她为了自己，也起得这样早，心中过意不去，反而呆呆地怔住了。玉芬道：

"甘先生在外面一切终得格外小心才是，我希望甘先生有随着国军到上海的一天，那时我们相见，真不知要怎样喜悦哩！"

雨海对于玉芬这份情意，实在非常感动，笑道：

"但愿应了你的话，我一定来拜望姊姊。"

玉芬雪白牙齿微咬着嘴唇，憨憨地笑了，便自回房里。等雨海吃好面，提着皮箱，正欲和玉芬辞行，只见玉芬又匆匆走来。雨海伸手和她握了握，很恭敬地道：

"姊姊，我走了。莲妹墓地请姊姊常去瞧瞧，我终身感激着你是了。"

玉芬听了这话，觉得有些儿酸鼻，眼皮儿一红，不禁也起了依依惜别之情，因点了点头，道：

"我理会得！"

"姊姊，再见！"

"甘先生，再见！"

玉芬这才回答了一句，雨海的身子早已走下楼去。玉芬呆了呆，心里不知怎样有了一个感觉，便也急急追下楼来，奔出大门，可是早已不见了雨海的影子，轻轻叹了一声。当晨风吹在脸上，全身感到有阵说不出的凄凉。

雨海到了红十字会，和侠魂相见，大家集合一处，由主持者点名，遂变成四组，等轮出发。雨海和侠魂站在甲板上，当船身渐渐离开了码头，雨海凝视着矗立着的建筑物，长叹一声，自念道：

"再会吧，上海！"

梨雅她怎么会被枕山拐到天津去呢？原来枕山在大中华饭店一觉醒来，时候早已到第二天午后。枕山回忆昨夜情景，知道是上了梨雅的当，心中好不恼恨！这小妮子倒有这样的手段，我非给她一些颜色看不可哩！但是用什么方法呢？枕山在房中踱着圈子，吸去了全支雪茄，这就计上心来，暗想：我何不这样这样，那时候她孤零零一个弱女子，还怕不给我用吗？于是她打个电话到新燕剧团，叫梨雅立刻到大中华来。梨雅知道枕山醒了，意欲再来提弄他一下，所以大胆匆匆前来。谁知这次却中了枕山的圈套。

梨雅到了大中华饭店，枕山捉住她手道：

"马小姐，你好呀！你的手段可真厉害啊！"

梨雅听了，忍不住咯咯地笑。枕山见她这样娇憨美态，忍不住又爱得珍宝一样，一些儿不敢得罪她，笑问她道：

"你吃了饭没有？下午我们到百乐门跳茶舞去好吗？"

梨雅笑着点头道：

"去跳舞我赞成。饭是没有吃过，你快请我吃大菜吧！"

枕山连连点头，便走到房门外，向茶役阿黄吩咐，叫他到大达轮去买两张船票，因为他知道大达轮今夜十二时就要开船的。阿黄答应自去。这里又叫另一个茶役，送上一客大菜，和梨雅匆匆吃过，时候已经三点多钟。阿黄把船票买来，悄悄交给枕山。枕山藏好，一面穿好衣服，一面便携梨雅到百乐门去跳舞。茶舞散场，枕山和梨雅却不出舞厅去，晚场就此连下，夜饭就在百乐门里用了。两人直跳到十点半钟，梨雅早已香汗盈盈。枕山便叫侍者开上两瓶汽水。就在这个时候，枕山偷偷地在梨雅杯中放了迷昏药粉。梨雅哪里晓得，就握起杯子，咕嘟嘟地一口气喝下。枕山见她中计，心中大喜，过了一刻，便说回去。那时梨雅神志不清，就糊糊涂涂跟他跳上了汽车。到大达轮码头，就有茶房接入到房舱。梨雅这时别的都不知道，只想睡觉，就倒身在床，竟是沉沉熟睡。枕山好不喜欢！这夜虽没和她真个销魂，梨雅的脸颊和胸部却是给他揩了不少的油去。

这个昏迷的药粉，药性是非常厉害，人若吃了，非睡上一日一夜不会醒来，所以待梨雅清醒的时候，早已到第二天的夜里，轮船离开上海，已是在茫茫无际的大海中漂浮了。

枕山见她稍已清醒，心中破喜，就给她喝了一口酒，使她活活血脉。自己也喝了一瓶，趁她这时四肢无力，枕山竟异想天开，欲实行他的兽欲，把梨雅衣裤剥尽。梨雅既已清醒，自然复了知觉，一听船舱里机声轧轧，外面风浪澎湃，心知有异，正欲动问，不料枕山竟动手剥她衣服。梨雅大吃一惊，一面挣扎，一面高喊救命。梨雅这一声高喊不打紧，谁知却惊动了船上巡夜的沈迪民。迪民听有人喊救命，慌忙循声而往。走到一个房舱，从窗隙中瞧进去，只见一个胡须男子按住一个女子，正欲实行非礼，女子竭力挣扎，一面又娇声叱道：

"你这丧心病狂的贼子，你把我骗到船上来欺侮吗？你到底要把我拐到哪儿去呀？"

迪民知道这男子是拐匪无疑了，立刻破门而入，只见那女子的裤子已被扯脱，玉体横陈。迪民怒不可遏，大喝一声，早已劈面打去。枕山一见被人察破，仗着酒气，索兴大胆还击。两人因房中地位小，早已打到甲板上来。这时陶子卿在远处瞧见，见有人和迪民打架，这还了得，立刻飞步上前，冷不防就是照定枕山背后一拳打去。枕山竟给他冲到铁栏杆旁。子卿早已又把他两脚一扳，说时迟，那时快，只听砰的一声，枕山竟给他抛落海去，随波逐流，早已不知所终。迪民要阻止他，哪里来得及，顿脚埋怨他不该伤人性命。子卿咕噜着自管走开去。原来过海上生活的人，力气都大得很，性情暴躁，举动粗蛮，打死几个人是不算什么稀奇的。

迪民当时见子卿走开，心中不免又好笑。遂回身到房舱去，预备向那女子问个明白。不料，一脚跨进，只见那女子还在扯裤子，迪民忙又回步走出，在门外等了十分钟，方才进内。梨雅羞得两颊血红，问道：

"这不要脸的贼子呢？"

"已给我们结果了。啊！你这人怎么有些像香莲小姐呀？"

迪民仔细向梨雅一认，不觉惊讶地问。梨雅一听"香莲"两个字，便忙道：

"这位先生贵姓？你怎么认识我的香妹？还有个甘雨海你可知道？"

迪民哈哈笑道：

"雨海是我的表弟，我怎么不认识。这位女士贵姓呀？怎么会被这男子骗到船上来呀？"

梨雅听迪民就是雨海表哥，想见自己肉体被他整个儿瞧见，真羞得连耳根子也红了，因圆个谎，直说是和雨海亲戚，一面又把自己经过统统告诉了迪民。迪民知道梨雅是雨海亲戚，便安慰道：

"马小姐，你放心！明天我给你写封航空快信寄给雨海，叫雨海急速动身来伴你好吗?"

梨雅听了,自然非常感激。船行数日,到大沽平码头时,迪民把快信寄出。谁知大达轮到天津后,耽搁了四天,却不见雨海到来。同时大达轮又要南下,迪民就陪着梨雅回沪。两人在船上来回差不多相聚了半个多月,空闲时彼此谈谈,两人倒觉情投意合。梨雅因雨海有了香莲,自己要爱雨海,对于香莲有些儿说不过去;而且又因自己清白女儿身体完全被迪民瞧见过,意欲服侍他的终身,一则也好报他相救之恩。迪民心中倒也有这个意思,只不过不好意思启齿。他心想,反正她是雨海亲戚,我们到上海时,就叫雨海做媒,这事不难成功。迪民表面上虽没意思,谁知是早已"心有灵犀一点通"了。

船到上海,迪民和梨雅就匆匆到虞洽路公平里雨海的家。推开亭子间门,不料里面景物全非,心中都吃了一惊,问甘雨海搬到哪里去。却回称新搬来,这些并不知道。两人正在搓手无法,齐巧玉芬泡水回来,听问起甘雨海,就反问他贵姓。迪民告诉了她。玉芬知道这人就是雨海表哥,因匆匆回房,取出那封信来,交给迪民,并告诉雨海已到外埠去了。迪民、梨雅心中好生惊讶,但也只得回身出来。

这时,日影已斜,黄昏将临。迪民因要瞧信,就请梨雅同至金城茶室坐一回。梨雅答应,两人进内坐下,侍役泡上香茗,问吃什么。两人各点两样点心,侍役答应下去。迪民这时又从袋内取出雨海的留信,拆开来抽出信笺。梨雅便坐过一排来,纤手按着迪民的肩儿。两人并头一同瞧道:

辱书敬悉:

　　马小姐不行被拐,蒙哥援救,得以重睹天日,感同身

153

受，铭入心版。本拟束装即日来津，奈弟霸于穷愁，莲妹又并入膏肓，如此贫病相煎，致忧患上不得余生，痛也何如！恨也何如！痛恨未已！孰知莲妹于是夜残月半规，寒风削骨，竟奄然物化。人海茫茫，知音永诀，想哥闻知，当亦泪落！回忆弟识莲妹，为时不及一载，彼以风尘一弱女子，识弟于天涯沦落中，想古之红拂，亦不是过。弟为莲妹，灰心重燃，埋头苦干，起所以百折不回者，为欲报知己于万一耳！凡此情景，哥所深悉。何期人亡物存，愿与事违，薄命如此，天心何酷！弟为泪涟，哥能不怅然耶？抑又痛者，莲妹未死前，进院就医，惠我赠银，其事皆为马小姐竭力主张。弟一贫如洗，得马小姐助，则色然喜，以为莲妹从此定有生望，孰知遭厄之人，虽有卢扁之医，难收回春之效。莲妹恨留，我更心苦。设马小姐闻之，尤当徒呼负负矣！虽然，马小姐赠银之苦心，终不可埋没也。有银始克成殓，不然弟更将何以为情乎？是则马小姐虽未能救莲妹于死前，实已资莲妹于身后。大德不渝，没齿不忘，此莲妹之所以弥留犹耿耿不忘于姐小马也。呜呼痛已。

梨雅瞧到此处，只觉一股辛酸冲鼻，不禁凄然泪下，脱口叫道："呀！莲妹竟真死了！"

迪民亦忍不住眼眶润湿，叹了一阵，两人遂并头重又瞧下去道：

弟今欲续莲妹未了志愿，决与侠魂同赴疆场，竟莲妹救护工作，慰莲妹夜台幽灵。所恨马小姐大德未报，临别之前，用特将弟下情，上达尊听。马小姐意志坚强，为现代巾帼英豪，弟久心折；而吴哥亦品学兼优，尤为人中麟凤。私心猜测，真天生一对佳偶。弟身虽未趋左右，弟心实愿为介绍，务祈采纳弟意，早日缔结良缘，待国军凯旋日，当再额手相贺。今日蹇修自任，他年伉俪预祝。万望吾哥慎勿交臂失诸。情长纸短，伏维察纳。

并颂迪民表哥、梨雅贤妹双安！

表弟雨海临别上言

附哭莲妹古风一首，一并呈政，阅之能无恸乎？

苦香莲妹

不信津门惊鸿影，细诉戴天有深仇。
情长快睹双鲤跃，载得西施香海浮。
伴舞为郎心无奈，艳如桃李冷如冰。
怜香窃玉争禁脔，罢舞从戎惨折肱。
海欲枯兮生路绝，花更憔悴无颜色。
断肠花对断肠人，此恨绵绵何时灭？

迪民、梨雅瞧完了这信和古风，只觉雨海这人真是我俩的知音，他的意思竟直说到两人的心坎里去，一时又喜又羞。但回忆香莲身世之可怜、雨海穷途之潦倒，顿时又悲又痛。两人红晕着脸儿，挂满了泪水，相互地望了一眼，但立刻又回过头去。仰望着窗外淡蓝的天空中那轮皎洁的皓月，甜蜜和悲酸充满了两人的心头。

编者曰：兹编所述，为旧雨亦园茶余报告。其言曰：雨海侠魂自投身枪林弹雨中谋民族生存，努力挣扎，迄今已将两年，其存其殁，杳无消息。设已为国牺牲，则头颅白骨，早已血染白沙。英雄无名，斯可慨已！虽然亦园固侪狂者流，言多假言，人或乌有。述者无稽，读者姑妄听诸！

双 枪 王

第一回

谈相批命　心惊肉跳述因果

　　一线曙光从黑漫漫的长夜里破晓，天空发出了鱼肚白的颜色。东方的朝阳渐渐地向地平线上升起，涌现了半个血红的太阳，四周发出强烈的光芒，反映到蔚蓝的天空，呈现了五彩的云霞。这是一个晨曦初上、充满朝气的清晨，宇宙间的一切还是显得分外沉寂。

　　在上海西区，有一条很清静的马路，两旁种着绿油油的浓荫满地的法国梧桐，接连不断。远远望去，绵延千里，那绿叶就好像慢慢地凑合在一起，使人怀疑这前面道路是被绿叶所堵塞了。每当在清晨朝阳初上的时候，这四周的环境更添上一层无限美好的色彩。在几许骚人墨客的眼里，至少像一幅包含了诗情画意的美丽画面。

　　这里有一座彩色的很别致的洋房，四周的面积很大，砌着嫩黄的砖壁，花园里种植着高大的柏树，空气是那么新鲜。百花争奇斗艳地展开了它们的娇面，红的、黄的、白的，姿态是那么美丽；每一朵花上都沾着晶莹滚圆的露珠，在朝阳照射之下，显得格外绚烂、夺目。

　　这座洋房东边的二层楼上的一个卧房中，床上躺了一个年纪十八九岁的少女，她就是这屋子的主人——史企东的女儿史佩珠。佩珠这时静静地睡着，脸上含了浅浅的微笑，正在做着她甜蜜的美梦。突然一阵丁零零的声音打破了这卧房中幽静的空气，佩珠也从美梦中惊醒，猛可地从被窝里钻了出来，揉了揉惺忪的睡眼，向那只报时的闹钟望了望，只见已经是七点钟了，遂忙披衣下床，嘴里还急急地喊道：

"梅香，梅香，快给我拿洗脸水来！"

佩珠一面喊着，一面走到梳妆台前去梳理着头发。不多一会儿，梅香把洗脸水已端进卧房里来，放在梳妆台上，含着笑容说道：

"大小姐，你为什么今天起得这样早？反正是礼拜天，又不用去念书，起来也没事，不会多躺一会儿的吗？"

"时候已经不早了，像我们年轻人应该要早些起来的！"

这句话听在梅香的耳朵里，她忍不住暗暗地好笑起来，觉得小姐今天好像换了一个人似的，平时，她总要八点半才能起身，而且今天看她那副急急的模样，想必一定有什么事情了，遂笑着说道：

"大小姐的话虽然不错，不过要天天这样早起身，对于身体当然有益的，像你单凭一天的早起，那有什么用呢？照我的猜想，大小姐一定要去赴约会的吧！"

梅香这句话正说到佩珠的心眼儿上，她的粉颊儿不禁涂了一层玫瑰的颜色。她觉得自己今天真的是赴约会的，怎么梅香也会知道的呢？梅香见小姐羞涩的模样，知道已经被自己猜中了，遂向她默默地瞟了一眼，笑道：

"小姐，你是不是和马少爷约好的？"

"你怎么也会知道的？"

"我也不过是猜想而已，昨天小姐不是接到一封信吗？那封信上署名姓马。因为小姐平时的同学中没有这个姓马的，所以我知道一定是小姐的情人了。"

"呸，你这个小妮子总是胡说乱道，我可不依你。"

佩珠听了，啐了她一口，逗给她一个娇嗔，伸手装作要打她的姿态。佩珠粉脸同时也涨得绯红了，暗想：梅香这个小丫头倒是很聪明，今天自己和志一的约会竟被她猜着了，可见她为人也细心得可以了。因为梅香平日很忠心殷勤地服侍自己，所以佩珠也就把她当作自己的妹妹一样看待了。这时被她提起了马志一的事情，她的脸颊红晕了，那一颗芳心更是忐忑地跳跃个不停。

原来佩珠和马志一的认识还不到五天。那是一个天气晴朗的下午，佩珠正匆匆地从学校里放学回家。这时远远地驶来了一辆自由车，车上坐着一个年纪二十多岁的男子，向前疾驶而来。佩珠正要穿过对面马路去的时候，那男子的自由车也一个不小心撞在佩珠身上了。同时那男子身子也从车上跌了下来，车子也向佩珠的身上压倒下去。佩珠跌倒在地，又怕又痛，一声哎呀喊叫起来。

那男子见一个年轻姑娘被自己的自由车撞倒在地上了，一时急得没有了主意，他一面爬起身子，一面连忙去扶她，急急地问道：

"哎呀，这位小姐跌痛了哪里没有？真对不起得很。"

佩珠似乎跌痛得失去了知觉似的，蹙了眉尖，却半晌说不出一句话来。那男子不见她回答，心中也是别别地乱跳，俯身去看那女子的身上，只见她脚踝上已染了鲜红的血水，心中一急，便连连地喊着血，一面连忙从袋里摸出一方手帕，一面又急急地说道：

"小姐，你的脚踝上已有血了，快用这手帕包扎起来吧！"

他这一句话才把佩珠提醒了过来，低头一望自己的脚踝，果然染满了血水，她蹙了眉尖，遂接过手帕，急急地在膝踝上包扎起来。当她抬头看到那是一个翩翩风流的美男子的时候，她膝踝上的疼痛，好像已经忘记了一半似的，秋波脉脉地凝望着那少年，在怨恨之中，大有爱慕的意思。那男子看她并没有责备自己的意思，心中愈加不安和抱歉，遂低低地说道：

"这位小姐贵姓大名？我真抱歉得很，把你撞痛了！"

161

"敝姓史，名叫佩珠。你不要这么说，这也不能全怪你，一半也是我自己走路不当心的缘故。这位先生贵姓？你自己可曾跌痛了没有？"

"哦，原来是史小姐，我叫马志一。你真好，你还这样说，那叫我心中实在太不好意思了。"

志一听了佩珠的话，连连地弓着腰，他觉得这个姑娘真是一个多情的女子。她自己跌出了血，不怨恨我，反而说她自己不小心，而且还来关怀我，一时暗暗地钦佩起来。他望着她的粉脸，细细地打量了一会儿。只见她芙蓉其面，杨柳其腰，眉似春山远隐，眼若秋波细横。一头乌黑的青丝，梳了两条辫子，长长地拖在背后，更有一种说不出的美丽的风韵，简直有些百看不厌。所以马志一目不转睛地望住了她，也就怔怔地愕住了。

佩珠被他这一阵子呆瞧之后，一时倒又十分羞涩，红晕了两颊，明眸逗了他一瞥神秘的媚眼，低低地说道：

"马先生，这是谁也怪不了谁的，你也许是一时的忽略，我也太大意了一些，这真是意想不到的事情。"

"史小姐，我看你跌痛了，我给你讨一辆人力车送你到家里去，不知道史小姐的府上暂住在哪里？"

志一见她坐在地上，好像不预备再站起来的样子，遂一面扶起她，一面又低低地问着。佩珠被志一扶住了自己身子，她那颗处女的芳心是别别地跳跃得厉害。不过她表面上还装作十分镇静，把手向前指了指，说道：

"马先生，那可不必了，因为我家就住在对面十一号的那座洋房里。你要是有空的话，不妨到我家里去坐一会儿。"

"史小姐，我此刻实在没有空，因为我有一些私事要赶紧去办好，我想过几天写信来约你到什么地方去谈谈，因为像你这么性情好的姑娘真不容易找，我实在愿意跟你做一个朋友。"

"承蒙你看得起我，那我真是十分荣幸，不过你可不要失信。"

"当然，我绝不会使你失望的。"

志一扶着佩珠的身子，看她一拐一拐地好像难以行路，遂把自由车放在人行道旁，回身又扶着她穿过马路去，送她到家门口，才握手匆匆地告别而去。

佩珠这时站在梳妆台旁，想着过去的一幕，觉得志一真是一个言而有信的男子，因为昨天果然有信来约她了。所以她的芳心里是说不出的愉快，情不自禁地咪咪笑了起来。可是站在旁边的梅香却被她笑得莫名其妙，她觉得小姐的神情显然十分欢乐，想必这姓马的一定是个美貌的青年了，所以用俏皮的口吻向她问道：

"小姐，你在笑什么？是不是想起了马少爷，你心花都开了呀？"

佩珠被梅香这样一取笑，一时倒也不好意思起来了，觉得自己的神情也实在太痴心了一点。遂逗了她一个白眼，故作正经的脸色，恨恨地说道：

"小丫头，你真是越说越不像话了，看你还有点规矩没有？快给我拿出大衣来，我可没有这许多工夫来和你纠缠，我就要出去了。"

梅香见小姐有些生气的样子，遂笑了一笑，也不再说下去了。她走到衣橱旁开了橱门，拿出一件新式的春季大衣。佩珠也早已梳洗完毕，穿上大衣，笑盈盈地奔到楼下去了。佩珠在走过书房的门口时，只听得一阵笃笃的木鱼声音播送到耳鼓。知道父亲也早早起来在念经了，她就一脚跨进书房里去。

这是一间小小的很幽静的书房，正中挂着一幅白衣观世音的佛像，面前放着一只八仙桌，桌上陈设香烛，一个五十二岁的老头子正在那里念经。他就是佩珠的父亲史企东。企东看见女儿进来，也就停止了念经，问道：

"珠儿，今天是星期日，怎么这样早？为什么不多睡一会儿？"

"爸爸，我有事情出去一趟，就回来的。爸爸，你每天这样吃素念经，那不是太辛苦了吗？况且你还处于中年时期，吃素念佛，到底是太无聊了一点。"

"念经在你们年轻人看来虽然觉得无聊，但是我总觉得可以修心补相，至少可以免去许多罪恶。"

佩珠认为父亲老是念经吃素，太觉无聊，遂劝着父亲。可是企东却觉得这是修心补相，来弥补他过去的罪恶，显然在他是有一种深刻的作用。佩珠听了，遂又说道：

"爸爸，我希望你快放弃了这么迷信的举动，来看一下对国家有益的事业吧！"

"哈……哈……孩子，你知道什么？你难道忘记了爸爸从前带过十万大兵吗？我那时候的势力也算是可以了，在我手下死去的人也不知已经有多少。我整天在血和肉的环境里生活，实在使我有些心惊肉跳。因此我下野不干，吃素念经来弥补我过去的罪恶。"

企东说到这里，想起了过去种种作孽的事情，不免深深地叹了一口气。佩珠听了却大不以为然，她走上前去，又低低地说道：

"爸爸，你的意思完全错了，你不应该用这样消极而又无聊的举止来弥补你以往的罪恶，这是没有用的，就是外界也绝不会就此而同情你。要知道那时候内乱不息，大家自相残杀。现在却不同了，日本倭寇来侵占我们东北，来伤害我们的同胞，你们做军人的，应该拿出你们从前内乱的精神和本领来，奋勇去杀敌人，来保卫我们的国家。假使肯这样，那才是你弥补罪恶的好机会。"

"你的话固然不错，但叫我重新拿起枪杆来，那我实在没有这个勇气了。"

佩珠觉得和他说不明白，也就不再劝他。她看了一看手表，知道已经不早了，遂连忙回身向企东告别，匆匆地奔出门外，去赴志一的约会了。企东眼看着女儿的背影渐渐地消失，他摇了摇头，叹了一口气，重新念他的《金刚经》。可是，他被佩珠勾起了已往的事情之后，这时他的心里十分乱。他想起了过去的所作所为，不免心里又暗暗地忏悔起来。

原来企东在二十年前的时候，是山西的一个军阀，他的原名并不叫史企东，却叫作方日昇。因为他一时的势力，在当地无所不为，只要有人说他一句不好，马上会死在他的手掌之下。因此无数好人也就凭了他一时的威严，而无辜地牺牲了性命。后来军阀失势，他也就此下了野。那时他的妻子死了，只给他留下了一男一女，刮下来的民脂民膏也已经不少，他恐怕以前结下的仇人来找他，因此改名史企东，带着儿子佩生和女儿佩珠搬到南方来度他的暮年生活。并且他一面吃素念经，一面做些慈善事业，来弥补他过去造下的罪孽。所以在上海不知道他底细的人只知道史企东是个乐善好施的大善士，哪里知道他过去却是一个杀人不见血的混世魔王呢？

企东静静地想了一会儿心事，默默地坐着不动，闭着双眼，在那里深深地忏悔。这时仆人方福从门外端茶进来，手里拿着一份《申报》，放在桌上，说道：

"老爷，你吃完了茶，可以去吃早点心了。"

企东点了点头，却并不作答，他拿起报纸来翻阅一会儿，偶然瞧见了一则广告，上面写着：

海上相命专家王铁口西藏路大中国饭店二百九十号候敬，电话九六七二四。

企东看完这一则广告，想起自己过去作恶多端，不知将来如何结局。因为近来眼跳心惊，也不知吉凶如何，遂对方福说道：

"方福，你给我去打一个电话，号码是九六七二四，叫王铁口到我家里来给我相相看，不知道我今年的流年怎么样。"

"老爷，这种跑江湖的人，我说你还是少接近为妙。况且这几天上海还有一个暗杀党，到处抢劫人家钱财，弄得地方上很不安宁。我劝老爷还是不要去叫来的好，免得多生是非，找寻麻烦。"

"什么暗杀党不暗杀党？我又没有做过什么坏事，何必担心呢？我这几天的心绪烦乱透了，心里好像有什么事情放不下似的，我想请王铁口来我家算一算我这几年的运气究竟如何。"

"老爷，江湖上的胡言乱道，你相信他的话做什么？这几天捣乱市面上的那些暗杀党，听说他们的组织很严密，到处都有他们的党羽，这些江湖人士也许就是他们的同党也不一定的。而且那个组织的名称叫作什么红心会，盗首叫作什么双枪王的，很是厉害呢！"

"你不要再说下去了，人家做生意的相命先生，和暗杀有什么关系？你快去打电话把那个王铁口叫来吧！"

企东听方福滔滔不绝地说着，心里就更加担心起来，遂连忙阻止方福不要再说，摇摇手，管自步出书房走上楼去。方福觉得老爷不听自己的忠告，也只好由他去吧。方福慢慢地走到客室里去打电话，打好电话，只见门外进来一个女子，仔细一看，原来是小姐的同学贺蓓尼小姐。她的父亲也就是名震海上的大侦探家贺桑，和自己的老爷也是很要好的朋友。方福遂笑嘻嘻地迎着说道：

"贺小姐，你来看我们的大小姐吗？真不凑巧，她大清早就出去了。"

"她到哪儿去了？"

"刚才我问梅香这个小丫头，她说是去看朋友的。"

蓓尼听说佩珠不在家里，一时心里觉得很失望，反身正预备回去的时候，佩珠的哥哥佩生也刚从里面出来，他看见了蓓尼，连忙招呼道：

"贺小姐，你怎么不多坐一会儿？干吗来了就走呢？"

蓓尼听见有人跟自己说话，遂回过身子一看，原来是佩珠的哥哥，遂站定了身子，含笑说道：

"史先生，你早！我是来叫佩珠一块儿出去游玩的，不料她已经先出去了，你想扫兴不扫兴呀？"

"贺小姐，你就在这儿多坐一会儿，我妹妹恐怕就要回来的。"

佩生一面说着，一面指了指旁边的沙发，是请她坐下来的意思。但是蓓尼却并不坐下，她摇了摇头说道：

"我也不等她了，因为我还有一些事情。史先生，我们再见吧。"

蓓尼说完了话，回身走到院子外面去了。佩生平日对蓓尼本来就有点爱意，今天这个机会岂肯错过，忙也跟她走出院，含笑说道：

"贺小姐，我也要出去了，我们一块儿走好不好？"

"那再好也没有了。史先生，你此刻到哪儿去？"

"随便走走，贺小姐，你不是来约我妹妹去游玩吗？我们去看一次早场电影，不知道你肯赏我的脸吗？"

佩生听蓓尼问自己到哪里去，他一时有些回答不出。眸珠一转，才计上心来说出了这两句话。但仔细一想：我一个男子去约一个女子一同看电影，那到底有些不好意思。虽然平时早就对她有了爱慕的心，可是她对我不知道究竟爱不爱呢？想到这里，他的脸颊微微地红起来。其实佩生这几句话听在蓓尼耳朵里，她的芳心里也觉得十分欢喜。心中暗想：佩生叫我一同去看电影，想必他对我早已有了好感，像他这样英俊的少年，自己当然也乐于和他一同游玩的。遂含了妩媚的笑容频频地点了点头，不胜娇羞的神情，默默地不好意思、闭口回答的样子。佩生见她虽然没有答应，但是见她那种动作，那显然是赞同的意思，于是挽了她的手，很得意地慢慢步出门口。只见一个年约四十岁的男子，戴着一副黑边玳瑁眼镜，在门口鬼鬼祟祟地东张西望。那人身上穿的是一件蓝布长衫，看上去好像是个不务正业的人。但那人一看到里面有人走了出来，遂连忙装作很正经的样子，上前小心翼翼地问道：

"先生，请问您这里可是史企东的公馆吗？"

"是的，你找他干什么？"

"刚才史先生打电话给我，叫我到这儿来。我是相命的王铁口。"

"哦，那么你去找门房里的老张吧。"

佩生方才知道他是父亲叫来的相命先生，遂一面向他告诉，一面管自和蓓尼看电影去了。王铁口目不转睛地望着佩生的俊影出了一会儿神，觉得这人的面孔很是熟悉，但一时却又想不起来，也就不再加以思索地走上石阶，在门房外叫喊道：

"哪一位是张大哥？请你们去通报一声，说是王铁口已经来了。"

门房里的老张听见有人喊叫，遂探头向外一看，问明了缘故，这才匆匆地往里面去了。不多一会儿，老张又急急地奔出来，说道：

"王先生，我家老爷请你进去，他在客厅里等你，你自己进去吧！"

王铁口点点头，遂走了进去，他觉得这座洋房倒是十分雅致，想必这里的主人史企东一定是个富有的人物了。但当他跨进会客室里一眼看见史企东的时候，立刻变了脸色，不禁呆呆地愕住了。原来这史企东不是别人，正是自己找寻了五年的杀父害母的大仇人。想不到史企东就是五年前的方日昇，所以害得我遍找无着，今天无意中遇见了他，这也是他恶贯满盈的时候了。在这个时候，真所谓仇人见面，分外眼红。但王铁口不是一个含糊的人，他到底极力地镇定神情，强作笑容，深深地一揖说道：

"这可是史先生吗？我王铁口来迟了，请你原谅。"

王铁口说完这两句话，伴随着一阵阴阴的冷笑，两只炯炯有神的眼睛不住地向企东瞟着。可是企东哪里会知道过去伤害了的人其中有一个就是他的父亲，现在他儿子假扮相命的来替父母报仇了呢？所以企东毫不在意地说道：

"王铁口先生，请坐，我今天请你来替我算一算命，不知道我今年的流年怎么样？"

两人正在一面谈着，一面坐下的时候，方福端上了茶放在茶几上，向王铁口打量了一下，遂退出门外去了。王铁口见室内只有他们两个人，几次三番想从袋里摸出手枪来打死这个杀父仇人。但他在没有确实查明真相的时候，还不敢盲目行事，因此他又缩回了手，低低地问道：

"那请问史先生今年多大年纪了？几时生日？"

"我今年五十二岁，八月初三丑时生的。"

王铁口听了，想了一会儿，嘴里喃喃地不知在说什么，他又对企东冷冷地说道：

"史先生，我王铁口向来照命直谈，一不褒奖，二不奉承，说得不好，你不要生气。我看今年的流年齐巧是白虎星当头，所以你的运气很不好。"

"什么？我今年的运气很不好吗？"

"是的，君子问祸不问福，我也只好直谈了，你今年五十二岁，命生属火，而且今年是灵水年，水能克火，所以你的今年流年很是不利。"

"嗯！有什么不利的呢？"

"大则有性命之忧，小则也要大病破财！"

"哎呀！是真的吗？"

"恕我王铁口直言谈相，在江湖里混了这么多年，从来也没有说过什么假话。"

史企东听王铁口一面孔铁面无私的样子，他的心里忐忑地乱跳起来。皱了眉尖，觉得算命算出烦恼来了，这就连忙急急地问道：

"那么请问王先生，可有什么方法来禳解吗？"

"禳解？这是那江湖仙上骗钱的玩意儿。命中注定怎么样，就该怎么样的。我王铁口不是西天如来佛，没有方法可以禳解，这可对不起！对不起！"

"依你这样说，那我今年不是很危险了吗？"

"那我倒不能这么给你肯定，俗语说：人定可以胜天，或者史先生的祖上积了阴功，或者你现在积了大德，也可以把坏的运气变成好的命运。"

王铁口说完这话，拿起茶杯呷了一口茶。他的眼睛只是注意着史企东的面部表情。企东听了他这后面的话，便猛可地站起来，笑了一笑说道：

"我现在常斋礼佛，以慈悲为怀，虽然说不上积什么大德，自问也没有损过什么阴功呀！"

"那很好，那很好！不过你的八字太刚，而且在您年富力强的时候杀气太重，虽然你现在常斋礼佛，但在过去，你想想看，有没有做过一件伤天害理的事情？"

史企东惊恐得啊的一声叫了起来，他这种不安的态度，显见得在他内心里是感到万分焦急的。但他怕王铁口发现他过去的秘密，竭力地掩饰他那副虚伪的脸孔，显得很镇定的样子。王铁口故意装作没有看见，咳嗽了一声，接下来又说道：

"君子问祸不问福，恕我照命直言！"

"我并不怪你，那么你倒把我过去的事情说说看。"

"依照先生的八字看来，在你中年的时候，曾经握过很大的权柄。"

"是的，那时候我是一个军人。"

"军人？那你一定杀过很多人了？"

史企东见王铁口说这一句话的时候，面色很严肃，好像冷冰冰的样子。他心中一阵乱跳，两颊由焦躁的红晕而变成灰白害怕的颜色了。但他还十分镇静了态度，咳嗽了一声，说道：

"嘻，那算得了什么？我们当军人的总免不了要杀人的。"

"不，我说的是您杀死的那些人中间，难道个个都是该死的吗？"

"在战场上作战的时候，那是谈不到什么该死不该死的，只要是我们的敌人，我们就得指挥士兵用枪炮射死他。"

"难道你在战场以外就没有杀过别的人了吗？"

王铁口一面说，一面把两眼注视着史企东的脸上。看他的脸色已经有些惨白了，好像是无话可强辩的样子，呆呆地木然了一会儿之后，方才又想出很正义的话来，说道：

"在战场以外杀过人当然也免不了的，尤其是像我这样握过大权的军官，不过那些都是犯了法、判了死刑的强盗和土匪！"

"在你手里死掉的那些人，难道没有一个是冤枉的？"

"我平时正直无私，执法如山，对于每一件事情都要再三考虑和侦查才加以判断，从来不曾妄为行事的，所以我自问没有一件是冤枉的。"

"哈……哈……那很好，那很好。不过我觉得你假使无辜地屈杀了一个好人，那在冥冥之中恐怕自有一种报应的了。哈……"

史企东被王铁口一句一句逼问着，问得他心惊肉跳，几乎坐立不安。但是王铁口还并不敢放松地大笑着说，这笑声有些刺耳，使人感到一种害怕。回头再去看看王铁口的脸儿，已经变成了铁青的颜色，而且在眉宇之间还浮现了一股子杀气。这就把坐在椅子上的史企东，几乎急得倒地上去了。

第二回

为非作歹　吃素念佛终枉然

　　王铁口和史企东两人中间，究竟有些什么冤仇呢？这其中一个当然是有道理的。原来王铁口并不姓王，他的父亲名叫宋宇宙，住在山西城外的一个小小村庄上。因为村里的人大半姓宋，所以这村庄就命名为宋家庄。村中的居民，有的以农为生，有的捕鱼度日。宋宇宙是这个村子里的村长，开了一爿小小的酒铺子。妻子田氏生得年轻貌美；儿子名叫海峰，就是现在的王铁口，那时还只有十岁，尚在学校读书。他们一家三口，虽然并不十分殷富，但是也可以称得起小康之家，其乐融融，度着安逸的生活。宋宇宙因为开的是爿小酒店，范围并不大，所以店中并不雇用伙计，他们夫妇两人自己每天在店里招徕生意。因为待人接物十分殷勤和气，故而宇宙所开设的酒店里时常顾客盈门，生意兴隆，大有应接不暇之概。

　　这是一个初夏的季节，天气真是十二分的炎热，天空黑黝黝的，满布着浓密的水云。空气非常沉闷，简直连一丝风都没有。屋子里面本来已经够潮湿得令人难受了，兼之五月里黄梅天气，一会儿落雨，一会儿出太阳，把人们的心头更沉闷得好像镇压了一块铅质那么笨重的东西一样不舒服。

　　时山西城里盘踞了一个小军阀，名叫方日昇。一天他偶然有了兴趣，带了他的部下出来巡逻。经过这宋家庄的时候，天空中黄豆般大的雨点已是倾盆样倒翻下来了。接着风暴雨狂，俄而似万马奔腾，俄而似千军呐喊，方日昇一见不对，三脚并作两步地奔进宋宇宙的酒店里来避雨。

方日昇在山西这个地方当然是很有一些名气的，不过他的声誉却非常不好，因为他盘踞在山西，像个小皇帝的样子，为非作歹，到处抢劫。所以老百姓个个都怨声载道，却是敢怒而不敢言，忍气吞声地生活着。今天他跑到宋家庄宋宇宙的酒店里来避雨，一般饮酒的食客见了方日昇，个个都脸现惊慌，付了酒钱，匆匆地冒雨逃回家里去，恐怕发生什么意外的不幸，而累及到自身。方日昇看众人一见自己都逃避开来，不免暗暗地好笑。他觉得这是自己的威严，和从前的皇帝一样，百姓见了皇帝，都要肃静回避，现在我方日昇居然也能有这样的威严，那也可以说足以自豪的了。他正在得意暗想，忽然抬头看见了宇宙的妻子田氏，一时感到娇小玲珑，真是美丽可爱，足以动人心弦，遂回头低低地问他部下的士兵道：

"这个女子，你们可知道是这店里的什么人吗？"

"报告将军，这女子是酒店里的老板娘，将军有什么事情没有？"

"等我回到军部，你们再把这酒店的老板替我捉来，我有话问他。"

方日昇想一想，才说了这两句话，然后静静地坐了一会儿。经过一阵的大雨之后，天空中渐渐又明朗起来了，方日昇遂带了部下回到军部里去。不多一会儿，他的部下已把宇宙捉来了。可怜宇宙真的是闭门家里坐，祸从天上来。当时被捉，真弄得莫名其妙，不知自己犯了什么罪，只得听天由命。这时，日昇坐着喝道：

"你叫什么名字？"

"我叫宋宇宙，不知您把我捉来有什么事情？"

"你还假痴假呆的装作不知道吗？有人说你是一个强盗！"

"啊！这……没有的事情，我是正式的商人，怎么会去做强盗呢？那你们恐怕弄错了吧？"

"浑蛋，我会弄错吗？明明有人说你是强盗，你还要抵赖些什么？老实告诉你吧，我们捉到了一个强盗，他说你是他们的同党，现在人还关在监牢里，你还有什么可以抵赖的呢？"

宋宇宙听了方日昇的话，好像晴天中响了一声霹雳似的，顿时呆呆地愕住了，嘴里迸不出半句话来。方日昇立刻派人把监牢里的一个犯人捉来作证。这原来是方日昇看中宇宙的妻子，所以故意用这种恶毒的方法来陷害宇宙的。不多一会儿，那犯人一看到宇宙，当然是装腔作势地说是宇宙的同党。日昇听了，故意又问宇宙："你是否招认？现在人证俱在，你还有什么抵赖的余地吗？"宋宇宙听了，当然大加否认，表示这人自己根本不认识他，这完全是他存心不良，陷害自己。如果不信的话，可以叫邻居前来作证，是否平日安分守己的。不料方日昇听了，却大发雷霆，说是花言巧语，意图抵赖，罪上加罪，立刻枪毙。这时旁边的一个卫队出来假装代为说情，一面叫将军切勿大怒，一面低低地对宋宇宙说：

"我们将军喜欢了你的妻子，你只要答应把你妻子送给他，保你可以免掉这死罪的。"

宋宇宙听了，气得全身发抖，大骂道："混账，这明明是你们串通出来的事情，要想陷害我，无非欲强夺民妻，但我宋宇宙头可断，血可流，而志不可辱。"方日昇见他不肯答应，遂下令把宋宇宙立刻枪毙。可怜宋宇宙便被他们押到外面，在不明不白中断送了性命。

方日昇一面下令枪毙宇宙，一面差人把宇宙的妻子田氏用计骗来。不多一会儿，田氏已经来了，她不见自己的丈夫，屋里只有一个军官模样的人，才知道这就是方日昇了。一时倒暗暗担心，因为自己被人叫来的时候，说丈夫也在方日昇的家里，要自己快去谈话，如今不见宇宙，想必一定有了什么意外的事情了，遂问方日昇自己的丈夫在哪里。方日昇听了，却一阵哈哈大笑，告诉她："宇宙是个强盗，我已经把他枪毙了。为了你将来的终身幸福着想，所以把你叫来。如果你愿意嫁给我的话，我就把这件事不再查究，否则连你也有罪的。"田氏一听丈夫死了的噩耗，仿佛晴天中的一声霹雳，她啊了一声，手按额角，几乎摇摇欲倒的样子。她的脑海里幻想着最悲惨的一幕，她的眼泪在眼眶子里贮满了。她的神志已经模糊了，她已不怕方日昇是个军人，上前拉住了日昇的衣襟，疯狂地向他大骂道：

"你们存的是什么心肠？把我丈夫活活地害死，还想要我嫁给你，那除非你在做梦吧！"

"呀！你不能不知好人心，我因为顾到你的终身着想呀！"

"放你的屁！你赶快放我出去，要不然我要喊了！"

"哈……哈……你要喊吗？老实地告诉你说，在这个地方，纵然是喊破了喉咙，恐怕也没有什么效用吧！"

"我觉得你这人简直不是人养的，想不到你会用这一种方式来强迫我，那你的心肠太狠了，而且我也决不会因此答应你的欲望。我老实地告诉你说，你这种行为，恐怕将来会死无葬身之地、身无立足之所的！"

方日昇听了，毫不介意似的，笑嘻嘻地走上前去，伸手去抱她的脖子，凑上嘴去，在她的脸上喷喷地狂吻。可怜田氏在这个环境之下，真好似羊入虎口，一点动弹不得了。她是气得倒竖了柳眉，眼睛里愤怒得几乎要冒出火星来了。她拼命地挣脱，伸手在他的额角上啪啪地打了两记耳光。方日昇一面用手按住两颊，一面喊了部下进来，把田氏绑起来，叫她仔细考虑一番，否则也要和她丈夫一样处死。

田氏心里暗想：在这不讲理的虎穴地方，除了这木然无知的四壁之外，还有什么人会来同情我呢？真是呼爸不应，呼娘不理，假使和他一味倔强，那么他这一个豺狼成性的恶贼，也许真的会把我活活地害死。我死了倒反而干净，免得以后受苦，不过家里的儿子怎么办呢？况且他是宋家的后代，我不能抛弃了他而死的。这时，她含着眼泪，呆呆地想了一会儿，觉得应该先把海峰这孩子寄托一个可靠的人抚养，自己才可以自杀身死。她想定了主意，遂假意向他逗了一瞥勾人的媚眼，微笑道：

"你如果真心爱我的话，不应该用如此野蛮的态度来对付我呀！我现在可以答应你，不过有一个条件你也要先答应我的。"

"只要你能够答应嫁给我，什么事我终可以依顺你的，那么你说吧。"

"我的丈夫已经死了，他的家里的一切我总要去整理一番，而且为纪念我的丈夫起见，在未满一个月之间我们是不能结婚的，不知道你答应吗？"

"好！好！我就依顺了你，反正一个月是短短的时期，你此刻回去整理，然后先住到我这里来好了。"

田氏听了，才从军部回到自己家里。这时海峰正放学回家，看见母亲眼皮红肿，知道已经哭过了，遂问田氏究竟为了什么事情。田氏被海峰这么一问，忍不住呜呜咽咽地哭起来，告诉他说父亲已经死了。海峰听了，也号啕大哭，母子抱头痛哭了一阵子。田氏跑到邻居王大妈家里，将自己所有的首饰等物件通通叫她代为保管，并将自己的遭遇说了一遍。王大妈极为愤怒，劝她切勿自尽。但田氏说，如果自己不死，认仇人为夫，那对不起自己死去的丈夫，她又有什么脸活在世上呢？因此田氏再三恳求王大妈抚养海峰长大，将来可以替父母报此大仇。

这样不到三天，田氏已经悬梁自尽了，可怜海峰变成了无爹无娘的孤儿了，一时哭得死去活来。王大妈一面代为成殓田氏，一面把海峰抚养在家。方日昇知道田氏已经死了，也就不加追究，自叹无此艳福罢了。

光阴匆匆，不知不觉已过了十五个年头，宋海峰已经长成了二十五岁。那是一个炎热的暑天里，王大妈突然时疫而死，在她临死的时候，他把海峰的父母遭遇告诉了海峰，并将仇人的姓名及那时在报上登载过的方日昇的照相拿出来一一指给海峰看。在千叮万嘱之下，王大妈才静静地死去了。等王大妈死后，海峰四处找寻方日昇。但是方日昇因为早已退伍不干了，所以找了四年还没有打听出一些消息来。这次他知道上海有一个红心会，专替党员报仇雪耻、劫富济贫的。他遂离开故乡，赶到上海加入了红心会。因为他学问丰富，超人一等，所以加入红心会后就做了盗首枪王的军师，而且和双枪王义结金兰。从此他便刻刻留心，到处打探方日昇的下落。

宋海峰为了探听方日昇的便利起见，他化装了一个相命的，改名王铁口，在大中国旅社里开了房间，登报招徕生意。说也凑巧，史企东会叫人把他请到家里，一见之下，知道这个史企东就是遍找五年未着的害死父母的大仇人方日昇。他本想一枪了结企东的性命，报此大仇，但是仔细一想，这太便宜了他，需要好好给他一个教训，才知道我王铁口不是别人，而是宋宇宙的儿子宋海峰。让他死得痛苦一点，才出了我胸中一口气。因此他用相命的方法，慢慢地来探听出企东过去的罪恶来。再说当时王铁口看史企东谈起了过去的事情，好像有些恐慌的样子，这就愈加逼紧着问他。史企东听王铁口说假使作恶之人，在冥冥中自有报应的。这就使他大吃一惊，脸色灰白，急急地问道：

"王先生，过去的事情，与我现在的坏运气有什么关系吗？"

"大有关系！大有关系！我刚才说人定可以胜天，反过来，人坏也可以逆天。假使光是祖上积了什么阴德，那也没有什么效用，恐怕也会把好的运气变成了坏的运气。"

"你简直是胡说八道，照你说来，难道我现在运气不好，就是从前作恶的报应吗？"

"哈……哈……"

王铁口见他还是极力掩饰，这就一阵哈哈冷笑。笑得史企东全身寒毛根根倒竖起来，不免打了一个寒战，但又定神正色问道：

"你在笑什么？"

"我笑现在的人，只是专门喜欢听奉承的好话，我王铁口不识时务，照命直谈了，因此冒犯了史先生，请你多多原谅。我笑自己也真是太傻了！"

"那么你再说说看，我以后究竟是怎么样的结局呢？"

"史先生，对不起得很。你要是喜欢听那些江湖上骗人的奉承好话，敬请高明吧。我王铁口只好告辞了！"

王铁口说完了这两句话，站起身来，预备要走的样子。可是他还不时地故意回过头来偷看企东的举动，而且走在会客室门口又站定了脚，冷冷地笑一回。企东觉得王铁口的相命倒是很灵验的，他能够算出我过去的事情来，这不是太神秘了、太玄妙了吗？他这时的心跳跃得快要越出口腔来了。企东抬头看王铁口已跑到了门口，遂走上前拉他回来。王铁口还故意放刁似的说道：

"我看您先生的脸色晦气太重，大祸就在目前，不听我王铁口的忠言，所以我还告辞了，再见吧！"

"请王先生多多原谅，我刚才说话冒犯了您先生，请你不要见怪，我们还是坐下来再谈谈吧。你的相命十分的灵验，我怎么还会不相信呢？"

随了这两句话，他们又重新坐了下来。史企东摸出香烟，递给王铁口，又划了火柴，殷勤地招待着。王铁口吸了一口烟，慢慢地吹去了烟圈，冷冷地说道：

"你还要我谈些什么？"

"你刚才不是说我过去曾做过什么罪恶的吗？你从哪一点看出来的？我真是觉得有些奇怪。"

"那只要你先生自己心里明白好了，何必还要我来说得太明白呢？"

"我刚才已经说过了，我为人正直无私，从来没有做过什么罪恶。"

"哈……哈……"

"你又在笑什么？"

王铁口又是一阵冷冷地大笑，听在史企东的耳朵里真是有点汗毛凛凛了。望了王铁口铁青得没有一点血色的脸色，可怕得使他呆住了一会儿。正在这时候，只听王铁口又接下去说道：

"史先生，我不笑别的，我只觉得你又在对我说了一次谎话。"

"我生平没有对任何人说过半句谎话的，你何以见得呢？"

"哈……哈……你不说，我就代你说了吧！我知道你以前为了自己升官发财，图利贪欲，曾经冤枉地杀过了无数的好人。"

"什么？你怎么会知道的？"

"这是八字上注定的呀！"

"我就不相信八字上推算有这么灵验。"

"哼！你还不相信吗？那么我再告诉你一句，你在这里的八字上好像曾经杀过一个姓马的、一个姓宋的，可有这件事吗？"

"啊……"

史企东听了王铁口这样的话，他的神经更趋紧张了，不禁啊了一声，他的脸色吓得惨白了，额角上的汗珠好像黄豆般大的直冒出来。他觉得两条腿也在颤抖着，虽然是呆呆地坐着，但他坐的姿态显出了局促不安的样子，几乎要从椅子上倒栽下来。仿佛他过去杀死的冤魂恶鬼显现在他的眼前了。他这样子恐慌的情形，更引起了王铁口的痛恨，知道企东一定是自己杀父害母的仇人无疑了，遂含了凶狠的目光望了他一眼，说道：

"史企东先生，你现在可佩服我王铁口了吧？我在江湖上混了这么许多年，代人看相批命，向来是十分灵验的。"

"不……这完全是你在胡说乱道，我不要听你这些鬼话了，你快给我滚出去！"

"史先生的人倒是十分可怪，一会儿叫我进来，一会儿又叫我出去了，这我可不知道你是什么意思。不过以往的事情好比昨日死，没有什么了不起的大事情会发生，好汉做事好汉当，就是对我算命的说了实话又有什么关系？何况你的八字命理注定都在我肚子里，你不说我也很明白地知道了！哈……"

王铁口的笑声更阴森可怕了，他的脸显得铁青的颜色，声音严肃得有些刺耳，一只凶险的眼睛瞪瞪地向史企东注视着，分明在等着史企东的答话。这时在会客室里的空气，顿然地紧张起来，两人都忍住了鼻息，形成一种窒息的静默。只有壁上的钟声，嘀嗒嘀嗒地调和了室内幽静的空气。史企东的神经分明也越加紧张了，他狠命地丢了手中的烟蒂，猛可地站起身来，额角上的青筋根根暴露着，两手握紧着拳头，厉声骂道：

"你这浑蛋，竟敢含血喷人地胡言乱道，你简直不是算命的，好像是个魔鬼！"

"哼！你不用赖，我再仔细地替你算一算你八字中过去所做的罪恶吧。我老实地告诉你，你并不叫史企东，你的真名叫方日昇。你过去是一个山西地方的军阀，造下了无数罪恶，杀过无辜的好人，其中有一个宋宇宙和一个马同春都死在你的手下。最后你下台来不干了，恐怕那些冤鬼和仇人找你算账，于是你改名换姓搬到上海，以史企东的名义，吃素念佛，舒舒服服地过着寓公生活，来掩护你过去的罪恶。但是……"

"哦……你……你……"

史企东听了王铁口这一番话，他做梦也想不到自己的秘密会被王铁口完全地揭穿了，不禁大大吃了一惊，手按额角，几乎整个身子摇摇欲倒的样子。他竭力地还装作镇静，不过他受了王铁口严厉的声浪刺痛了他的耳朵，他终究充满了恐怖的神情，几乎要昏厥过去了。王铁口瞧在眼里，却又假意冷冷地说道：

"请你不要害怕，我是你的朋友，又是一个相命的，并不是你的仇人，有什么话告诉我，我可以替你设法把这些事情解除掉的。"

"你真的了不起，把我过去的事情全都知道了。好吧，你既然明白了，我又何必瞒你呢，我就告诉你了，我的名字实在不叫史企东，我……就是曾经在山西显赫一时的方日昇。"

史企东听王铁口说的话倒也不错，他又不是自己的仇人，何必这样的害怕？这也许真的在命中是注定好的，所以企东就老实地说出了自己的真实姓名来。但方日昇三个字刺进了王铁口的耳朵，他的心中比钢刀在割还要痛苦，因为他想起了父母的惨死，几乎眼泪夺眶而出，但他又恐怕被企东发觉，看出自己的行动来。幸亏企东背着身子，两手反背着，望着窗外又讷讷地接下去说道：

"那时候我在山西带的兵倒也不少，提起我的名字哪个不知？谁人不晓？可是当军人的总免不了要杀死人的，那时我记得杀过了无数的好人，你说的那个姓宋的，他名叫宋宇宙，在山西城外的宋家庄上开了一爿小小的酒铺子。他有一个美丽的太太被我看见了，我想讨他的太太做小老婆，他坚决不肯答应，我就以通匪的名义把他枪毙了。并且把他的太太抢了回来，结果他的太太也自尽身亡了。至于那个姓马的马同春，他是山西城里数一数二的大富翁，平日为公出力，做些慈善事业，在山西城里，马同春是出名的大慈善家，因为乐善好施、接济贫穷的缘故，山西一般的人民都当他是活财神一样看待。这消息传到了我的耳朵里，我就带了卫队去拜见马同春，一见之下，倒是谈得十分投机，因此和他结了金兰之交，两人的往来十分亲热，胜过同胞手足。这样过了两年，在同春三十岁生日的那天，他把家里的书画古董都拿出来给亲友们观看，其中有一只翡翠的如意，价值连城，据说是祖上传下来的稀世宝贝，我就看中了这只翡翠如意，向他要来，但他说'这祖上传下来的东西怎么可以送给你呢？别的东西，尽管挑选好了，这翡翠如意是万万不肯的'。因此在言语之中我们两人冲突起来，我就凭了那时年轻气盛的缘故，把马同春也以强盗的罪名处死了。为了斩草除根，我还把他的妻子和家里的人通通杀光。可惜同春的儿子被一个仆人抱出后门逃走了，那时他的儿子还只有五岁，到现在也有二十五岁了，想必他也长很大了。我恐怕这些人将来报仇，所以我就早已不干这军人的生活了！"

史企东这些话说得他自己深深地忏悔起来，呆呆地站立着不动。王铁口听了，还故意装作劝他不要担忧的样子，但他内心是感到多么的怨恨。因为自己的生身父母被他活活害死，他几次想摸出手枪来打死他，出了胸中的一口怨气。但因为自己的仇人，也就是他们红心会双枪王的仇人，而且这双枪王不是别人，正是史企东方才所说的马同春的儿子马志一，和自己是结拜的兄弟。两人曾经立誓须一同把仇人方日昇杀死，才可以出了这口怨气的。如今仇人已经找到，只要回去报告志一，同来行刺即可完事。他想定主意，低低地又说道：

"史先生，这样说来，你过去所造的罪孽实在太多了。"

"这些话在我的心里已藏了二十年了，我没有对任何人说过，就是我的儿子和女儿，他们也只知道我叫方日昇，却不知道我过去有这些作恶的事情。你不知道有什么魔力，我竟对你说了出来。"

"史先生，请你放心，我绝对代你保守秘密的。"

"可是，我后来觉得自己造下的罪孽太多了，我就洗手不干军队的生活，而诚心诚意地在家改过自新，而且常斋礼佛，以慈善为怀，难道还不能够弥补我过去的罪恶吗？"

"不，血的债只有以血才能够偿还的！"

史企东听到这话，不禁大声叫喊起来，他觉得这血的债还要血来偿还，自己不是性命难保吗？他又恐怖起来，闭着眼睛，静静地不知在想些什么，因为这时史企东的内心是乱得不可收拾的了。王铁口阴险地瞟了他一眼，站起身子，走到企东身旁，拍了拍他的肩胛，说道：

"不要怕，史先生，你以后多做一点好事，也许老天爷会宽恕你的……"

"是的，我以后得多做一些好事才对。如果真的要血的债用血来偿还，那未免太可怕了，但愿老天爷能够宽恕我……"

"那才对呀！不过你……"

"噢！我都忘记了，你给我算的命十分准确，我真不知道该怎样感谢你。请你等一等，我进去一会儿，马上就出来的。"

王铁口听了，点了点头，看见史企东往里面进去了，他暗暗想着：这史企东就是杀我父母的仇人，我找了他好几年了，今天却在无意中找到了，真所谓踏破铁鞋无觅处，得来全不费工夫了。我宋海峰应该报这血海似的深仇，才对得起我冤枉而死的父母。想到这里，只见史企东拿了一叠钞票进来，走到王铁口身旁，一面把钞票递给王铁口，一面低低地说道：

"这是我的一点小意思，请你收下。不过我刚才说那些话，请你千万代我保守秘密。"

"那请你放心，为人保守秘密，这是我们吃这行饭应有的道德。至于钱，我可不敢收的，请先生代为传个名，我们以后交个朋友。"

"这你不是太客气了吗？"

"那算不得什么客气，因为你我既然要交朋友，你若一定要我收这些钱，那不是太看轻我了吗？"

"你这样说，我也只好不客气了。"

王铁口看见企东拿钱给自己，他坚决地拒绝了，因为他觉得这些钱都是染上了滴滴的鲜血，不是敲诈就是搜刮来的，我要这血腥的钱干什么呢？因此他想个方法来拒绝史企东。史企东看见他也很诚意地说着，也就收回了钱，含笑点头。王铁口突然抬头看见了壁角里一张十寸的半身照片，他走过去仔细一瞧，觉得这人的脸蛋很像刚才门口那个青年，遂回头问史企东道：

"史先生，这是谁的相片？"

"哦，这就是小犬佩生的照片，他刚才出去了，要不然他在家里的话，你也可以替他看看相、谈谈命的。不过往后的日子很长，总有机会向你请教的吧。"

"哦，这就是令郎，相貌生得仪表堂堂，将来是一个了不起的人物，你史先生真好福气！"

两人谈着话，不知不觉过了许多时间，壁上的钟声敲了十一下了，王铁口便向他告辞，预备出外而去。这时齐巧佩珠从外面匆匆地推门进来。她瞧见了会客室里有一个陌生的男子和父亲谈天，遂走来叫了一声爸爸。史企东看见了自己的女儿，便点了点头，一

185

面向他们介绍道：

"佩珠，你回来得正好，我来替你介绍介绍。这是最著名的星相家王铁口，他刚才替我谈相真是十分灵验。这是我的女儿佩珠。王先生，改天如果有空，常常过来谈谈。"

"好的好的，今天有事，先告辞了，再见吧！"

王铁口点了点头，这就出门外去了。史企东回过身子望了佩珠一眼，坐在椅子上呷了一口茶。佩珠看见父亲的神色十分不安的样子，遂低低地问道：

"爸爸，你为什么把这阴阳怪气的相命先生叫到自己家里来？这些跑江湖的人大都是靠不住的。"

"佩珠，你不知道这王铁口的本领倒很大呢！他把我过去的命运谈得十分准确的呀！"

"可是我总觉得有些不相信。"

佩珠说完了，自管一跳一跳地跑上楼去，显出那副天真活泼的姿态。史企东看了这美丽的女儿，好像掌上的明珠一样地喜欢，但可惜她的母亲早已死了，一个失去了母亲怀抱的姑娘，是多么痛苦呀！幸亏我做父亲的也不再续弦，使他们可以不用受到后母的虐待。企东想到这里，觉得过去的种种行为，他的良心上激起了后悔的不安，悲哀掀动了他痛苦的表情，交织着他深深的忏悔，他一个人静静地坐在会客室，忍不住晶莹的泪水已涌现在他的眼角旁了。

这天下午，史企东因为心绪不安宁，吃过了饭，出门到城隍庙里去烧香。他以为吃素行善，念佛烧香，那总可以把过去的罪孽洗刷干净。因此他就急急地赶去烧香，并且在庙里也捐出了不少的款子，作为修筑庙宇的费用。庙里老和尚遇见这样好的施主，认为财神爷进门，所以殷殷招待，当作上宾。其实拆穿来说，不过是为了几个臭铜钿的缘故。

当史企东烧香完毕，回到家里的时候，已经是傍晚时分。天色渐渐黑暗下来，在书房里阴沉沉地笼上一层薄幕。也许是心理作用的缘故，他觉得四周好像布满了鬼气，于是他连忙开亮了电灯，翻阅那木版印刷的佛经。但是因为神情不安的缘故，他没有细心地去看它，只是一张一张地翻个不停。一阵阵的恐怖和悲哀渗入他的那颗空虚的心灵，懊丧和悔恨激起了心中无限的惨痛。他不怪别人，只怨自己以前的残暴和不仁，真是早知今日，何必当初呢？但现在后悔已经迟了，他想着想着，自己好像步入了这个恶劣可怕的环境里踌躇着，但他除了深深地叹气之外，再也没有别的方法可以来解脱他的烦恼了。

正在这个时候，忽然从窗外爬进一个人来，好像非常惊慌的样子。但那人一看见是企东之后，立刻从西裤袋中摸出了一支手枪，对着企东的胸膛，一道凶狞的目光直射在企东的脸上，仿佛要将企东打死的样子。这时候的史企东见了这突如其来的凶暴举动，倒出乎意料，他觉得王铁口的话太灵验了，莫非这人就是和自己有冤仇的吗？他已经是魂飞魄散的神气，高高地举起了两手，任凭那人摆布了。

第三回

眼前报应　血债还血债

　　佩生和蓓尼在门口碰见了王铁口之后，他们管自走在马路旁边的人行道上，默默地走了一截路。因为两人并着肩走的，所以佩生偏过头去望了望身旁蓓尼的粉脸，向她仔细地打量了一会儿。只见她那芙蓉般的面庞、杨柳似的腰肢，两道弯弯的眉毛之下配着两只滴溜溜的眸珠，显出十分聪明的样子。长长的眼睫毛十分整齐地圈在眼眶四周，一根根的很是明显，倒实在有些欧化的美态。挺直的鼻梁下配着那张红润的小嘴，在她默默含笑的时候，露出一排洁白的牙齿来。同时在玫瑰花般的脸颊上，深深地印出一个笑窝，便有一种说不出的风韵。这样的美丽姑娘真叫人有些百看不厌，所以佩生一边走一边目不转睛地望着她，也就呆呆地出了一会子神。

　　蓓尼偶然回过头来，看见佩生呆呆地瞧着自己，四目齐巧接了一个正着，于是两人都感到很难为情的模样。蓓尼的两颊上已透现了羞涩的红晕，秋波脉脉逗了他一瞥妩媚的目光，遂低下头来，默默地只是向前走着。佩生的心里觉得这位姑娘温文柔情得太可爱了，足以令人倾倒，遂低低地搭讪道：

　　"贺小姐，你刚才为什么就急匆匆要走了呢？难道我妹妹不在家就没有人招待你了吗？"

　　"那倒并不是的，我因为佩珠已经出去，我一个人在你家，这不

188

是不太好意思了吗？"

"那又有什么不好意思？我妹妹的朋友也就是我的朋友，你到我们家里来，我当然也应该负起一半招待客人的责任来的。"

"那真是不敢当，我又不是第一次到你们家里，所以用不着什么招待的，同时我怕够不到资格做你的朋友，因为我知道像你史先生这样年轻的人，在外面难道没有一个要好的女朋友吗？"

蓓尼对于俊美的佩生自然也有一层爱意，所以才会和他表示这样的亲热，不过她在表面上还故意这样谦虚地说。佩生听到她这句话中至少是包含了一点探听自己行动的意思，遂正了脸色，说道：

"贺小姐，你应该相信我，我从来没有一个女朋友的呀！假使承你不弃的话，我倒希望跟你交一个朋友。不知道你心里喜欢有我这个朋友吗？"

佩生这几句话说得非常诚恳，听在蓓尼的耳朵里，她芳心里感到甜蜜无比，遂笑道：

"史先生说得太客气了，但是你说没有一个女朋友，那就叫我有些不大相信。"

"贺小姐，我从来不会说一句谎话的，我可以对天发誓，如果……"

"屁！谁要你发誓，我可不许你……"

蓓尼听到他要发誓，遂连忙阻止了他，噘起了小嘴，向他"屁"了一声。但既然有了这么一个举动之后，她觉得自己一个女孩儿家，在一个并不十分知己的异性面前，这举动到底是太难为情了一些，因此垂下了粉脸，忍不住微微地笑了。佩生对于她这种举动，却认为不脱女孩子天真的成分，因此愈加增了一分爱她的心。大家的脸上都含了春风得意的微笑，两人并肩走向大华电影院。

大凡一个男子，对于自己所心爱的女子，他追求得一定是非常热烈，无论对方的心里是不是一定垂青了他，但他抱了无限的希望，总要费尽心机，把她弄到了手中，方肯罢休。但是既然弄到了手中，玩过之后，早已又视为粪土一般，这原是公子哥儿玩弄女性的一种手段，原也不足为奇。意志坚定的女子，认清了社会上一切欺诈和黑暗，当然不容易被人诱惑；但意志比较薄弱的女子，为了金钱和性欲的引诱，或者被虚荣两字迷住了心，因此而失去了人生的幸福，如此的女子不知道有多少。

佩生就是社会上这样一个典型的人物，他平时在舞场里不知道玩弄过多少不幸的女子，但他觉得世界上的女子各有不同的妙处。他存了这样的心，自然是今天和她谈爱，明天又换一个发生关系，即使闹出事情来，反正有的是父亲的臭铜钱，只要有金钱，万事全可了。在这样的情形之下，因此更增加了他拈花惹草的兴味。

今天他在无意中遇见了贺蓓尼，便想一心地追求起来。他觉得蓓尼的容貌和身段，实在是美得不能再美了，如果讨她做了妻子，那是死也甘心的。真所谓牡丹花下死，做鬼也风流。因此蓓尼说他外面有了女朋友，他竟急急地发起誓来，这叫一个情窦初开的处女，心里会感到甜蜜和欣慰。蓓尼当然也不能例外，所以她此刻的芳心中感到说不出的喜悦，那副不胜娇媚的意态，显然已被情魔所缚住了。

因为是星期日的缘故，电影院里在上午加映了一场早场的电影，所以当佩生和蓓尼步到大华电影院的门口，一对对青年男女早已等候在门口了。佩生遂去买了电影票，一同走进电影院，选定了位子坐下。

一会儿，电灯完全熄灭了，整个电影院里变成黝黑的一片，只有银幕上映出了一道白光，接着是各种不同的镜头呈现在人们的眼里。因为开映的是外国片子，所以佩生一一地讲给蓓尼听。两人经过了几次谈话，在情感上显然是增进了不少，当银幕上映到男女主角拥抱接吻的时候，佩生情不自禁地伸过手去，紧紧地握住蓓尼的纤手，在作非分之想了。

他们看完了电影，时间已是十二点多了。佩生挽了她的手，步出电影院，低低地说道：

"贺小姐，时候已经不早了，我们到饭店去吃饭吧，反正回家去也赶不上了。"

蓓尼点了点头，表示同意，佩生遂和她一同到荣华酒家吃了午饭。下午佩生又邀她到米高美舞厅里去跳舞，蓓尼也同意了。因此两人就走到米高美舞厅里去了。

舞厅里充满了神秘的气氛，沉醉在舞厅里的男男女女也可以称得上天之骄子，他们好像不知道痛苦和烦恼，在霓虹灯光的照射、爵士音乐的喧闹之下，都足以使一般青年男女的心为之震荡起来。这时佩生和蓓尼坐在一个很幽美的角落里，喝着甜甜的鲜橘水，眼看着舞伴欢乐的神情。佩生低低地问起蓓尼：

"贺小姐，你今年几岁了，肯不肯告诉我呢？"

"你倒猜猜看，我有几岁了？"

"我哪里猜得出？不过我可以猜得出你比我小，是我的妹妹吧。"

"我可没有福气有你这么一个哥哥呀！你要知道我的岁数或许比你大得多呢，恐怕我是你的姊姊，你却是我的弟弟！"

蓓尼说完了这俏皮的话，乌圆的眸珠转了转，秋波斜乜了他一眼，只是咯咯笑了起来。佩生见她耸着肩胛，别转身子去，显然是笑他这个弟弟，遂也笑了笑，低声地说道：

"你讨起我的便宜来了，我可不依你的。贺小姐，我们去舞一次，好吗？"

蓓尼还在哧哧地笑个不止，佩生去拉她的手，站起身来。蓓尼虽然口里还没答应他，不过事实上她也跟着佩生走到舞池里去了。佩生搂着她软绵绵的腰肢，婆娑起舞，心里感到说不出的愉快。她那柔软的身子偎在自己的怀里，一阵阵处女的幽香送进鼻子里，他的心里不免荡漾了起来。

音乐停止，各人舞罢归座。两人又坐着谈了一会儿，不知不觉已是五点钟了。佩生遂付了茶资，和蓓尼一同走出舞厅。因为蓓尼一整天还没回过家里去，恐怕她的父亲挂念，就和佩生握手告别，佩生还替她讨了街车，方才自己也步回家里去。

佩生一个人踽踽地向前行，刚回到自己家大门口的时候，突然从墙角冲出一个身材高大的男子，穿着一套灰色半新旧的西装，从裤袋里摸出手枪，对准史佩生砰砰两声，佩生躲避不及，早已应声向前跌倒，躺在地上不能动弹，显然已被那人用枪打死了。那人一见目的已达，正欲反身逃走，不料前面已有警士闻声过来，他在惊慌之中，爬上前面的矮围墙，糊里糊涂地跳进了史企东的书房里。那时他一看书房中的史企东，为了自卫起见，遂从裤袋里摸出了手枪，对准企东的胸膛，慌张地喝道：

"不许嚷！把手举起来，要不然，我就用枪打死你！"

史企东只得举起了两手，他的脸色吓得一点血色也没有了，他觉得这人莫不是和我有仇，此刻来报仇的吗？那么我这性命不是完了吗？他急得颤抖了着声音问道：

"你是谁？我跟你无冤无仇的，为什么跑到这儿来行刺我？"

"我并不是来行刺你的，只要你不嚷起来，我绝不会加害你。"

"那么你到底是什么意思？"

"告诉你吧，我在马路上开枪误打死了一个人，恐怕被人发觉，所以我跳进围墙来暂时躲避一会儿，我绝不是来加害你的，只要你允许我在这里躲藏一下。"

史企东这才放下了那颗惊慌恐怖的心，松了一口气，但是他总还有一些不相信他的话，遂怀疑地又说道：

"那么你快把手枪放进袋里去，我真有些害怕。我允许你躲在这里，不过我这里也不是久待的地方呀！"

"那还得请你设法才好。"

史企东听那人恳求自己替他设法躲藏。虽然他趁此很想做一些好事，来积一点功德，不过因为这是一个杀人的凶犯，所以一时弄得没有了主意。他抓了抓头皮，紧皱着双眉，来回在书房里踱着方步，不知如何是好的样子，过了一会儿才说道：

"你要我救你原可以，但是你可知道我担了多大的危险？因为你是一个杀人的凶犯，不管你是有心杀死他，或者你是误会打伤他的，在法律上一样是有罪的，我若把你藏匿起来，这在我也是犯了罪的呀！"

"老先生，请你发发慈悲心，替我想个办法，救救我的性命吧！我到死也不忘你的大恩大德。"

"那么你得先告诉我，为什么你好好的要去杀人？"

那人听了史企东这么一追问，倒是被问得愕住了。因为自己完全受人指使，并不知道究竟是为什么，因此他说了"因为"这两个字之后再也说不出一个所以然了。企东见他不肯告诉自己，遂也不加追究，深深地叹了一口气，慢慢走向那人说道：

"你不肯告诉我，我也没法，不过我得劝告你，不要年轻气盛，从今以后你要好好做人。要知道血债只有用血才能够偿还的。"

"是的，老先生，我听从你的劝告，以后要改过自新，重新做一个好人。"

史企东觉得年轻人火气总免不了太大。就像自己也是凭了年轻时候的火气，而造下了过去的罪恶，到现在后悔已经来不及了。自从他听了王铁口的话之后，他知道冤家宜解不宜结，更不应该去杀害好人，所以他把这一句"血的债还要用血偿还"的话来劝导那个人。两人正在谈话的时候，突然方福匆匆地推门进来，看见一个陌生男子正在和老爷说话，还以为是老爷的朋友，遂对那人望了一望，回头又向史企东说道：

"老爷，不好了，刚才我和老张在门房里聊天的时候，只听得门外砰砰地有开枪的声音，我连忙出去观看，只见那马路旁边的人行道上围住了很多行人。我走近一看，只见地上躺着一个死人，倒在血泊之中，我仔细看那人的脸，却是我们的大少爷哪！"

方福滔滔地说完这个惊人的消息，已把史企东听得目瞪口呆、面无血色，他整个身子几乎要晕倒下去了。他定了定神，又摇了摇手，意思是叫方福走出门外去。方福看了，真有些莫名其妙。史企东这才急急地叫他快去报案。方福这才匆匆地出外去了，史企东连忙把门轻轻关上。他回头恨恨地望了那人一眼，暗自想道：他刚才在马路上杀死的人难道就是我的儿子佩生？佩生跟他到底有什么不共戴天的大仇，他竟要下此毒手？现在他打死了我的儿子，那么他就是我的仇人，我怎么还去救他呢？那么照理，我应该叫人来抓住他，立刻可以把他送到警察局里去定罪。不过这件事情也许其中还有一些道理，我非要问个仔细，才能行事。企东左右为难地想到这里，竭力忍住了悲痛，只好镇静了态度，对那人恨恨地问道：

"你……你真是一个恶魔！你为什么要杀死我这一个独生的儿子？他跟你有什么不共戴天的仇恨，你竟下此毒手！"

"啊！什么？你说的什么？你……究竟是谁？"

那人听史企东突然这么问，顿时吃了一惊，他的脸陡然变了颜色，想不到刚才被杀的青年竟会是他的儿子，那么我现在跑到他们的屋子里来，这不是自投罗网吗？想到这里，他全身似乎被泼了一盆凉水，竟瑟瑟地抖得十分厉害，一面急急地向企东诘问。史企东看到那人剧变的神情，一时脸上更盖了一层惨痛的容光，他那颗心更是忐忑地跳跃不停，遂急急地说道：

"我叫史企东，你谋死的就是史佩生，他是我的儿子。我问你，你跟我儿子有些什么仇恨？你竟把他用枪打死。你老实地告诉我，要不然，我马上把你送到警察局里去，偿我儿子的性命！"

"哼！我假使早知道这是你的家，那我就不该求你来救我。现在不用多说，也不要问我为什么打死你的儿子。干脆点，你叫警察来把我捉到局子里去吧。"

"不！我一定要你说出杀我儿子的缘故，只要你说得出理由，我就一定可以放你走的。"

"哼，你也别再装什么假仁假义的态度了，我沈虎不要你来放我走。方日昇，你一定要我说出杀死你儿子的原因来吗？那要问你自己得势的时候，你杀过别人的父兄子弟，你强抢过别人的房屋财产，你要别人的儿子的命，为什么别人就不能要你儿子的命呢？"

沈虎的话听到企东的耳朵里，可怜他的心跳得更厉害了。因为那人说的又是自己过去的罪恶，难道这人就是从前被我杀害了的那些冤鬼的儿子吗？现在大概来替父母报仇雪恨了，那么我的性命当然也在他的掌握之中，我还是赶快逃走吧！他想到这里，便猛可地回过身子，正欲奔出门外去的时候，只听沈虎厉声喝道：

"站住！不许走，要不然我马上打死你！"

史企东又只好站着不动，他慢慢地回过身子，只见沈虎已从裤袋里摸出了手枪，对准了自己的胸膛，脸上浮现着一股子骇人的杀气。他觉得自己此刻好像在上刑场，生死关头，只要沈虎的手指向扳机一扳，自己的性命就此断送了，真所谓是在千钧一发之际。他的脸色是惨变了，由青而变得灰白，额角上的冷汗更像黄豆般大地直冒出来，他情不自禁地失声大叫了一声。沈虎觉得事情不妙，恐怕外面有人闻声进来，自己不是就会束手就缚了吗？因此他把心肠一横，扳动了扳机，准备打死他。说也凑巧，也许是史企东命不该绝，原来沈虎扣动了扳机，那枪口里却没有一颗子弹射出来。他急急地连扳了数次，才知道枪弹已经用完了。一时心中也感到万分惊慌，他想再跳出逃走，但他知道，这时门外一定有警察守住，免不了要被他们捉住；如果不逃走的话，企东也不可能和我罢休。正在进退两难的时候，只见企东放下了举起的两手。他似乎明白这人已到势穷力孤的时候，遂冷冷地笑道：

"你想逃走吗？告诉你，外面一定有人已在追捕你，如果你此刻出去，正好被他们捉住了，那你不是要被送警究办吗？像你这样一个年轻的男子，在监牢里关上十年八载，埋没了你的终身幸福，那又何必呢？你还想用枪来杀死我，幸亏你手里的枪已经没有了子弹，不然的话，我早已死在你的枪下了。但是，我倒要再问你一个仔细，究竟是谁指使你来杀死我儿子的？"

"不用多说废话，你赶快把我送到警察局里去，我沈虎是专门替那些被你所害死的冤魂孤鬼来复仇的，我如果被你捉住了，我们那些兄弟是不会再饶恕你的！"

沈虎说完了这话，把那支手枪慢慢地放进裤袋里去，呆呆地站着不动。企东见他的模样好像并不恐惧了，而且听他的话里说是他的弟兄们不会饶恕了我。这明明是他们有组织地来行刺我，我如果把他送到警局里去，将来对我是没有什么利益的。况且我的儿子已经死了，这也是我平时作恶多端的因果，报应在我的眼前。正如王铁口所说的，"血债要用血来偿还的"一句话，现在是血债真的以血来偿还了，那么我把他捉到警局里去，在他也无非是吃几年的官司，在我也算不了替我儿子报了杀身大仇，但这样冤冤相报下去，那不是互相报不完要成为血的世界了吗？我年轻的时候造下的罪孽，都是我自己的罪恶，现在把我儿子的血已经来偿还，我再这样循环地报仇下去，那我不是又做了一件罪恶的事情吗？况且人死了，是不会复生的，我为什么一定要把他送去判决死刑呢？企东想到这里，情不自禁地自言自语道：

"不，不，我不能再造罪、再造孽了。人家欠了我的血债，我还是以仁义来和解吧！俗语说，救人一命胜造七级浮屠，那么一个年轻的人，我为什么要把他送入死路呢？不能，我不能。"

沈虎听他嘴里不知在说些什么，一时弄得莫名其妙了，遂急急地问道：

"你在说些什么？你要捉我，就赶快叫人来捉吧！"

"唉，年轻人，不要火气太盛，你放心，我现在绝不会加害你的，我已打定主意把你放走。"

"哼，你还以为我是三岁的小孩吗？来上你的大当？"

"我绝不会欺骗你的，因为我觉得你和我无冤无仇，我为什么要来害死你？"

"因为我是杀死你儿子的仇人！"

"不是，我儿子的死，也许是应该以血来偿还我过去的罪恶的血债。我并不怪你，我只怪自己过去太残暴了一些，所以今日才有这样的果报。"

"你要是真的能够放我出去，那你是我的救命大恩人了，我到死也不会忘记你的。"

沈虎听企东不但不记仇恨，反而放他逃生，他那颗心暗暗地又被企东感动起来，遂弯下腰去深深地鞠了一躬，表示无限的感激。他的脸上也已转忧为喜了。企东连忙走到墙角落里去，把挂在衣架上的那件旧长衫拿下来，仍旧回到沈虎身旁，一面把衣服递给沈虎，一面又低低地说道：

"朋友，你把这件衣服穿上了，我叫方福送你出去！"

"是！你救了我的性命，我以后一定报答你。"

史企东听到点了点头，走到房门口大声地喊着方福。不多一会儿，方福推门进来，先向企东鞠了一个躬，然后向沈虎看了一眼，觉得这人面目狰狞，浮现了一股子杀气，好像不是一个良善之人，最奇怪的是方才那人是穿西装的，现在怎么穿起老爷的衣服了？遂问企东道：

"老爷，你叫我什么有吩咐？他是谁？你怎么不去料理少爷的尸首，却在这屋子里干些什么呀？"

"方福，我告诉你，杀死少爷的就是他，我现在要你送他出门去，把他放走。"

方福听了企东的话，一时惊骇万分，觉得老爷莫不是神经错乱了不成？怎么把杀死儿子的凶犯不捉了，反叫我把他放走，这不是太奇怪了吗？他想来想去，终想不出一个所以然来，遂急急地问道：

"老爷，你在说些什么？我真弄不清楚，既然他是杀死我们少爷的凶手，我们应该把他捉住了。况且门外已有警察在侦查少爷的尸体究竟被谁打死的。让我出去报告，把他快捉住了再说！"

"方福，不许你这样做，我预备把他放走，因为刚才王铁口对我说过，血的债要用血来偿还的，我想以后多做些好事。所以我不预备报仇，我决心放走他了。"

"他自己杀了人，已经犯了罪，应该把他送到警察局里去吃官司，老爷为什么反要把他放走？这是什么意思呀？老爷，你还是不要听那个相命的胡言乱道吧！"

"不用你多管什么，我爱怎么办就怎么办。告诉你，快把他送出门，要是你不听我的话或者走漏了半句风声，那你得当心我！"

"是的，老爷！"

史企东恐怕方福又闯出什么祸事，所以放出主人的面孔来，向他严肃地关照。方福不敢违拗，只好说了一声是，也只好暗暗地怨恨而已。正在这个时候，门外跑进一个人来，原来是门房老张，他急匆匆地报告道：

"老爷，侦探长贺桑先生来拜望你，他现在坐在会客室里，要不叫他进来？"

史企东和沈虎听了老张这惊人的报告之后，不免都吃了一惊，尤其是沈虎的心中更加别别乱跳，暗想：这莫非是史企东的阴谋，一面故意放我逃走，一面却叫侦探来捉我？这真所谓是人心难测了。但他转念一想：我杀死了他的儿子，他怎么会放我逃走呢？这本来是我太痴心妄想了。可是自己裤袋里的手枪偏偏没了子弹，要不然我也把他一枪打死，倒也干净。沈虎想到这里，圆睁了眼睛，握紧的拳头，好像要和企东拼命的样子。但他又觉得这是无济于事的，趁侦探没有进来，三十六着，走为上着，于是预备跳窗逃走。但是企东却跟上一步，早已把沈虎抓住了，一面叫老张把贺侦探请到这里来。老张点点头，沈虎愈加惊慌了，他挣扎着身子，怒目向企东喝道：

"你为什么抓住我，是不是叫侦探进来把我捉住？哼，你这样假仁假义地欺骗我，我才知道上了你的当！"

"朋友，你别恐惧，更不用逃走，我不会加害你的，我是有办法使你安全脱离这个险境的呀！如果你不听我的话，逃到外面去，恐怕反而要被他们捉住呢！所以……"

史企东正说到这里的时候，那门上的把手把在转动了，接着贺桑侦探推门进来，史企东慌忙停止了说话。他抢步上前，竭力掩饰着他脸部慌张的表情，和那贺桑大侦探的手紧紧地握住了。

第四回

头绪茫无　疑中有疑案

史企东和沈虎两人正在书房里谈话的时候，大侦探贺桑已从门外推门进来，两人不禁都有些惊慌的颜色。但沈虎却竭力镇静了态度，低下头去，从他眼角瞟到贺桑的身上，只见他四十多岁的年纪，身上穿着一套笔挺的藏青色的中山装。他脸色红红的显然是精神十分饱满。贺桑一见了史企东，脸上浮现了一丝热诚的微笑，开口说道：

"史先生，好久不见了，我真忙得没有空闲的时间来拜望你，请你原谅！"

"贺兄，好说，拜望不敢当，我们还是坐下来谈谈吧！"

史企东听了贺桑的话，他竭力镇持了恐慌的心情，强作笑容地回答。两人握了握手，就坐了下来。贺桑原是企东的老朋友，他今天的到来，当然是为了这惨案的发生。所以企东这时候想起了佩生的惨死，心里只觉一阵悲酸。他的眼皮也有些红起来，额角上还冒出了一粒一粒的冷汗。他坐在椅子上的姿态是局促不安的，他想把凶手交给贺桑，但是他又不肯失信于沈虎，所以他此刻的心中真是痛苦到了极点。贺桑看了企东凛凛然的脸色，知道他死了儿子，内心一定是感到痛苦万分。他皱着眉头，摸摸自己的下颏，很感伤地低低说道：

"企东兄，你真是太不幸了！令郎会被暗算身死，这真是一件意想不到的事情。不过你不要太悲伤，我一定把这件案子调查个水落石出，替令郎报仇！"

贺桑说到这里，偶然把目光转移到仆人方福的背后，只见站着一个年轻男子，大概二十四五岁的模样，脸是长方形的，皮肤糙米色中略带苍黑。鼻子很高，鼻梁隆直，一双乌圆的眼睛有些阴险的光芒。加上两条浓黑的眉毛，看上去好像十分凶暴。他身上穿着一件灰色的长衫，样子并不合身，因为他的个子高大，而这件长衫太短，穿在那人的身上，好像戏台上串戏的跑龙套一般。长衫下摆露出了西装的裤脚管，而那双黑色的皮鞋上已沾满泥土的痕迹。贺桑这时看在眼里，用惊骇的目光向他注视了一会儿，觉得企东的家里自己也很熟悉，他家里的仆人，我也都认识的，这人却是从来没有见过，一时奇怪起来，遂问企东说道：

"咦，他是谁呀？"

"哦……哦……他……是我新雇来的一个用人！"

史企东听他突然问起了沈虎，一时心中又别别地一跳。但他灵机一动，马上计上心来，不过他口里还支支吾吾地说了这句话，但立刻回头对沈虎看了一眼，一本正经地吩咐道：

"阿六，你赶快到姑太太那儿去一趟，告诉姑太太，少爷在今天傍晚的时候被人暗杀死了！方福，你和他一块儿去，我要和贺先生谈些话！"

史企东说这几句话的时候，心中有点沉痛，语气是那么颤抖。他低垂了头，暗暗地说着："佩生！你应该原谅我这样做吧！"沈虎听了，心里感动得几乎流下泪来，但他觉得此时不走，更待何时呢？只要心里明白，以后总可以来报答他这救命之恩的。遂点了点头，说了声是，就和方福走出门外去了。贺桑看了这种情形，觉得十分奇怪，暗想，史企东的儿子被人枪杀了，做父亲的得到这惊人的消息之后，却并没有一点惊慌的举动，也不去看看死在门外的儿子的尸体，却躲在屋子里和一个新雇来的用人谈话，这不是太奇怪了吗？而且照那人的装束来看，并不是一个下人的模样。但最奇怪的是，为什么企东偏说是他的用人？假定他是杀死他儿子的凶手，那么仇人见面应当分外眼红，现在却放他逃走，我想总不会做父亲的买通了人来暗杀自己的儿子吧！贺桑想来想去，总是想不出一个道理来。但他看见企东坐立不安的状态，因此他更加怀疑起来，但他没有得到凭据以前，当然不能说那阿六便是凶手，只是眼看着他们两人姗姗地步出门外去。贺桑一时又不好立刻严厉地诘问企东，只好低低地说道：

"企东兄，刚才警察总局打来电话给我，说是令郎被人打死，凶手已经逃走，叫我出来侦查，破这件案子。我因为和你是老朋友，所以就马上赶来。先到出事地点侦查了一番，然后才到这里来。但我不明白令郎平日的行为怎么样，不知道和人家结没结过仇恨的？"

"我儿子平时的行为倒还可以过去，不过他最喜欢跳舞，我曾屡次教训过他，但他总不听我的话。至于有没有和人家结过仇恨的事情，那我可不知道了。"

贺桑微微地点了点头，并不答话，他的目光又转移到那边两扇长窗上去。只见那窗子有一扇半掩着，遂站起身子，慢慢踱到窗口，向外望了一望，只见天空已经灰黑下来，窗外静悄悄的一点声音都没有。他低下头去，仔细地在窗沿上看了一会儿，又伸手到衣袋里去，摸出那面常常使用的放大镜来，用一块白手巾在镜面上抹了一抹，接着用放大镜在窗沿边上照验了一会儿，喃喃地自言自语道：

"奇怪！这窗沿的边上有着泥土的脚迹，好像有人正从这窗沿爬了进来似的，难道那人就是……"

"贺兄，你在说些什么呀！难道你以为凶手已经逃进我们的屋子里来了吗？"

史企东看见贺桑用放大镜照着窗沿，而且自言自语地说着，他不禁心里又忐忑地跳跃起来。恐怕被他发现自己的秘密，因此积极地抢着问他，一面也跟着贺桑走到窗口，神情十分发窘。他看贺桑全神贯注地在那里检视，并不回答自己的话，于是也不去惊扰他，静静地站在旁边默默地出神。

正在这时候，方福忽然推门进来，他后面另有一个穿着黑色制服全身武装的警官，贺桑认识他是警察总局里的警务处警长华秉钧。他凸肚挺胸地走了进来，看见了贺桑之后，两人握了握手，招呼着。华秉钧看了一眼史企东，回头对贺桑问道：

"贺先生，这件枪杀案子你有了线索没有？"

"线索还谈不到，不过我略有一些寻找线索的门路了。华先生，你把那尸体也侦查过了吗？"

"我已查看过了，并且已派人把尸体搬到检验所里去了。贺先生，我已把这凶手的下落找到了呢！"

华秉钧的话听在企东的耳朵里，他又暗暗地焦急起来，暗想，这可糟了，沈虎在门口出去的时候一定被他捉住了。他看了看贺桑，只见贺桑紧皱着双眉，听了华秉钧的话，他一时也忍不住，急急地问道：

"华警长，你说凶手的下落已经被你找到了，不知凶手在哪里呀？"

"贺先生，我刚才听一百一十二号警士报告我，说是他听见了枪声，马上从柳林路的转角奔了过来，只见有人从这洋房的墙外爬进去的，因此我已在围墙的四周紧紧守住。"

"除了刚才有一个用人出去之外，没得到我的允许，不准任何人

203

走出门去!"

"那么那人是不是你允许他出去的呢?"

"是的,我那时候刚出门口,那个用人正和这老用人方福走了出来,说是史先生叫他去通报姑太太少爷已经死了的消息的。除了他之外,就没有第二个人放走过!"

贺桑听了华秉钧的报告,起初倒是十分喜欢,觉得华秉钧办事倒也相当能干,而且侦查也很仔细,居然和自己的观察相仿,因为在没有得到确定的证据以前,在法律上是不允许妄从捕捉的。所以贺桑眼看着站在前面明明是杀人的凶手,并不立即捉住,任凭企东放走。但是想不到企东会把杀死儿子的凶手放走,这里面一定有些蹊跷的事情。否则,企东不是发了神经病,哪里有这么傻呢?贺桑在重重困难情形之下,他只好暂时忍在肚子里。但这时他听了华秉钧的话,便举起右手,在他的肩上轻轻地拍了一下,微微地笑道:

"华警长,你虽然很能干,不过你到底还差一点,只会观察其标,不会决断其本。告诉你,凶手真的逃进过这屋子里的,但他早已走了。我看你还是快些叫警士们不用再守住这儿了,反正你已经是白费心机了。"

"啊!你怎么这样说?凶手逃跑了?在什么时候?那除非是在我包围这儿之前吧!"

华秉钧听了贺桑说是凶手已经逃跑,他的心里倒是吃了一惊,身子向后倒退了一步,还很自信地回答。这时,史企东虽然是轻轻地松了一口气,但觉得贺桑的话中有因,自不免暗暗地惊奇。大家都面面相觑了一会儿,书室中经过了一度的沉寂。一会儿,贺桑开口又问企东道:

"企东兄,我问你,今天有人到你家里来过没有?"

"上午有一个相命的王铁口和令爱来过之外,就没有第三个人!"

"哦……小女她也来过吗？……那么王铁口住在什么地方你可知道？"

　　"他住在西藏路大中国饭店二百九十号房间，电话是九六七二四。"

　　贺桑听了，回头叫华秉钧把王铁口打电话叫来。华秉钧遂和方福走出去打电话，一会儿，他们仍旧回来了。华秉钧这时的心里想来想去，终不明白，他觉得这件事倒有些奇怪了，明明是一百一十二号警士说凶手逃进史企东的家里去的，而且是他亲眼看见的，怎么贺桑说已经逃走了呢？所以他为了要查得仔细一点，遂又出去问警士去了。室中只剩下了贺桑、史企东和方福三人，静静地各人在想各人的心事。

　　不一会儿，王铁口已经从门外进来，贺桑首先瞥见了他，只见王铁口穿着半新旧的一件蓝布衫，瘦瘦的个子，戴上了一副黑边玳瑁的眼镜，显然他的近视程度很深了；罩住了一双狭缝的小眼，镜框上面有两条黑色浓密的眉毛。他是一个四十左右老于跑江湖一流的人物。这时王铁口看见了企东，点头招呼着说道：

　　"史先生，你叫我来有什么事情？是不是又叫我相命？"

　　"不，不，我的儿子已经被人打死了，这位是大侦探贺桑先生，他要我把你叫来，不知道有些什么事情。"

　　史企东一面接着说，一面替他们介绍了一下，贺桑瞟了他一眼，正色问道：

　　"王先生，我只要问你几句话就得了。你今天是什么时候来这里相命、又什么时候走的呢？"

　　"上午九点钟的时候来，在十一点钟的时候回去！贺先生，你这样详细地问我，是不是怀疑我杀死了史先生的儿子？"

　　"这是哪儿的话，我不过是随便问一声而已的，你可不要见怪，这就是我们吃这项饭的麻烦事情，要一个一个地盘问，其实这也是我们做侦探的侦查案子的起头，不得不如此。像你王先生怎么会做出这种犯法的事情来呢？"

贺桑说话的神情十分客气，一面问他，一面又点着头，表示十分歉意。王铁口的唇角上勉强挂上了一丝微微的笑容，他的心里是有些寒栗的跳动，但表面上是绝对不显露出来的。史企东这时站在旁边却先插嘴道：

"贺兄，王先生的本领很大，他今天上午给我谈相，说我大祸就在目前，果然我的儿子就被人暗杀死了，这些都是命中注定的，所以我想请你也不必再追究了，我的意思是多一事不如少一事的好！"

"企东兄，你的话也很不错，不过不真查出一个究竟来，那令郎不是死得不明不白了吗？"

贺桑正说着话，华秉钧却急忙忙地推门进来，他腆着大肚，涨红了脸，目光凶狠地斜视着史企东，一步一步走了过去，在企东的面前突然站定，厉声说道：

"史老先生，你为什么指使人来杀死自己的儿子？"

"啊……没……有……这事情的，我又不是一个疯子！"

史企东听了这突如其来的问话，一时倒吓得怔怔愣住了。他的脸也突然转变了颜色，他的两手瑟瑟发抖得厉害。但他还竭力装出若无其事的神气，终于迸出了这一句话来。但华秉钧不肯放松他，紧逼着大声喝道：

"你为什么把杀死你儿子的凶犯藏匿起来，后来又放他逃走？"

"这更没有这件事情的，你想我只有一个独生的儿子，我为什么要跟我儿子作对呢？"

"那问你自己好了！我告诉你，我已经问过了门房的老张，你家里有多少用人，照老张的报告，和我的点查下来，正好多了一个刚才在我手里放走的那个人，这不是凶犯，你倒说说看究竟是谁呀？"

"这……这……是我新雇的用人，老张他不知道！"

"哼！史先生，你不用强辩了，我这里有一封信，你拿去看吧！"

华秉钧把信递给史企东，但企东拿了这封信两手瑟瑟地抖个不止，正好像《三国志》里的刘备被周瑜围困在黄鹤楼上一样紧张。他慢慢地抽出信纸来。这时贺桑和王铁口也赶过来观看，只见上面写着：

> 你叫我办的事情，我已经算替你办妥，但我仔细地一想，觉得这是不应该的。你一个做父亲的怎么可以加害自己亲生的儿子呢？这是你们自己的仇恨，我当然不会明白的。幸亏你放我逃走，不然我们的事情不是要泄露秘密了吗？我明天下午再来看你，请你不要走开，余言面谈，祝
>
> 安好！
>
> 名心印条即日

史企东看完了这封信之后，他的身子几乎摇摇欲倒，嘴唇也有些惨白了，他呆呆地并不说话。贺桑静静地想了一想，他觉得这件案子倒是出乎意料的。他从衣袋里摸出板烟筒来，划了火柴，燃着了烟，吸了一口，在书室里踱了一会儿，显然他在用脑寻思这件案件的变化了。这时，只听得华秉钧说道：

"史先生！请你跟我到局子里去一趟，咱们公事公办，快走！"

"你一定要我去吗？"

"那当然！"

他们正谈得紧张的时候，突然站在华秉钧旁边的仆人方福上前

说道：

"华老爷，那个犯人是我放走的，你别冤枉我们老爷，要捉就把我捉到局子里去好了。"

方福这两句话把室中的三个人都怔住了，尤其是史企东，他急得啊的一声叫起来，觉得方福替自己承认了这罪名，心里感动万分。华秉钧也用了惊骇的目光望着方福说道：

"啊，是你放走的？凶犯现在在哪儿？"

"我不知道！"

"那么你为什么要放走他呢？"

"刚才我在屋子里打扫的时候，那人逃到屋子里来，见了我跪在地下，苦苦求我救命，我看他可怜，又不知道他是杀了我们少爷的凶手，所以我送他到门口放走了他的。"

"好，你做的'好事'！那你跟我到局子里去吧！"

"好，我们走！"

史企东听了方福的话，他的心里好像有几千枚针在刺似的难受，他想走上前去证明这是自己所做的事，不关方福的事，但他终没有这股子勇气，只得深深感激方福为人忠义而更加暗暗敬佩不止。贺桑见华秉钧正预备把方福带走，他遂止住了华秉钧，说道：

"华警长，你慢点，我也有几句话要对你说，我觉得这件事前后太矛盾，虽然方福放走了凶手，而凶手写的信是给史先生的，假如说史先生放走了凶手，我想天下哪有父亲跟儿子作对过不去的？而且更奇怪的是这信封上没有邮票，你是从哪儿得来的？"

"在门口的地上拾到的！"

"哈……哈……华警长，你愈说愈矛盾了，你想，一个犯人杀死了人，已经被人放走，脱离险境，又回到家里写好了信，再亲自跑到出事的地点，冒险送这一封信，我觉得天下没有这种呆笨的人呀！

所以照我的判断，一定是有人跟史先生作对，有意来诬陷他的！"

贺桑滔滔地说完了这番话，他的视线注视在王铁口的身上，目不转睛地看了一会儿。王铁口毫不介意地走到窗口去避贺桑的视线。华秉钧听了贺桑的理论后，他的头脑又清楚起来，觉得贺桑到底是名闻全球的大侦探，被他这么一说，自己愈想愈不对了，遂问道：

"那么照你的意思怎么样？"

"我认为这案子慢慢地总会查个水落石出的，现在没有正当的证据获得之前，不得轻举妄动，你赶快放了方福吧！"

华秉钧把捉住了方福的手慢慢地放了下来，他不明白方福为什么承认自己是放走凶手的呢？他一时又弄得莫名其妙了，遂问方福道：

"方福，那么你刚才为什么承认凶手是你放走的呢？"

"我因为看到华老爷逼着我们老爷不放松，我没有办法，只好承认，情愿代替我们老爷去吃官司，否则你不会带我走的呀！"

"好家伙，你倒真够义气！哈……哈……"

华秉钧觉得方福虽然是个下人，但他倒对主人尽忠而有义气，像他这样的人，在现在社会里，可以说找不到第二个来。遂拍拍他的肩胛，笑哈哈地称赞他。这时贺桑吸着板烟，将烟雾一口一口地喷出来，他在呆呆地细想：起初，史企东说这是他新雇来的仆人，那分明是他有意放走凶手的，所以这确实是件很曲折离奇的暗杀案，我得先向他盘问一个仔细，否则，倒好像这次的暗杀真的是他指使的了。但在众人面前又不好问，于是拉他到门外去，叫他们略等片刻。大概十分钟之后，贺桑和史企东方才进入室内，贺桑的脸上似乎略有喜色，他向秉钧说道：

"我觉得这件案子已经有了一点眉目，不过我到底还不能这么肯定。华警长，外面的警士可以叫他们回去了，这个案子有了充实证据的话，我随时会打电话通知你。"

"好吧，我就等着你的好消息！"

贺桑和华秉钧两人握手告别，华秉钧带了他的警士回到局子里去了。贺桑回身对王铁口和史企东招手坐下，预备再仔细地谈谈，两人会意，遂也跟着坐下，仆人方福去倒了两杯茶来，放在茶几上，退出门外去了。贺桑拿起茶杯呷了一口，低低地说道：

"王先生，刚才史先生不是说你谈相非常灵验吗？那你倒替我谈谈看好吗？"

"很好！很好！一定效劳的，不过有不准的地方还要你贺大侦探指教才好！"

王铁口谦虚地说着，他的声调充满了阴险的成分，虽然是竭力镇静了态度，不过在贺桑的眼里，觉得在王铁口的眉宇之间，好像藏着不可告人的隐情。正在这个时候，忽然呀的一声惨叫，这分明是佩珠的叫喊从楼上传送出来。三人都呆呆地被这叫声惊慌得愣住了。史企东顿时心惊肉跳，连忙开了房门，奔上楼去，看一看究竟是什么不幸的事情又发生了。

第五回

痴妮子明知其盗还爱护

　　天是蔚蓝的，云是雪白的，仿佛一块青布上摆了几堆棉花，显得非常清洁幽静。阳光暖和得并不像夏天里那么炎热可憎。它也显出慈爱的态度，温柔地吮吻着大地上的万物，使树枝上都生长嫩绿的新叶，绿叶丛中拥出了鲜红的花朵，怪娇艳地呈现在人们的面前，引逗得年轻的男女也会把那蕴藏在心坎的热情像火山那样爆发出来。

　　史佩珠这天上午和马志一在公园里分手，她回到家里，吃过了午饭后，在床上睡了一个中觉醒来。她把纤手按在嘴上，打了个呵欠，兀自感到十分娇懒，觉得春的降临真是个撩人情思的季节。尤其在佩珠那颗处女的芳心里，更觉得软绵绵的，一点精神也振作不起。她把粉嫩的玉臂环在自己的脖子下，另一条膀子撩在绸被外，薄薄的绸被只盖到胸前，鸡心领的绸背心里，露着雪白的酥胸，隆起的乳峰挺结实的，十足显出处女特有的幽美。她那长睫毛里的乌圆眸珠，此刻一点也不灵活，呆呆地只管凝视着天花板出神，当然，她是在想她的心事了。

　　正在这时候，梅香悄悄地走进房来，见佩珠把两手拢着拖长在脑后的云发，张开了小嘴，兀自在打呵欠，遂含笑低声问道："小姐，你睡醒了吗?"

史佩珠点了点头，便在床后撩过了那件枣红的旗袍，披在身上，在两脚套上那双绣花睡鞋，很快乐地站起身来了，慢慢地走到梳妆台前的锦凳上坐下。梅香遂端了一盆面水来给她梳洗。梅香见佩珠的头发虽然没有烫成新式的花样，但乌油滑丝长长地披在脑后，实在是非常美丽。这美丽是幽静的、淑娴的，半老徐娘绝没有像年轻小姐那么可爱动人。

佩珠一面梳妆，一面从镜子里望着梅香站在自己的背后出神的样子，倒忍不住笑了起来，遂低低地问她道：

"梅香，你在想什么心事？"

"不，我在瞧小姐的姿容，实在太美丽了！"

"美丽有什么用？"

"美丽怎的没用？将来你嫁个俊美勇敢的好姑爷，岂不是终生幸福了吗？像我生得丑劣，有谁来看中我呢？"

梅香挨近一步，望着她玫瑰花似的两颊哧哧地笑，她觉得自己的终身将来不知怎样结局，难道做一辈子的丫头吗？因此她有些暗暗地替自己担忧，同时更羡慕佩珠的幸福了。但佩珠听了，却啐了她一口，两颊愈加飞上了一层红晕，她想起志一那副俊美的姿态，和自己倒是天生的一对，不知道以后有没有什么不幸的变化。忽然不知有了一个什么感觉，她竟深深地叹了一口气，凄然地说道：

"只怕太美丽了，有碍福命吧！自古道，红颜女子多薄命的！"

"小姐，你别说那些话，我瞧得出小姐一定是个有福气的人。"

梅香见她好好的忽然说出这样不吉利的话来，一时倒不禁为之愕然，慌忙含了笑容，向她低低地安慰。佩珠听了，一颗芳心里充满了无限甜蜜的滋味，觉得梅香这个小丫头倒真会说话，于是她忍不住掀着酒窝又嫣然地一笑，显出妩媚的意态来。

佩珠梳洗完毕，对镜子照了一照，觉得非常艳丽。因为自己心中也很满意，所以格外快乐，嘴里低低地哼着歌曲，很曼妙地移着步子，坐到床沿边去，拿了一双皮鞋穿上，遂问梅香道：

"老爷在家吗？"

"吃过中饭出去的，还没有回来。小姐到哪儿去？"

"礼拜天，在家里闷得慌，我预备到大光明去看一场电影。回头老爷回来，你代我告诉一声好了。"

佩珠听父亲已经出去，遂也就不去通知了。梅香答应一声，从衣橱里拿出一件单大衣给佩珠披在身上。佩珠挟了一只花纹皮包，遂匆匆地走出房去了。

春天的街头，当然没有冬天那种肃杀之气，死沉沉的令人感到冷清。这时佩珠踏在人行道上，迎着包含了热情的微风，晒着蕴藏了温意的春阳。因为她心头有着兴奋的思绪，使她步伐特别轻松。

她跳上了一辆人力车，叫他拉到大光明电影院。佩珠坐在车上，她的思潮是一刻不停地高涌着。自从遇见了志一，她的心思就不宁起来，因为马志一的人品虽好，但他平时的行为不知道怎么样。听他今天在公园对我的那种热情，显然是已经爱上了我的意思。可是在问起他家在何处的时候，他却吞吞吐吐地回答不出来，而且志一家庭的状况我也不会详细地知道。莫非他在家里已经有了妻子，所以不肯把实情告诉我？如果真是这样，志一柔情蜜意地安慰我，温存我，不全是假仁假义吗？佩珠默默地想到这里，说也可怜，她的芳心中，好像已经肯定马志一是有了妻子的人，那么自己不是被他欺骗了吗？她无限伤心陡上心头，两行热泪早已扑簌簌地滚湿衣襟了。

佩珠呆呆地望着人力车夫奔跑的背影，只管把眼泪从颊上淌到嘴角旁来。但她仔细一想，自己也痴心得太可怜了，志一根本不曾和自己谈起过婚姻的问题，怎么一定可以说他就是自己未来的丈夫了呢？虽然他没有告诉自己的住所，恐怕他有困难不便的地方，并不能说他就有了妻子的。上午他不是对自己说过永远不愿离开我，他会常常来看我的，叫我不要性急吗？他这样赤裸裸地向我表示，我怎么可以胡思乱想呢？想到这里的时候，连她自己也感到难为情了，遂忙擦干了眼泪，脸色由淡白又泛现了一圈圈红晕的色彩，忍不住掀着酒窝，自个儿在车上微微笑了起来。

佩珠独个儿这样哭笑无常地转变着，其情实在已到痴的地步。爱情太深厚了，往往容易步入痴的阶段。这并不是她喜欢烦恼着，原因是她被情网缚住了，使她内心会发生种种忧愁考虑的思绪来。所以在恋爱圈中过生活的青年男女，他或她也未始一定十分快乐的。从佩珠的心理看来，就可以知道恋爱的滋味固然甜蜜，但在甜蜜之中也至少带有些苦涩的成分。

人力车在大光明电影院门口停下，佩珠在皮包里拿出了钱，交给车夫，一声嗒嗒的皮鞋声，她的身子早已三脚两步地走进去了。

因为是星期日的缘故，电影院里看电影的人也就比平日多了。佩珠匆匆地去买了一张电影票，就步了进去，拣定了座位，开始消磨这个下午的辰光。

佩珠看完了电影，走出电影院，叫了街车回家里去。她瞧见电影院里一对对的青年情侣，那种携手并坐、低低谈爱的情景，使她感到自己的孤单，要是志一和我一块儿去的话，那自己不是也和他们一样了吗？想到这里，她轻轻地叹了一口气，迎面望着落日的余晖，归到家里去。当她回到家里，室内仍旧是冷清清的，她问了一声方福，说是老爷出去烧香还没有回家。哥哥佩生自从上午和蓓尼出去也没有回家过。因此她轻轻地步上楼去，走进自己的卧房，觉得时候还早，所以她就静静地做了一会儿学校里的功课。

黄昏的时候，太阳像喝醉了酒，涨红着脸，慢慢地向西边的天空中沉沦下去，但它似乎还依恋着这个宇宙，剩下的一片余晖反映在淡蓝的天空中，呈现出无限美好的色彩。

佩珠做完了功课，走到窗口，把窗门推开了，凭着窗槛，迎着和暖的春风，眺望花园里一片柳色翻动着绿波，好像无数美女披着绿绸的舞衣，正在表现她们的优美舞蹈，令人瞧了，倒感到了许多的兴趣。这时在佩珠的眼中，仿佛在许多云裳仙子里站着一个英俊的美少年，而那少年的面庞好像就是自己的心上人马志一。看去好似他微抬起了头，只管向自己很温柔地凝眸微笑。佩珠欣喜极了，正欲伸出手来招呼他。但事实告诉她，眼前并没有这样一回事，只不过是她脑海里出现的幻觉罢了。佩珠自己也哧地笑了，春风扑面，好像他的手儿来抚自己的脸颊，心里不自然地荡漾了一下，只觉得整个身子都有些软绵绵的。真是春色恼人，压不住情窦初开怀春少女的心情，佩珠当然不能例外。她忽然又轻轻地叹了一口气，自言自语地说道：

"小妮子，你也真太痴情了。"

原来上午佩珠和志一在公园里分手的时候，志一曾经对她说过傍晚时分要来看她，但怎么现在还没有来呢？看他俊美英勇的姿态，有时柔情温文，有时又有些刚强的气概，不知他现在还在念书，或者在做些什么事情。她想来想去，终不知道志一的心里是怎样的，因此这时佩珠的芳心里，真有说不出的抑郁。但她转念一想：莫不是志一现在另外有了事情，分不开身？莫不是这种公子哥儿说了就会忘记？唉，我的心中是这样记挂着他，在他的心里，恐怕未必像

215

我一样记挂着我吧！也许已压根儿忘了，那也说不定啊！想到这里，忍不住又深深地叹了一口气。

这时天色渐渐地黝黑了，佩珠把室内的灯光开亮。忽然窗口有一阵琴瑟的声音，把站在床边的佩珠有些惊慌了，她立刻回过头来，骤然间给她发现了从窗口跳进了一个少年，站在自己面前盈盈含笑。这时佩珠不禁呀的一声叫了起来，吓得一颗芳心忐忑地跳跃不停。她仔细定眼一瞧，那少年不是别人，正是自己时时刻刻想念的心上人。她猛可抢步走上前去，伸手紧握住了他的手，急急地问道：

"呀！志一，你怎么会从窗口上跳进来的？为什么不好好地从大门进来？"

"我觉得一个男子去看望他的女朋友，从大门进去，经过用人的通报，那多麻烦！而且女的已经知道男的来了，在见面的时候，没有像我从窗口跳进来，出乎你的意料，在这又惊又喜的情绪之下，比较有意思，还有趣味！"

佩珠听了，眉毛一扬，眸珠在长睫毛里一转，掀着酒窝嫣然地笑了，但只一会儿，她又羞涩极了，立刻低垂了头，望着地板默默地出神。良久，她方才抬起粉脸，低低地说道：

"可是你这样子，倒把我吓了一跳。我觉得你这举动不是高贵绅士所有为的，除非是……"

"除非是强盗、小偷吗？"

佩珠没有把话说完，志一已抢着说了，但是当她听了这一句话的时候，她禁不住凛凛然地打了几个寒战，觉得志一的行为和举动倒有很多和别的男子不同的地方。第一，他的住址始终不肯告诉我；第二，他野蛮豪爽的气概是别的男子所没有的；第三，他的谈吐举止出人意料，捉摸不定……总之，他一切的一切都和别人不同罢了！

想到这里，她把秋波又向他脉脉地瞟了一眼，遂含笑地说道：

"你好好的人不做，怎么喜欢学这下流的行为呢？"

"爱情是不论绅士与强盗的！"志一猛可抱住了佩珠，似乎要接吻的样子。

"哈……哈！世界上的男子用这种无礼貌的态度来对付他的女朋友，在我还是第一次看见！"佩珠觉得志一野蛮的地方就在这一点，遂把他推开了，讥笑着回答。

"那你是少见多怪，告诉你，好莱坞电影片子里的那些豪侠，当他去见爱人的时候，总也来这一套把戏的，因此我也模仿着来试验一次，因为我生平还是第一次和女人讲爱情，不会那软绵绵的。"

志一指手画脚地说完了话，却呆呆地立着不动，但那副挺俊秀美的姿态，倒的确有些像好莱坞硬派的电影小生。佩珠看了，心中又爱又恨，噘着小嘴，这神情显见有些生气了。她低着头有些羞涩地说道：

"可惜我不是你的爱人！"

"什么？珠，你到底爱不爱我？"

"那先要问你自己到底爱不爱我。"

"佩珠，我怎么会不爱你？要不然，我此刻也不会来看你了。"

佩珠听他这样说，哪里还肯再噘起了小嘴生气？娇靥上含着笑窝，明眸中包含着无限的柔情蜜意，凝望着志一，忍不住露齿粲然地笑道：

"志一，那么你为什么不肯告诉我住的地方？难道我没有资格过问你这些吗？"

"我觉得你不用知道这些，到了时候，你自然会知道的。"

佩珠听他依旧不肯把真话告诉自己，心想：这明明是他没有把我这个人放在他的心里头。要不然，绝没有一个男人在自己心爱的人面前不肯告诉自己的住址的，除非在交际场中，总把真名实姓隐藏起来。照这样看来，他当我是风月场中的女子看待了。想到这里，她忍不住眼眶红了起来，泪水早已滚滚地掉下来，心头感到失望和悲哀，情不自禁倒向志一的怀里，呜呜咽咽地哭了起来。志一抚着她的秀发，扪住了她的嘴，轻轻地推开了她的身子，说道：

"佩珠，你不要哭，我有我的苦衷，请你原谅我。"

"哼，你不肯告诉我，我也不一定要知道的，不过我的心完全交给你了，但你还说这些话，你的苦衷，我早已明白了……"

"啊，你知道我什么？"

"你何必这样发急呢？你不肯告诉我的缘故，一定是家里已经有了妻子，或者另外有了爱人！"

志一听了佩珠的话，他方才松了一口气。原来这马志一就是红心会的盗首，号称双枪王，和王铁口是结拜兄弟，他们都为了报父母的血仇，加入盗党，到处找寻他们的仇人，预备报仇雪耻，出了胸中的一口怨气。说也凑巧，马志一那天把史佩珠撞倒，结果两人一见倾心，志一和佩珠就恋恋不舍地谈起爱情来。这时他听了佩珠说是明白自己的一切，还以为佩珠知道自己是一个盗首，所以才有些惊骇，但他听了后面的一句话，才又微微地笑了起来，说道：

"佩珠，你猜错了，我生平还是第一次和女子谈情说爱哩！哪里已经有了妻子呢？"

"我就不相信你！志一，我问你，你的父母还健在吗？"

佩珠这句话听到了志一的耳朵里，他的脸色突然惨变了，由红而转到青，由青而变成白。他全身似乎泼上了一盆冷水，竟瑟瑟地抖了起来。

马志一的脑海里浮起血海中那件不共戴天的大仇，这是二十年前的一幕悲痛的惨剧，故事的展开，就在充满黑暗势力下的山西城里。方日昇是当代的猛兽，他有诡计多端的头脑、阴险奸诈的手段。压榨百姓的民脂民膏、枪杀良善平民，这是他的拿手好戏，也是他一生中唯一的天性。

爸爸马同春是当地数一数二的大富翁，平日乐善好施，为人忠直，在方日昇几次和爸爸见面之下，两人竟谈得十分投机，结果义结金兰，大有相见恨晚之意。哪里知道方日昇这狡猾阴险的狐狸，人面的豺狼兽心，见财起歹心，知道了爸爸有一只祖传的稀世宝贝——翡翠如意，想占为己有，结果爸爸不允，那老贼起了杀心，爸爸和妈妈在暗无天日残暴势力之下，以强盗通匪的罪名在他的手里白白地断送了性命。

那时幸亏老仆人马禄连夜将自己从虎口救出了这噬人的山西城，千辛万苦地流浪到号称"第二巴黎"的上海，饱受了酸楚的滋味，挨过了十五个年头。那时自己还只有八岁，在这十五个春秋中，老家人马禄含了辛酸的泪，辛辛苦苦地抚养自己长大。但他年迈力衰，受不住环境的逼迫，终于在五年前一个大雪纷飞的寒冬夜里，脱离了这万恶的社会和世界。自己也不得已落草为盗，因为有了一身的本领和精湛的枪术，在五年日子中，在红心会里，大家居然推自己为盗首，专门劫富济贫，报仇雪耻，替社会上除去了不少害虫，但自己的杀父母仇人，如今尚未找到，正在到处侦查着。但他哪里知道站在面前的就是自己的仇人女儿呢？

过去的惨痛一幕一幕地在志一的脑海里呈现，他心中说不出是什么滋味，甜酸的，还是苦辣的？但他相信终有一天会找到仇人的，只要功夫深，哪怕铁条磨成针。因为思亲过切的缘故，这时的马志一，忍不住眼皮一红，泪水夺眶而出。佩珠见了他这样悲伤的情景，知道他的双亲已不在人世，遂低低地安慰他道：

"志一，我提起了你的心事，害你伤心了！"

"不，我没有伤心！珠，我问你，你究竟爱我还是恨我？"

志一心里虽然难受，但他忍住了内心的创痛，脸上仍是强作笑容。佩珠脉脉含情地向他瞟了一眼，说了"我当然爱你"这一句话之后，粉脸上浮现了一圈圈羞涩的红晕，仰着头，凝望着志一。但他听了，并不低下头去吮吻她的小嘴，却伸起手来，在她的左颊上啪的一下打了一个轻松的耳刮子，接着紧紧地抱住了她的身子。可怜佩珠突如其来地被他打了一下，真弄得莫名其妙、啼笑皆非了。她倒竖了柳眉，推开了志一的身子，狠狠地问道：

"你……你……为什么打我？"

"别的男人向女人求爱，用一套甜言蜜语，用一串眼泪，我觉得这太没有意思，因此我用手掌打你，表示我向你求爱。"

"为什么？"

"女人是最善忘的动物，今天的事，明天就忘了，我打了你一下耳光，要你这一生都记得我！"

佩珠听了志一的话，她的那颗芳心里感到又惊又喜，但她有些不懂他的意思，眸珠凝望了他一会儿，暗想：一个男子向他的爱人求爱，从来没有听见过有这种野蛮行为的，莫不是他的心里并不爱我，假意来敷衍我？想到这里，她的心里又感到十分难堪，因此由爱而转变到恨，由恨而转变到恶，遂狰狞了面目，冷笑了一声，说道：

"哼，你有这行为对付你的爱人，简直不是高贵人所有的，你简直是个野蛮的强盗！"

"强盗！哈……哈……要是我真的是一个强盗的话，你预备把我怎么样？"

"我可不相信你真的是个强盗！"

"你不相信吗？佩珠，你看我这件东西就会明白了！哈……哈……"

佩珠听他一阵阴险的笑声，她的汗毛根根倒竖起来，不禁瑟瑟地打了一个寒战，芳心里别别地跳个不停。只见这时的志一，挺直了身子，从西装袋里拿出了一方洁白的手帕。两手一抖，那方小小的手帕已展了开来，中间绣着一颗大红的鸡心和一把大刀。这明明是轰动海上的盗党红心会的暗号，佩珠曾经在报纸上看见过。她这时见了，吓得面无血色，不顾一切地大叫了一声哎呀。志一听她这一声叫喊，连忙从裤袋里抽出两支手枪来，脸色相当沉寂，眉宇之间浮现了一股杀气。但他并不想打死她，只不过恐吓她一番而已。

正在这个时候，忽然一阵有人上楼的声音，听在他们两人的耳朵里，接着房门上门把转动。志一慌忙把双枪藏好。就在这一刹那，史企东已急匆匆地推门进来了。他见佩珠的卧房里站着一个陌生的男子，和自己女儿正在谈话，却没有什么可怕的变态。因此他用了惊骇的目光向志一瞟了一眼，急急地问道：

"佩珠，你怎么啦？大声怪叫喊些什么？"

佩珠突然看见父亲推门进来，在恐怖惊慌的情绪之下，她又替志一担心得呆呆地愕住了。不过她见了志一俊美的脸，心中还有一些爱意。一会儿，她才松了一口气，平静了脸色，装出若无其事的态度，说道：

"爸爸，没有什么，我们正在讲神怪故事呢！噢，我来替你们介绍，这是我的爸爸，这是我的同学马先生。"

佩珠到底是个聪明的姑娘，她在这样的情形之下不假思索地圆了一个谎，一面替他们介绍，一面秋波斜了志一一眼，丢给他一个眼色。志一看了，也就会意了，叫了一声伯父之后，回头也就一本正经地指手画脚地说道：

"让我再讲下去吧！刚才不是讲到那吊死鬼跑进一家人家的房里，和一个男人正在变那恐怖的脸色的时候，那男子见了也吓得脸色惨白了……"

"好了，好了！我可不要再听你这怕人的故事了，吓得我魂也丢了。"

史企东听他们滔滔不绝地正在讲鬼故事，知道刚才的那声惨叫就是佩珠听了吓得尖叫的缘故。遂放下了心，抬头仔细向马志一打量了一下，觉得志一眉目清秀，少年俊美，如果和女儿配成一对的话，倒是郎才女貌，天生的佳侣，不免暗暗欢喜起来。但他又想到儿子被人暗杀，觉得佩生不是也和志一同样的俊美吗？难道我命中注定就没有一个儿子吗？想到这里，他忍不住又深深地叹了一口气，低垂了头，默默地沉思着。佩珠听了父亲这一声叹气，也有些暗暗奇怪了，她不知爸爸今天为什么长吁短叹。难道他老人家不赞成我把男朋友带到房间里来？因此她走上一步，低低地问道：

"爸爸，你为什么长吁短叹呀？"

"佩珠，你的哥哥已经被人暗杀死了……"

"啊！"

佩珠听了爸爸说哥哥被人暗杀的消息，心中倒吃了一惊，忍不住啊的一声又叫起来。但她不明白这究竟是怎么一回事情，遂急急地问道：

"爸爸，这究竟是什么缘故？"

"我也不十分明白，想必你哥哥平时为人不好，因此结下了怨仇，现在有此报应吧！"

史企东一面说着，一面又把刚才的情形说了一遍。佩珠见到爸爸那灰白的脸上沾上了悲痛的眼泪，可怜他老人家似乎失声地在哭泣了。佩珠的眼帘下望着他那苍老的影子木然地呆立着，她的心中感到痛苦，眼角忍不住也涌上了晶莹的泪水，将身子倒在企东的怀里，呜呜咽咽地抽噎起来。

史企东拭了拭泪水，抚摸着史佩珠乌黑的头发，显出慈爱的态度，拍了拍佩珠的肩膀，凄凉地说道：

"佩珠，我的好孩儿，你别再哭了，你哥哥已经死了，我现在只有你这一点骨血了，你哭坏了身子，那不是玩的。唉，这是天数，非人力所能挽回的。"

佩珠听了，才停止了哭声，慢慢地抬起头来，拭去了眼角的泪水，当她看到站在身旁的志一时，她突然想到志一的为人十分神秘，而且他是一个红心会的强盗，恐怕自己的哥哥就是他杀死的。刚才他从窗外跳了进来，这不是太可疑了吗？但他为什么要杀死自己的哥哥呢？如果和我家有血海般的深仇，那么又为什么来爱上我？这不是太使人难以猜测了吗？不过志一杀死了我的同胞哥哥，他是我的仇人，那我为什么要去爱他？这不是被人知道要笑我，就是死在九泉之下的哥哥也要怨我了。这时，她的心里充满了无限的痛愤，几次想把他抓住了，告诉爸爸他是一个强盗，也许就是杀死哥哥的凶手。可是她不敢这样做，火样燃烧的热情始终是给爱所缚住了，她没有勇气，只冷冷地斜了他一眼，问道：

"爸爸，现在凶手捉到了没有？哥哥的尸体在哪里？"

"凶手早已逃得不知去向了，你哥哥的尸体已运到验尸所里去了。佩珠，现在贺桑大侦探和早晨给我谈相的那个王铁口都在下面，你也下去吧！"

说完这两句话，史企东和马志一以及佩珠三人都移步跨出房门，走下楼去。志一本来要告辞了，但被佩珠留住不放他走，预备在无人的时候，倒要细细地盘问他一番，究竟是不是杀死哥哥的凶手。志一不忍违拗，跟着他们走下楼去。

史企东陪了他们下楼，走进书室里，贺桑首先站起来，问企东刚才的声音是怎么回事。企东先把情形说明了，然后又替贺桑和志一介绍，两人握了握手。佩珠因为认识贺桑，遂鞠了一个躬，叫了一声贺老伯。贺桑点头笑了一笑，又静静地在思索这件案子的情形了。

马志一的视线瞟到站在贺桑身后的王铁口时，他不禁啊的一声要叫出声音来。然而王铁口这时也已看到了马志一，不禁也无限惊异。两人四目相接，都呆呆地愕住了。

第六回

莽英雄左右为难爱与仇

马志一和王铁口两人见面之后，为什么都呆呆地愕住了呢？原来他们两人都是红心会里的强盗。马志一就是盗首，号称"双枪王"。王铁口就是他的参谋，真名叫作宋海峰。两人本来都是良善的青年，因为父母都被方日昇杀害死了，因此落草为盗，到处寻找杀父的仇人。不料事有凑巧，宋海峰化装成一个相命先生，在无意之中遇见了史企东，探听之下，才知道这史企东就是二十年前杀死父母的仇人方日昇。宋海峰在找到了仇人之后，他马上叫小强盗沈虎把史企东的儿子杀死，还预备将这情形去报告马志一，两人共同杀死史企东，出了这胸中的一口怨气。但凑巧得很，宋海峰和马志一两人竟会在史企东的家里见面了。在海峰的心里，还以为志一也把仇人探听到了，所以会到这里来的。在志一的心里，也觉得十分奇怪，虽然海峰化装成一个相命人的模样，但是自己和他早晚相叙，终能够看出他的真面目来，那么他今日一定把佩珠的哥哥杀死了。可是佩珠的哥哥不知和他有些什么冤仇呢？

他们两人的心里，这时都有一种莫名其妙的感觉。但是有人在旁边的时候，他们又不便谈话，只得竭力镇定了态度，装出若无其事的样子来，暗暗地互相丢着眼色。正在这个时候，用人进来请史企东去吃晚饭。企东点了点头，回身对贺桑和王铁口说道：

"噢，为了这件事情，倒把吃饭也忘了。贺兄、王先生，我们去吃饭吧，有什么话我们慢慢地谈吧！佩珠，你和马先生也一块儿去吃。"

马志一听了史企东叫自己吃饭，因为侦探在旁，恐有许多不便，就假说已经吃过了。佩珠因为想和志一谈些话，也就假说肚子不饿，叫他们先去吃好了。于是史企东、贺桑、王铁口三人就走出书室，管自吃晚饭去了。佩珠见他们走后，连忙关上了房门，回身急急地说道：

"志一，我的哥哥是不是你杀死的？"

"我和你哥哥素不相识，无冤无仇的，我杀你的哥哥干什么？"

"我听说强盗是专门爱杀人的！"

"那是另一种强盗，不是我这种强盗，我只杀我的仇人！"

"那么我哥哥难道是你的仇人吗？所以你要把他杀死。刚才你从窗口外边跳了进来，我就知道你一定不是一个好人了！"

"佩珠，你不要误会，我绝没有杀过你的哥哥，我虽然有双枪，百射百中，但是，从没有一个人在我这双枪下死过的。告诉你，我是一个好人！"

马志一说到这里，站定了身子，两手扳住了佩珠的肩胛，正义似的说着，表示自己虽然是个强盗，却仍是个没有杀死过人的好人。佩珠听了，她认为志一的这两句话实在太矛盾了。一个好人绝不会去当强盗的，如果这样，那么政府规定的法律上为什么把强盗要判处重大的罪，而不加以奖励呢？她想到这里，芳心里忍不住暗暗好笑起来，遂冷冷地说道：

"你自己认为是一个好人，那你为什么要当强盗呢？"

"你认为做强盗不好吗？但是，我觉得我自己和别的强盗不同，因为我的灵魂是高贵的，精神是纯洁的，我没有存心为了自己赚钱，

226

使许多人没有饭吃；我也没有为了自己的享乐，杀死无辜的好人。我指挥人去杀死的，都是那些贪官污吏，老百姓敢怒而不敢言的那些狗官的性命，抢劫的也都是那些奸商豪客搜刮下来的民脂民膏。我更没有做过伤天害理的事情，我平时劫富济贫，对得起自己的良心！"

"你有这种良好的精神，为什么不做一点对国家有益的事情？"

"我本来是想做一个军人去为国效力的，但是我继而一想，军人不也是要杀人的吗？佩珠，我老实告诉你，我的爸爸妈妈就是被一个人害死的。因此我觉得与其偷偷摸摸地害人，不如爽爽快快地害人来得干脆，于是我就做了强盗……"

"我真替你可惜！"

"我的爸爸一生忠厚老实，结果还是被一个军人害死，想起我爸爸妈妈的惨死，我的心中就有无尽的怨恨。我觉得做强盗比较自由一点，而且我做强盗的主要原因，是为了替父母报仇！"

"呀！你要报仇吗？难道……"

佩珠听了志一的话，觉得十分奇怪，暗想，志一他落草为盗，主要目的就是报仇，那么他今天杀死自己的哥哥，难道也是报仇吗？她听了这最后的一句话时，忍不住呀的一声，她那颗芳心又忐忑地乱跳起来，皱了眉毛，秋波凝视了他，急急地问。马志一提起了父母的事情，他的心中一股子悲酸，红了脸，忍不住眼泪包满了整个的眼眶，深深地叹了一口气说道：

"我的爸妈死的时候，我还不懂事，长大了，我家的老用人告诉我仇人的下落，结果用人死了。我找了五年还是找不到这杀我父母的仇人。今天你哥哥的死，和我的确是毫无关系的，你要是不相信的话，我可以赌咒的！"

马志一因为要表明自己的心迹，所以急急地说要赌咒了。佩珠听了，觉得他既然这样说，那么哥哥当然不是他杀死的了，连忙把手向他嘴上一按，秋波盈盈逗给他一个妩媚的白眼，低低地说道：

"只要不是你杀死的就好了，何苦要赌咒呢？那么你的仇人叫什么名字？"

"佩珠，请你原谅，我没有把仇人杀死以前，我可不能告诉你他的姓名。我知道只要功夫深，我的仇人，终有一天会被我找到的。那时我找到了仇人，把他杀死，报了父母的仇恨，我就洗手不干，为国家出些力，或者用了我自己的手枪对准了我的胸膛，死了倒也完了。"

马志一和佩珠正在谈话的时候，听见门外有人进来的脚步声，遂停止了说话。那时门把转动，进来的却是相命的王铁口。王铁口推门进来之后，向佩珠微笑着说道：

"史小姐，你爸爸叫你们去吃饭了，还有话要和你说。"

佩珠听说爸爸在叫自己，点了点头，拉了拉志一的手，意思是叫他一块儿去。但是这时的志一，他急于要和王铁口谈一谈，问他为什么要到这里来，因此他就推说要叫王铁口看相，遂叫佩珠一个人去了，佩珠也就管自走出书室去了。等佩珠跨出房门，志一急急地关上房门，附耳听了佩珠的脚步声已经走远了，遂回身一把抓住了王铁口的手，低低地问道：

"大哥，你到这里来干什么？"

"那么你也到这儿来干什么的？"

"你说出原因来，我再告诉你！"

"哼！你不说，我早知道你是为了那个女人来的！"

"是的，我是为了藏在心中的爱才到这儿来的！"

志一被王铁口这么一激，便情不自禁地说出了这句话来，但继而一想，他又觉得难为情地脸红起来。想不到王铁口会一阵子冷笑，笑得志一更加脸红耳赤了。只听得王铁口冷冷地说道：

"哼！你可真好，这几天我们党里发生了大事，满处地找你却找不到，原来你却跟这个女人在这里鬼混，倒是多么自在呀！"

"啊！发生了什么大事？"

"二弟，我问你，你还记不记得杀死我们父母的仇人？"

"这是什么话，我怎么会忘记呢？我们干这个为什么？还不是为了报父母的杀身大仇吗？刚才我也和她说过了！"

"啊，你已经和她说过了？"

"你别大惊小怪呀！要知道她是我到死也忘不了的一个女人！"

"哼！我看你马上就要死在她的手里了！"

"什么？这是什么意思？"

"你知道她是谁？她的父亲又是谁？"

"我不十分清楚。她叫史佩珠，她……"

"错了，她并不姓史，她的真姓是方。她的父亲就是我们寻找了五年的杀死你我父母的仇人方日昇！"

"啊！他……"

王铁口严肃了脸，咬着牙齿，握紧了拳头，他的心中显然是已恨极了的缘故，所以愤愤地说。但是马志一听了，顿时脸色铁青，颓伤的心中包含了无限凄凉的成分，啊的一声惊叫起来。王铁口连忙阻止他道：

"二弟，你要轻声一些！"

"大哥，你怎么知道的？"

"今天他请我批八字相命，我就注意他，而且他的面目正和我藏着的那张报纸上的相片一样，因此我在相命的时候，用言语去探听他过去的行为，结果被我哄骗了出来。"

"那么他的儿子是你杀的了？"

"是的，是我派沈虎把他杀死的！"

"杀得好！那我一定也杀了他的女儿……"

马志一做梦也想不到，佩珠的父亲就是自己的仇人，一时恨到心头，痛入骨髓，他满腔子的愤怒，眼睛里完全冒出了金星那般怒火来，紧握了双拳，坚决地说出了这一句话。只听得门外又有人进来了，王铁口遂连忙假装出镇静的态度，一面看了看进来的佩珠，一面指手画脚地对志一说道：

"先生，你今年正交眉运，你的眉浓面长，眉密而见肉，有五年的好运好走，假使你投入军界，起码是一个少将。先生，我劝你还是投入军界吧！"

佩珠看见志一正在相面，她觉得这个王铁口很是讨厌的样子，遂开口说道：

"王铁口大相士，贺桑先生请你去谈几句话。"

"好的，那么先生，我失陪了！"

王铁口边说边走，他走到门口，暗暗地向志一丢了一个脸色，还用手装了一下手势，意思是叫志一把这女的赶快杀死。志一会意，点了点头，眼看着王铁口走出门外去。马志一这时咬紧了牙齿，他的两眼发出了碧绿的光芒，两手很敏捷地从西裤袋里抽出了双枪，对准了佩珠的胸膛，一步一步地紧逼着。志一这剧变的神情，瞧在佩珠的眼里，当然感到了无限的骇异，一时脸上不免盖上了一层害怕的神色，惊悸地叫了起来。她举起了双手，倒退了两步，说道：

"志一，你怎么啦？难道你疯了吗？"

"别嚷！我没有疯，我要杀你。"

"我和你无冤无仇的，你为什么要杀我？"

"不，我们两个人有血海似的深仇！"

佩珠是个心细如发的姑娘，她此刻听了志一的话，暗想：他刚才还好好地对我说话，怎么现在有此凶暴的举动？想必是那个相面的有了什么话和他说过了。遂又问道：

"你一定听了那相面的胡言乱道了！"

"没有，我先问你，你是不是方日昇的女儿？"

马志一这一句话把佩珠问得愕住了。她觉得自己爸爸的真姓名，除了自己家里的人之外，不会有人知道的，听刚才志一对自己说他的父母被一个军人害死的，想来那个军人一定是爸爸了。想到这里，她并不说话，只是点了点头，但马志一却急急地说道：

"佩珠，你为什么要承认是方日昇的女儿呀？"

"这是什么意思？"

"你不承认是方日昇的女儿，那我就不打死你了！"

"你是我最亲爱的人，我不能欺骗你！"

"可是你知道方日昇是我杀父母的仇人，我要报父母的仇，雪此大恨的吗？"

"那么你为什么要爱我？"

"那时我因为不知道你是我仇人的女儿！"

"奇怪，父亲杀了人，作了恶，要女儿负责，世界上没有这种法律的，这也许是你们强盗的规律，是你们强盗的道德吗？现在还是少说废话吧！枪在你的手里，赶快把我杀死了吧！"

佩珠说完话，放下了手，她挺胸走上了一步，紧闭了眸珠，冷冷地说。马志一见她并不怕死，暗暗地觉得她倒是一个有胆量的女子，遂正色道：

"你不怕死吗？"

"我死在我的爱人的枪下，死得浪漫，也死得美丽。不过一个男子不但不能保护他的爱人，反而以报仇为名把她杀死，这不是真正的英雄，也不是真正的孝子！"

"哦……那我不杀你了。"

"为什么?"

"因为我爱你呀!"

马志一说完了话,他终于不忍心打死佩珠,放下了双枪,把双枪仍旧藏在袋里,走上前去,两手扳住了佩珠的肩胛,呆呆地凝望着她。佩珠听他这样说,她的芳心里别别地跳个不停,一时又感动得很难形容。但想起了刚才他那凶暴的举动,她的那颗芳心里又感到很怨恨起来,忍不住晶莹的泪水夺眶而出。良久,她抬起了沾满了泪痕的粉脸,秋波盈盈地逗了他一瞥哀怨的目光,痛苦万分地回答道:

"可是我并不爱你!"

"佩珠,你为什么这样说?"

"那你不能够怨我,你应该怨你自己,我从前以为你是一个英雄,有胆量,有志气。等我知道了你是一个强盗之后,我还是把我纯洁的心来爱你,因为我崇拜你的英雄的气概、伟大的热情。但是,从现在起,你已经知道我是你仇人的女儿,而且还把你的双枪对准我的胸膛,这显然是你已恨我到了极点。虽然你此刻又心平气和,但我俩间的仇恨是永远不会消减的。不过我觉得我的父亲杀死了你的父亲,做女儿的有什么罪?又该负什么责任?我才知道我认错了人,你是一个比女人还不如的懦夫!"

马志一听了佩珠的这一番话,他有些后悔了,不该用此凶暴的行为对付她。他暗暗地想了一会儿,觉得这不应该加罪于佩珠的,遂低低地安慰道:

"佩珠,那是我错了,你是无罪的,请你原谅!"

"我不喜欢听一个勇敢的男子在女人面前要求原谅!"

"佩珠,刚才我知道你是我仇人的女儿,一时气糊涂了才这样做的，你不要见怪才好！"

"你不用多说废话，你还是痛快地把我一枪打死吧！"

"不！我不能打死你，我要你跟我走！"

"跟你走？去做女强盗吗？哈……哈……告诉你，别痴心妄想了！我绝不会和你走的！"

马志一见她说话的表情好像是痛恨得什么似的，一时感到左右为难起来，两人便默默地像泥塑木雕默无一语。只见佩珠低声叹了一口气，咬着嘴唇，表示无限沉痛的样子，志一觉得羞愧万分，猛可从衣袋里拿出了一方手帕来，紧紧缚住了她的嘴，使她不能叫出声来。这时佩珠虽然竭力挣扎，但到底敌不过志一的武力，除了心里怨恨之外，再也不能自由活动了，只得任他摆布。马志一用手帕缚住了佩珠的嘴之后，他两手抱起了佩珠整个身子，很快逃出窗外，就此神不知鬼不觉地把佩珠绑架去了。

这时在客屋里谈话的史企东和贺桑以及王铁口，他们正吃好了晚饭，缓缓地步到书室里来。当企东推门进去，却不见佩珠和志一两个人，一时又有些愕住了，但转念一想，佩珠和志一也许已到楼上去了，遂也不加追究，但他哪知道自己的女儿已被人绑走了呢？他一面暗自想着，一面招待客人坐下，低低地对贺桑说道：

"贺兄，我的意思刚才已经说过了，我的儿子已经死了，死者不能复生，我现在把什么事情都看得很透，多一事还不如少一事的好。"

"不过我觉得让杀人的凶犯逃脱法网，那以后说不定又有什么不堪设想的事情会发生的吧！"

"那么依老兄的意思该怎么办呢？"

"依我吗？当然要把这杀人的主犯捉住了！王铁口先生，你觉得我这话对吗？"

贺桑虽然这时大半已肯定这凶杀案的主犯是王铁口无疑了，但在没有得到确实的凭据之前，不能轻举妄动。尤其是贺桑这个大名鼎鼎的侦探，万一说不出正确的理由时，这不是被人笑话吗？不过他觉得王铁口很有可疑的地方。王铁口的年龄好像已经有四十五六岁，一时却不容易断定，他那苍白色的瘦脸上的皱纹，无疑呆板得好像有一层雪花膏似的油质般的东西掩护着，好像舞台上化装过的面谱，虽然不怎样显豁，可是仍掩不过他的眼光，这是疑点之一。第二，王铁口所戴的那副玳瑁眼镜，是凸片的玻璃，显见他的近视程度很深；但他的那双乌黑的眸珠并不呆滞，好像毫无眼疾的普通人一样，这明明是他避免别人注意他的本来面目而加以化装的。还有他那相面的秘诀，虽一时识不破他，但在贺桑看来，觉得这相面术太幼稚了，只懂得一些皮毛而已，这是疑点之三。最可疑的，是王铁口上午替史企东相面，说他流年不利，结果下午就死了儿子，这不是王铁口早胸有成竹，而故意卖弄本领吗？贺桑一面想着，一面故意地问着铁口。王铁口被贺桑问得一时愣住了，脸涨得通红，支吾了一阵之后，才十分惶恐地说道：

　　"哦……对对！贺大侦探的话很对，暗杀的凶犯若放他逃走，那后果更不堪设想了！非要捉住了重办不可！重办不可！"

　　"哈……哈……"

　　贺桑忍不住一阵哈哈大笑，但这笑声里暗藏着一枚枚的利针，直刺得王铁口有些坐立不安了，几乎从椅子上跌了下来。但他竭力镇静了态度，也附和着强笑了一下，说道：

　　"史先生、贺先生，时候不早了，我可要告辞了！"

　　王铁口说着，站起身子，预备回去的模样。史企东和贺桑也不加强留，也站起身来，三人遂步出门口，但王铁口阻止他们相送，管自回去了。贺桑和企东见王铁口走后，仍旧回进书房，贺桑从衣架上拿了呢帽，也预备回家去了。正在这时，方福拿了一封信进来，急匆匆地交给史企东。企东伸手接了信，抽出信纸来一瞧，可是这一瞧却让史企东心中仿佛晴天中起了一声霹雳，一时大惊失色，哎呀了一声，他的脸立刻变成死灰的颜色了。

第七回

剧盗侦探大显神通

史企东看完了这信之后，他不禁恐慌得那颗心几乎要从口腔里跳跃出来了。额角上的汗水也急得像雨点般冒上来，他再也不能把这信看下去了，暗想：这真是福无双至，祸不单行了，我史企东平时的不良行为现在却报应在眼前了。想到这里，他更加惊慌起来了。贺桑看他那惨白的脸色和含了无限哀怨惶恐的神情，至少是带了忧急的成分。他伸手拿过了那封信，也仔细地看了一遍，只见上面写着：

企东先生：

不，应该叫你日昇先生了，因为你已经改换了姓史，所以我找寻了好多年，终于在今天才被我寻到了以前做过山西赫赫有名的军阀的方日昇将军。

大概你不会忘记你的拜兄弟马同春。为了一只翡翠如意，你把他一家老小都杀得精光，幸亏还有我做了你那时的漏网之鱼，现在我要替父母报仇了。

你的女儿佩珠我已经把她绑走了，在你看到这信的时候，她也许已经被我一枪打死了。为了二十年前杀父母的大仇，我找寻了五年，预备把仇人的血来洗我马家的耻辱。

236

自古杀人者死，法律不能制裁你，上天也会制裁你的，我
今天晚上十二点钟到来要你的狗命，报我父母的深仇！

双枪王白

贺桑看了这信之后，他也暗暗地替企东担心起来，觉得企东过去的为人也太惨无人道了，这种人倒也死不足惜，不过现在他痛改前非，而且在社会上已经做了不少的慈善事业，虽然他前有罪恶，而现在是有功人士，倒还可以弥补这个缺点。况且，那自称双枪王的，竟出如此大口，说在晚上十二点整来行刺企东，把我们这批侦探毫不放在眼里。如果我袖手旁观，明天在报纸登载出来，岂不是要被人笑痛肚皮，说我无用吗？那我倒要看一看这双枪王究竟是一个怎样的人物呢！贺桑想到这里，他重新把呢帽放到衣架上去，对企东说道：

"企东兄，这究竟是怎么一回事呀？"

"唉，人是不应该害的，想不到二十年前的宿仇现在还要找到我！你是我的好朋友，我不妨老实告诉了你吧！"

史企东深深地叹了一口气，说了这两句话之后，他就把杀死马同春的事情详细地告诉给贺桑听了，然后他还求贺桑替他想个办法。贺桑点了点头，说道：

"好吧！我们就在这书室里等这双枪王的驾临，你放心，一切的事情由我来替你解决！让我去打一个电话给我女儿蓓尼，告诉她我今晚也许不回家了！"

贺桑和企东一同走到会客室里，这时贺桑就拿起了电话听筒，拨了号码，不一会儿，贺桑说道：

"喂，蓓尼吗？我是贺桑，我现在在史老伯的家里，今晚也许不

237

回家了，有什么事你打电话来好了！"

"爸爸，你为什么不回家呀？"

"你可知道史老伯的儿子佩生已经被人暗杀了？"

"呀！这是怎么一回事儿？凶手是谁？"

"我正在侦查！"

"那真太奇怪了，我上午还见过他的呢！"

"我以后慢慢和你谈吧！再见……"

"再见。"

贺桑打好了电话，挂上听筒，和企东两人仍旧步入了书室。他拿出板烟，划了火慢慢地吸起烟来。沉思了一下，猛可对企东问道：

"企东兄，刚才我们没有谈得详细，现在我们再来谈谈这个杀死你儿子的凶犯究竟是谁放走的。"

"放走？难道谁捉到了凶手又把凶手放走了？"

"是的！正有这样一个人，而且这人我也早就知道了！"

"那么你倒说说看，这人是谁？"

"那放走犯了罪的凶手的就是你！"

贺桑这几句话听到了企东的耳朵里，一时倒忍不住大吃一惊，遂慌张了脸色，暗想：贺桑的侦探本领倒的确不错，他怎么知道是我放走凶手的呢？如果我承认了的话，那我不是有罪的吗？因此企东竭力否认，皱了眉毛，连连地摇头说道：

"贺兄，你怎么也说是我放走凶手的？难道我在你老兄面前还会说谎话吗？"

"那么我请你把那个新雇来的用人叫出来让我和他谈谈话！"

"他……他……他不是去报告我儿子死了的消息吗？"

"你不用再瞒着我了！企东兄，他就是你放走的犯人呀！不过我很奇怪，你为什么把杀死你儿子的凶犯放走？难道真是你指使的吗？

238

或者有什么其他的隐衷呢？你能不能告诉我放走他的主要原因？"

史企东被贺桑说穿了自己是放走凶犯的人，而且说这案件的主使是自己，他不禁有些难以回答了。觉得事情在没有告诉他一个明白之前，这也难怪他要发生误会了。他用了悲忧可怜的目光呆呆地瞧着贺桑，低低地说道：

"你既然已经知道了，我也只得对你老实地说了吧！我的真姓名就是刚才和你说过了的叫作方日昇，因为以前我盘踞在山西的时候，造下了不少的罪孽，杀过无数好人。后来我觉得长此下去，仇人越结越多，再不能干那伤天害理的事情，因此我就下台，改换了姓名，洗心革面，想做一个好人。想不到，今天会发生这不幸的事情。但是，我感到血的债还是要用血来偿还的，这样循环地报复下去，冤仇会愈结愈深，所以我就把杀死我儿子的凶犯放走了！"

"你的意见是不错的，但你虽然这样想，你的仇人未必能够原谅你，因为你过去结的冤仇太多了，以后恐怕还有别的危险事情要发生的。而且这案子的主要凶犯我知道是那个相面的王铁口，你以后要留神一点！"

"怎么会是他？何以见得？"

"王铁口一定是你的仇人之一，他用了化装的技巧来调查你的真相。看他的年纪一定不到四十岁，只不过三十左右罢了，他的那种弯腰驼背，完全是假装出来的。你以后少和他接近的好！"

史企东听了贺桑的劝告之后，他才觉得王铁口的举止动态确实有可疑的地方了。因为无论怎样有本领的相面家，绝不会知道一个已改去了真姓名人的姓名，那除非是仙人了，刚才他说出我过去的种种，现在想来，是在自己一时被王铁口说得心慌了，所以会老实地告诉他。史企东想到这里，心里惶恐得别别地跳跃不止，他的气息咻咻地越发急促了，目光呆定着，面容越发灰白，眼皮向下并不抬起，嘴唇上也没有一丝血色，喃喃地说道：

"贺兄，我要你保护我，我的生命全在你的手掌之中。不过，你也不要把这案子扩大开来，因为放走凶犯，我也是有罪的呀！你看在老朋友的脸上，设法宽恕我吧！"

"不过法律不允许一个杀人犯逍遥法外的。可是，你放心，我总会替你设法的。企东兄，仇恨两字，你要以仁义去消减，你会成功吗？我想你一定要失败的！"

"为什么？"

"因为你过去杀死了人家的父兄，使他们家破人亡，此仇此恨，永远不会消减在你的仇人眼里。虽然你现在改过自新，但人家已吃够了你的苦呀！"

"照你的意思，我非要死在仇人的手里不可吗？"

"那说不定，你不是刚才接到了双枪王的那封信吗？他不是要你的性命和血来洗他父母的深仇吗？"

史企东被贺桑提醒了刚才那封信的事情，他心中一急，又突然感到了一种恐怖，这恐怖使自己的汗毛根根都直竖起来。他身子抖了一抖，觉得自己好像就要死在眼前了，深深地懊悔当初不应该横行不法，如今悔之莫及了。贺桑见他局促不安的神色，一时也暗暗地觉得他实在可怜，遂拍了拍他的肩胛，安慰说道：

"你不用担心的，我们做侦探的应该保护人们的性命，尤其你老兄的事情，我愈要使你安全，查获真相的。"

"那我真感激不尽了！"

贺桑说完了话，看了看壁上的钟，已经是十一点半了，他觉得离十二点钟相差只有三十分钟的时候，那个双枪王就要来了，倒要看看这人的本领究竟如何高明。自己也吃了几十年的侦探饭，却从来没有碰见过这种夸口的大盗，竟目中无人，那自己要好好地留神才对。他摸出了一支手枪，仔细地查验了一遍，重新放进衣袋里去。一会儿，他对企东说道：

"企东兄，你把方福叫进来，我有话要吩咐他！"

"是！"

史企东这就站在门外叫喊方福，一会儿，方福也走进书室里来，看见了企东和贺桑，弯了弯腰。贺桑开口说道：

"方福，你去关照门房老张，今天晚上十二点钟不许有陌生人进这个屋子。你也要到处巡查，以防有人进来，知道了吗？"

"是，贺老爷！"

"那你赶快去吧！"

方福点头走出书室外去，把门仍旧轻轻地掩上。贺桑静静地吸着板烟，样子十分镇静。倒是史企东这时感到十分不安宁，那一缕灰白的颜色已笼罩了他的脸部，他不时地抬头去看那壁上的时钟，好像判了死刑的罪犯已上了刑场似的，一刹那死神就要降临在眼前一样了。他想起了儿子被人暗杀，女儿被人绑走，自己也要被人行刺，种种的不幸，使他的心里感到好像有几千枚针在刺痛一样。他呆立了一会儿，眼眶一红，忍不住流出泪水来了。

夜，黑漆漆的已笼罩了整个宇宙，四周是静悄悄的，那座史公馆的洋房也呈现了死一样的沉寂。每扇玻璃窗子里都是黑漆漆的一片，没有通明的灯光，因此更像荒野中的坟墓一样的恬穆。只有在东边的楼下那扇玻璃窗里，透露出一线柔和的光来。在这一缕光线的笼映下，可以瞧见那扇玻璃窗半掩着。这时正有人在关着那扇窗门，那人的脸上充溢着一种哀怨惊慌的神色。他就是正在暗自淌泪的史企东。

史企东关好了窗，望了望窗外的天空，黝黑得像墨的一团，除了几颗闪闪烁烁的小星之外，并没有皎洁的月色。他觉得自己也正

241

和这天空一样黝黑，得不到一线曙光。所以他那颗心感到极度紧张，好像十五只打水桶，七上八下地跳跃不停。

壁上的钟嘀嗒嘀嗒地不停地走着，企东抬头看了看，只见那枚长针已指在十一的数字上了，这显见离十二点只有五分钟了。他的心吓得快要碎了，两只脚已在颤抖了，他支持不住，只得将身子倒在沙发上，脸色相当惨白。这时，贺桑也加紧防备起来，坐在沙发上一边吸着板烟，一边静静地等候事情的发展。

当当的钟声敲了十二下，贺桑看看并没有什么动静，他站起身来，在室内踱着方步。一会儿，他猛可走到窗边，向外望了一望，黑漆漆的一片看不出什么东西来。但他的心里觉得双枪王恐怕没有这样大胆会单身而来，他不过恐吓企东罢了！但继而一想，也许他已在窗外，因为关着窗，不能进来，那我不妨开窗让他进来吧！想到这里，贺桑便把窗门开了。但史企东上前阻止，却被贺桑说没有关系。两人又静静地守候了一会儿，仍旧不见动静。

室内静悄悄的，除了壁上的钟声在调和这静寂的气氛之外，没有一点声息。正在这时，书室的门把已在慢慢地转动。史企东吓得倒在沙发上不能动弹了。还是贺桑，他双目有力地注视着那扇门，很迅速地从衣袋里摸出了那支手枪，紧握着以防万一。空气相当紧张。

门慢慢地开启了，进来的是一个上了年纪的老者，手里捧着两杯热腾腾的茶，慢慢地走了进来。贺桑一见那人却是仆人方福，一时倒松了一口气，把手枪仍旧放进袋里去，但暗暗地不禁又好笑起来，觉得自己也太神经过敏了。史企东见进来的是方福，也就胆大了，猛可地站起来，走上来正要去问他为什么早不进来迟不进来，正在大家恐慌的时候端茶进来。但在这一刹那，那方福把茶很快地放在茶几上，把茶盘底下藏着的那两支手枪抽了出来，已对准贺桑和企东的胸口了。

你道方福为什么把手枪对准了贺桑和企东呢？原来站在贺桑面前的并不是方福，却是双枪王马志一。他不过暂时化装成了方福的外形罢了！这究竟是怎么回事呢？事情是这样的。双枪王劫走了佩珠，约定晚上十二时来行刺企东，他就从墙外偷偷地爬进院子里，在会室门口，正遇见了仆人方福，于是捂住他的嘴，使他不能叫喊。然后把他关在一间空屋子里，脱去了他的衣裤，在五分钟之内，马志一已化装成了和方福一模一样的人物了。可怜方福被志一打得晕了过去，任凭志一的摆布了。因此马志一从会客室里又拿了茶杯，倒了开水，等到时钟一敲十二下，他就推门走进书室里来了。

这时贺桑看了方福这突如其来的举动，他不禁骇异得愣住了。仔细地一瞧，他才知道这不是真的方福，显然是双枪王化装的。一时暗暗称赞他的英勇和智慧来。但他竭力地镇静了态度，一面只得举起手来，一面哈哈地笑道：

"双枪王！我佩服你有信用，居然不失信地会在正敲十二点钟的时候来会见我们。但是我们早已等候你的大驾降临了！"

"贺大侦探，对不起，要你费了宝贵的光阴来等我。不过咱们是冤有头，债有主，我是来报我父母的大怨深仇的，不关你贺大侦探的事情，如果你不放过我的话，要管那些闲事，那我对你也不会含糊的。"

史企东这时听了他们两人的谈话，才知道那一个化装成方福的就是要自己性命的双枪王，一时吓得脸无人色，他举起了双手，不停地在颤抖着。他以为死神已在眼前了。他想：这人不是女儿的朋友吗？不知道佩珠从哪里遇见了这人，而且他正是和我有仇恨的，那佩珠岂不是引狼入室了吗？只听得贺桑说道：

"不过，我得说句话，人间无百年不散的筵席，世上哪有不解的冤仇？而且史先生现在已经知过向善了。从前的冤仇，我看就一笔勾销了吧？"

"哼！你倒说得很容易，但是我父亲的血、我母亲的血，那么多无辜的人无缘无故的血，找什么人来偿还呢？因此我要报仇！"

"那么你把史企东打死了，你的父母就会复活了吗？"

"血的债只有用血才能够偿还的！"

"我劝你，年轻人，不要血气太旺啊！"

"少说废话！我先打死了我的仇人再和你说话！方日昇，你现在死到临头，还有什么话说吗？告诉你，我就是昔日被你害死的马同春的儿子！"

马志一和贺桑谈得有些不耐烦了，遂把一支枪对准贺桑，另一支枪却对准企东的胸前，恨恨地对企东做了最后的警告。贺桑站着，只是默默地想着如何设法使志一不杀企东。但史企东听了志一的话，慢吞吞地回答道：

"我知道我过去造下的罪孽太多，现在我的死期已到，并没有话可以说。不过，我觉得父亲的罪恶，儿女们是受不到连累的。如今我儿子已被你们打死，我女儿又被你捉去，更要我的性命，这你未免心肠太狠了一些了。因此我在未死之前，恳求你别再打死我的女儿了，况且你们两人是相爱着的！那么你就开枪吧！"

史企东说完了话，他觉得今天和仇人见面，本想有贺桑的保护，但如今连贺桑也被双枪王用手枪对住了胸膛，照这样的情形看来，那我是九死一生的了，倒不如叫他爽快地打死自己了事，因此企东严肃地挺着胸说着。贺桑一时也无可想，只得呆呆地站着。双枪王看了一眼企东，冷冷地笑了笑，觉得找寻了五年的仇人在不久的几分钟内将要死在自己的手里，如果双亲在地府有灵的话，说不定也要笑得合不拢嘴，出了二十年前的那一口怨气。想到这里，他举起了另一支手枪正预备拨动扳机的时候，自己背后的腰眼里也有枪口指住了。只听一个女子的声音说道：

"不要动，动了我就打死你！赶快把手举起来，要不然，我的枪弹可不会放过你的！"

随着这两句话，志一只得举起了双手。贺桑看见进来的不是别人，正是自己的女儿蓓尼，他宽心不少，遂走过去把志一的双枪拿下，含笑说道：

"蓓尼，你来得正好！要是你迟到几分钟的话，恐怕我和企东早死在双枪王的枪下了，哈……哈……蓓尼，我记得连环套里的朱光祖盗了窦二墩的双钩，现在我们父女俩也盗了双枪王的双枪啦！这真有意思呀！你怎么会到这里来的？"

蓓尼听爸爸哈哈地大笑起来，而且已把双枪拿下来了，她也就离开了志一的背后，一跳一跳地站在贺桑的面前，举手在志一的脸上扬了一扬，也哈哈地笑了起来，说道：

"爸爸，你看我的本领大不大？我并没有手枪，只不过用了这一个食指，居然把双枪王的双枪吓到我们的手里了！"

原来蓓尼接到了父亲的电话，知道佩生被人暗杀，一时十分奇怪，觉得和佩生在今天下午分手的时候不是很好的吗？她为了急于明白案情的真相，遂连忙赶来，但当她走进书室里的时候，志一正拿枪对住了父亲和史老伯，她一时急中生智，把手指当了手枪，吓住了志一，才使贺桑、企东脱险。马志一这时听了蓓尼的话，定眼看了看她的手，果然不见有枪，这才知道已上了她的当了，他的心里感到无限的痛恨，觉得自己一个男儿英雄，倒被一个空手的女子捉住了，而且她说的那两句俏皮嘲笑的话，句句刺痛了自己的心头，这就咬牙切齿地向她恨恨地望了一望。这时，史企东看见了这情形，好似遇见了什么救星似的，他那颗恐怖惊慌的心已不像刚才那般焦

245

急地跳跃了。贺桑口里叼了板烟斗，却慢慢地点了火，安闲的态度，缓缓地走到沙发旁坐下了，含笑说道：

"双枪王，咱们坐下来谈谈好吗？"

"哼！想不到我双枪王会栽在你们的手里！你有什么话说？"

"噢！我倒忘记了，你化装成了方福的模样，一定把他关在什么地方了！蓓尼，你赶快去把方福找寻来吧！这样冷的夜里，方福的衣服被双枪王剥来了，那不是要冻坏了身子吗？"

蓓尼点了点头，遂走出门外找寻方福去了。这时，贺桑和企东以及志一都坐在沙发上了。贺桑慢慢地吸着板烟，低低地说道：

"双枪王，你和史先生的女儿佩珠小姐不是很要好的吗？让我来做一个媒吧！把佩珠小姐嫁给你，从此冤家变成丈人，两家和解了，你看好不好？"

"少废话，快把我送到警察局里去，你不是可以得功的吗？"

"我觉得捉住了一个强盗并不稀奇，更加谈不到有功，这不过是我们的责任而已。我倒希望一个人能够被我劝成改恶为善，那才是真正的功劳呢！"

他们正在书室里谈话的时候，蓓尼却又急急地走了进来，她一面坐到贺桑身旁的椅子上去，一面又急急地说道：

"爸爸，我已找到了方福，不过方福已被捆得累乏了，现在让他睡在房里了。爸爸，我们既然捉住了行刺的凶手，让我去叫警察来把他捉进局子里去吧！"

"蓓尼，我不预备把双枪王关进牢狱里去，我想放他走！"

"呀！这是什么意思？我好容易捉住了他，你为什么又要把他放走？"

"蓓尼，你还年轻，只凭血气之勇是没有用的，做侦探的不是单以力服人，而且应该以道德去感化人，使坏的人变成好的人，恶的

246

人变成善的人。你可懂吗？"

"可是他为什么要杀史老伯的儿子，现在又来行刺你们？"

"蓓尼，你不知道，史老伯的儿子并不是他杀死的，只不过是他的同党，是那个化装的相面人王铁口主谋的，和双枪王是没有多大的关系的。双枪王，你觉得我这话对吗？"

马志一点了点头，并没有回答。他这时暗想：我真想不到一个弱小的姑娘，会在危急的时刻想出一个方法来，使他们脱险，可见侦探的女儿当然是近朱者赤，在她父亲的熏陶下学来的，而且贺桑刚才说的话，说明他已经侦查出这案件的内幕，一时暗暗佩服贺桑的本领了。但他觉得自己被他们捉住了，若不设法逃脱，以后的危险当然不堪设想了。他向书室的四周打量一回，只见窗门开着，只不过跳不出去罢了！当他低头看到身旁茶几上的那只香烟缸时，计上心来。刹那之间，他已很迅速地拿起了香烟缸，向那只电灯上掷了过去。

只听砰的一声，灯泡粉碎，室内立刻变成黑黑的一团，贺桑等被这突如其来冷不防的情形，一时个个都弄得手忙脚乱。贺桑连忙开亮了台灯仔细一看，那双枪王早已不知去向了，不禁打了一个寒噤，呆呆地吓得愕住了。正在这时，从窗外掷进来一块石子，贺桑连忙拾起来一瞧，上面还带着一张字条。遂急急地拆开来，蓓尼和企东也就走近来观看，只见上面写着：

贺大侦探：

　　你会学朱光祖的盗宝二墩的双钩，我也来一套《西游记》里的孙大圣的七十二变中的遁功，和你凑成一双好戏！

　　我有本领预先说明时刻来行刺，结果失败，那是因为我的拖延时间，但以后总有机会的。不过你有没有胆子到

247

我的寨里来把佩珠小姐接回去？如果有胆的话，那我明天
上午九点钟在沪西陆家浜十七号恭候你的大驾！再见，祝
晚安。

双枪王留于脱险一刹那

三人看完这张字条，都感到有点吃惊了，面面相觑，说不出一
句话来。室内是沉寂的，像死一般寂静，只有壁上的时钟依旧不断
地嘀嗒嘀嗒地走个不停。

第八回

美人英雄各有痴心

　　一线曙光从黑漫漫的长夜里破晓了，天空中已透了鱼肚白的颜色。因为暮春天气的缘故，清晨的风还是有些清凉的成分。虽然钟鸣八下了；但依然不见朝阳上升；老天始终是忧郁着那副颓丧的脸儿，好像心有什么心事的样子，愁眉不展的，一点也不能拨开它那一丝笑意来。

　　在一间黑黢黢的屋子里，四周的墙壁是一块一块的石头砌成的，里面的光线十分暗淡。在初入这个屋子的时候，简直是有点伸手不见五指。只见墙角东边开着一方小小的窗，从那窗外射进了一丝淡淡的光线来，正照在躺着的一个少女身上，那少女就是被马志一绑架的史佩珠。这时佩珠从昏迷之中悠悠地醒了过来，她睁眸向四周望了一眼，只见自己躺在草炕上，静悄悄的，没有一个人在室内，连自己呼吸的声音都可以听得出来，一时呆呆地不禁出了一回神。暗自想道：这到底是什么地方？难道我在做梦？不过昨夜的情形，此刻想来，还在眼前，而且自己的周身被绳缚过后还隐隐作痛。显然这完全是事实，但昨夜我分明被志一绑走，那个在我家里的王铁口，还恶狠狠地把我绑在木柱上，要一枪打死我，怎么我现在还好好地躺在这屋子里呢？说起来其中多少有些缘故的，大概王铁口要杀死我，而志一救了我的性命也说不定。

史佩珠这时两眼望着屋顶，暗暗庆幸着自己真可以说是死里逃生，但她转念一想，觉得志一的父母是自己的父亲杀死的，那么自己和他也是有了不共戴天的大仇，他既然把我绑到这里来，当然他要结果我的性命，虽然此刻并不杀我，但迟早总要死在他的手里的。想到这里，她呆呆地望着那一条窗外射进来的光线，脸上流下了晶莹的泪水。心里沉痛的悲哀像江潮似的澎湃，泣血的伤心像山瀑般倾泻。她在回忆和志一在花园里见面的那一幕，柔情蜜意，依偎在他的怀抱里，依依不舍，多么甜蜜。但是一忽儿他又像老虎似的凶狠起来，残酷得要结果我的性命了。她越想越伤心，心头只觉得有刀在割一般疼痛，泪水滚滚而下，全身不禁抖了一抖，却有一阵说不出的凄凉意味来。佩珠在无限悲伤之余，慢慢地起床，走到门旁，用力推了一推，紧紧的动也不动，显然外面已经上了锁。因此她又回身走到窗洞底下，爬上去探头向外面一看，只见窗外一片荒场，好像是乡下的地方。佩珠这时暗想：在这样宁静的地方，四周除了他们的盗党之外，恐怕没有人的了，真是喊爹不应，呼娘不理，我的性命是九死一生的了。事到如今，急也无用，只得听天由命。不过自己的父亲从前造下的冤仇实在太多了，现在连累到女儿的身上，那我的命运实在太苦了。想到父亲平时的作恶，她又想起了母亲的慈爱来了。记得母亲临死的时候，含了热泪，颤抖了声音，叮嘱父亲好好地照顾我们兄妹两人，如今哥哥不幸被人杀死，而我也身入险境，想来也将要死了，和母亲在九泉之下相见了。想到这里，她伤心极了，忍不住掩面大哭。

这时，佩珠听见有人开门。她连忙收束了泪痕，抬头仔细向门外一望，见一个小盗走了进来，凶狠狠地对佩珠说道：

"大姑娘，咱们的大帅叫你出去，你还是跟我走吧！"

随了这两句话，佩珠只得跟着那小盗步出屋子，经过一条长长的暗弄堂，才走进一间见方的大厅，里面站着许多小盗，中间的一个方桌上坐着两个年轻的少年。佩珠仔细一看，那两个男子中间的一个，正是自己的爱人，也是自己的仇人马志一；还有一个，虽然面孔很熟，但一时也想不起来了，经过一会儿思索，她才想起这个人不是别人，也就是在家里见过面的王铁口，不过现在的王铁口没有化装后的那般老的模样了。小盗把佩珠绑在屋中间的一根木柱上，走到王铁口的面前，报告了一下。王铁口看见了佩珠向她怒目回视了一下，面目狰狞，一步一步地向佩珠逼近。佩珠在这个时候，那一颗芳心吓得只是暗暗叫苦。只听得王铁口哈哈大笑一阵，万分得意的神气，说道："哼！想不到找了好多年的仇人，现在居然被我们找到了，我们的父母被你的父亲杀死，现在轮到我来收拾你们的时候了！"

王铁口一边笑着说，一边正预备举起手来，想在佩珠的脸上抽几下耳光，出一口胸中的恶怨气。正在这个时候，站在背后的志一见了他要动手打佩珠，连忙加以阻止，连连说了两声慢来。王铁口也就停住了手，望了志一一眼，不解其意的神气，问道：

"兄弟，为什么？你难道替她讨情吗？要知道，她是你我父母的仇人的女儿，不要说是打她，我恨不得马上把她打死，才出了我胸中之恨。要知道，擒虎容易纵虎难，你不去加害她，恐怕慢慢地到后来又有什么变化了。"

"哎，你这是什么话？要不然我也不会把她捉回来了。她和我们有的是仇，我怎么还会替她讨情呢？不过在没有杀死她的父亲之前，我们却不能对她有暴行的！"

马志一说的这几句话，完全是爱护佩珠的意思，他无非要铁口不去加害她，所以才这样说的。王铁口听了，也就奈何她不得，放下了手，回身走到那高台上，对那些小盗说道：

"孩儿们，你们看这个女人生得多么好看，让我来告诉你们她的履历。她的父亲就是我常常对你们提起的杀我父母的仇人方日昇，现在已经被我找寻到了，而且我在昨天已派沈虎把方日昇的儿子一枪杀死了。现在我要先问一问沈虎昨天的事情，究竟怎么样，给大家知道。沈虎，你过来！"

王铁口说话的时候满头大汗，可见提起了仇人的事情，他心里是多么怨恨了。他这时又叫沈虎，要他来说一个仔细，沈虎听军师问自己昨天的事情，连忙走上一步，鞠了一躬，说道：

"报告军师，昨天我已经把你的吩咐办妥了！"

"哼，你为什么见了方日昇而不打死他？"

"因为小的手枪里没有了子弹，本来是想打死他的。"

"胡说！没有子弹，那你为什么不用你的气力打死他？难道你打不过一个老头子吗？"

"不是的，因为正在那时贺桑大侦探来了！"

"浑蛋，谁叫你喊他大侦探？难道他是三头六臂的阎王吗？你就这样怕他！"

"并不是怕他，实在是我敌不过他。"

"放屁！我想一定是方日昇放走了你，你才这样庇护他！"

"报告军师，小的不敢，实在是贺桑太厉害了！"

"少跟我拽气，他个半死不活的老头子，我跟他同桌吃过饭，那我为什么不怕他？"

"那是军师的胆子大！"

"好，要不是你打死方日昇的儿子，我现在一定不饶你的。"

王铁口说这句话的时候，脸色是相当的沉寂，眉宇间浮现了一股子杀气，他挥手叫沈虎退下去，沈虎见了，仍退入排着的队伍中去。只听王铁口又继续对小盗们大声喝道：

"孩儿们！你们听好！干一行就有一行的行规，吃我们这行饭的也不容易，手段要辣，眼睛要快，头脑要清楚，心要狠，这是四样，缺一样就不行。比如手段不辣，别人家给你们一点小恩小惠，你们的心就软了，那就等于自杀。要知道你不杀人，人家就会加害你的。眼睛不快，逢到敌人的时候要马上射击，要不然你就被他们打死了。尤其在自身被困危险的时候，头脑要清楚，切不可心慌意乱，束手就擒了。我们每天在侦探的眼睛下、在警察的枪尖下活着，我们不知道哪一天会进监狱里去，也不知道哪一天死。假使你的心肠不狠毒，倒霉的还是你自己，我们的祖宗曾经说过一句话，对于仇人的宽恕就是对自己的残忍。孩儿们，这句话的意思，你们懂得吗？"

"懂得……"

那些小盗听了军师的教训，大家轰然一声回答，接着又静静地没有了声息。王铁口顿了一顿，又继续说道：

"你们懂得了就好，反过来说，对于仇人的残忍，也就是对于自己的宽恕。我们每天过的不是你死就是我活的生活，你要是不一枪打死你的仇人，你的仇人就会一枪打死你，这几句话你们也懂得了吗？"

"懂……"

"孩儿们，你们要知道，吃我们这行饭的秘诀，心肠第一是狠，第二也是狠，第三还是狠！"

"狠！狠！狠！"

众盗又齐声狠狠地大叫起来，喊得每个人的汗毛都热血沸腾似的直竖着了。王铁口得意似的哈哈大笑起来，他回头看一眼绑在木柱上的史佩珠，觉得志一恐怕被她迷惑住了，万一真的如此，那不是很危险吗？因此他用手一指佩珠，众小盗的视线就集中在她身上，王铁口又说道：

"孩儿们，我告诉你们，吃我们这行饭，最大的仇人就是女人。因为我们讲的是信义，而女人最善变，也是最没有信义的东西。这个女的，不但是杀我父母的仇人，而且是我们最大的仇人，因此我想把她交给大众处罚，你们说该怎么办？"

"把她杀死了！"

"哼！不，杀死她倒太便宜了她。你们看，她因为她父亲的造孽，钱太多，吃得好，穿得好，整天吃饱了饭没有事情做，专门勾引男人，调情谈爱，卖弄风骚。现在我要叫她在大众面前卖弄风骚，给我们看一看，而且女人究竟美在什么地方，许多男人都死在她们的手腕之下。我要她脱去衣服，裸体给我们看一看女人究竟是什么东西！孩儿们，你们赞成吗？"

"赞成！"

"好，你们都赞成了，我派陈龙去叫她脱下衣服来；要不然，陈龙，你就一枪打死她，送她回老家去吧！"

王铁口说这句话的时候，他已忘了人道，他无非只求内心痛快罢了。小盗陈龙对于军师的话是不敢不依顺的，当下点头走到绑着的佩珠身旁去。这时站在王铁口旁边的双枪王马志一，看了他们对佩珠这样的行动，立刻加以反对，先是命陈龙不许无礼，然后对王铁口说道：

"大哥，你为什么不听我的话，急急地要害死她呀？那你太对不起我了！"

"你知道血！血！你父母的血，我父亲母亲的血，好兄弟，难道你都忘了？"

"这是她父亲的罪恶，你已经杀死了她的哥哥，难道还不够吗？"

"血的债只有用血来偿还的，她的父亲杀死了我的父亲、我的母亲。为什么不能杀死她？"

"我们可以杀死她的父亲，她是无辜的。"

"她为什么没有罪？她是我仇人的女儿，她就应该偿还我父母的血，我一定要打死她！"

王铁口一面说，一面走到佩珠面前，老实不客气地在佩珠的脸上狠命地啪啪打了两耳光，但他还咬牙切齿地瞪大双目，继续预备用狙击手枪打死佩珠。可怜佩珠被打得额角上汗点像雨水一般直冒出来，因为身子被绑着，不能动弹，只得暗暗地淌泪不止。这时马志一看了王铁口这样惨无人道地施行他的淫威，而且还想杀死佩珠，见她被打得脸色红红的，心头真有无限的肉痛，他不知道从哪里来的一股子勇气，竟抢去了王铁口手里握着的那支手枪。王铁口被志一这样一来，便立刻收住了笑容，显出严肃的态度，冷冷地说道：

"好兄弟，咱们哥俩都是良善人家的子弟，都是国家的老百姓，只因为我们的父母都死在仇人的陷害之下，为了要报父母的深冤大仇，我们才干这打家劫舍的勾当，才流落为被人轻视的强盗。你总没有忘记我们俩在结拜磕头的时候所说的话吧？那时你说，不报父母的深仇，誓不为人。这些话我都记得，我们的父母在九泉之下正每天都盼着你我替他们复仇、雪耻！为了这些话，我们不知历经了多少危险，好不容易我把仇人找到了，而你竟然会爱上仇人的女儿，把我们父母的大仇忘记了！把我们结拜的情谊也忘记了！你对得起我吗？更对得住我们的父母吗？可怜他们死得多惨，他们的血流得太冤枉了！"

王铁口说到这里，语气有些哽咽了，声音是颤抖的，脸色是惨白的，说到末一句的时候，他的眼皮一红，泪水忍不住夺眶而出，慢慢地一滴一滴像雨点般滚落下来。这几句话，突然听到志一的耳中，仿佛是晴天中起了一声霹雳，把一颗心灵震得粉碎了，他想起父母的深仇，忍不住又恨起佩珠来了，所以深深地叹了一口气，说道：

"大哥，我对不起你，我一定记得你的话，为我的父母、为你的父母复仇！让我来收拾她，不过在她未死之前，我要先和她单独谈几句话！"

"那才是我的好兄弟，你千万别忘记她是我们仇人的女儿！要知道，天下的女人多得很，死了一个算不了什么的！我等着你给我好消息吧！孩儿们，我们走吧！"

王铁口看见志一的神情显然被自己感动了，但他还有些不放心，因此再三叮嘱志一，然后吩咐众小盗慢慢地都退出大厅去了。这时的佩珠看见只有志一还站在自己面前，她想起自己的不幸，遇见的情人却会是自己的仇人。照这情形看来，自己的性命始终是难保的了。想到这里，一时心痛若割，又怨又悲，忍不住哇的一声哭了起来。志一被她这一哭，心里总不免缓和了许多，一面走上去把绑着她的绳子解除，一面在绑过她的身上抚摸了一会儿。佩珠想不到志一还会向自己柔情地安慰，一时真感激得难以形容，这就倒入他的怀里，更加悲伤地哭起来了。心中暗想：志一的父亲母亲既然是被我爸爸害死，那我和他家是结下了难以消灭的怨仇了，虽然他此刻的神情比刚才好了一半，但人心难测，一时不能琢磨出他内心究竟在想什么，那我还是要留神防备。但我现在的性命已经在他们的手掌之中，免不了一死。因此她猛可推开了志一的身体，竭力又忍住了悲哀，平静了脸色，秋波逗了他一瞥哀怨的目光，深深地叹了一口气，说道：

"你还是赶快把我杀死，可以替你们的父母报仇了！"

"佩珠，我不能杀你，我不能杀你……"

"为什么呀？"

"因为你不是我的仇人，你是我的爱人呀！"

"你别忘记了我是你仇人的女儿，并不是你的爱人，而且我现在已经不爱你了！你还是干脆把我一枪打死了吧！"

"佩珠，你为什么要这样说？你又为什么要这样逼着我呀？我的心已被你说得要碎了。"

"你不能杀死我，那么让我自己来杀死我自己吧！"

佩珠说完了话，心灰已极，一阵悲酸，心头只觉得无限疼痛，仿佛有刀在割一般难受。她说了末一句话，突然去抢志一手中的枪，预备自杀而死。志一连忙将身子一闪，并没有被她夺去。佩珠到此，忍不住倒在他的怀内，又抽抽噎噎地哭泣起来。人非草木，孰能无情？任凭马志一是一个铁石心肠的人，在此情形之下，他也忍不住为之心动。他抚摸着她乌油滑丝的美发，伸手去扳住她的肩胛，望着她海棠沾雨般的芳容，呆呆地出了一回神，禁不住泪水也淌了下来。志一捧着她的娇面，说道："珠，你不能死。因为在昨天晚上我知道了你是我仇人的女儿之后，我整整地想了一个晚上，我也想得够苦了。爱和仇、我父母的血、你的柔情，在我的心里交织着，使我感到痛苦，感到不安。珠，告诉你，在我父母死的时候，我没有流过眼泪，到现在遇见了你，我还是第一次流泪！这几年来，我过的是一种残暴无情的生活，只是抢劫流血，因为我的心中只有恶毒的恨，有时候我觉得自己像一只猛兽似的，好像并不是人那样野蛮。自从我遇见了你之后，我才觉得世界的美丽与光明。恨，不是正常人类的生活，我们应该爱。"

"我们应该爱吗？"

"是的，我们应该爱，现在不是杀人的时候了。"

"你现在不杀死我，将来你会后悔的！"

"不，我绝不会后悔的……因……为，我爱你，我始终爱你。"

志一抱了佩珠的身子，偎着她的粉脸，默默地温存，向她连说两声爱你。佩珠做梦也想不到志一会说出一番正义的话来，一时果然痛到心头，但也感动入骨髓，忍不住倒入他的怀里，又伤心又感动地哭了起来，低低地说道：

"志一，你别忘了我总是你的仇人的女儿。"

"珠，我知道爱的伟大，它可以忘掉一切怨仇。"

"但是在这种地方、这种时候，我们不应该谈爱的。"

"为什么？"

"你的部下和你的那位军师，他们不肯放我，更不会允许你我谈爱的。"

"我可顾不得他们！"

"志一，你刚才说你想了整个晚上，可是我被你关到这儿来之后，我也整整想了一个晚上，想着我们认识的经过以及我们的相爱。不过我觉得我是你仇人的女儿，在地位上说，在身份上说，我们的相爱都是不可能的，你还是把我杀死吧。一则可以报你父母的大仇；二则又可以顾全你们结拜的兄弟情谊，不要为了我而使你们伤了感情。"

佩珠说了这两句话，大有视死如归的神气。她之所以说这些话，也无非闷得没有办法忍无可忍的意思。可是她的内心是感到片片地碎了，肠是寸寸地断了。她别过身子，伏在那根柱子上，忍不住又哀怨地痛哭起来。志一被她这么一痛哭，心中倒又不忍杀死她，因此望着她一耸一耸的肩胛，自己也流下泪来。过了好一会儿，志一又把她的身子抱到怀中，低低地说道：

"珠，你快不要这样说了，我的心被你哭得快要碎了！我不是对你说过，我是爱你的呀！"

"你如果真的爱我的话，我有一件事要恳求你。不知道你肯不肯答应我？"

佩珠见志一的颊上也淌满了无数的泪水，低低地向自己说着，遂停止哭泣，伸手擦了擦眼皮，叹了一口气，才这样说。志一听了佩珠的话，要自己答应她一个要求，不知道是什么事情，一时心头似乎有些不解她这是什么意思，遂望着她沾满泪水的粉脸，又怔怔地问道：

"珠，你有什么事情要求我，不妨说出来给我听听，只要我的能力所及，我总答应你的。"

"志一，我恳求你在我死了之后，不要再伤我的父亲了，因为我和我哥哥的血已足够来偿还你父母的血了，况且我爸爸现在已经痛改前非，做了好人了。"

"珠，你不应该死，我现在决定把你放走。"

"那么你不杀我和我爸爸了？"

"珠，我老实告诉你，我的枪只杀我的仇人的，并不害我爱人的，你是我唯一的爱人，我怎么忍心杀我的爱人呢？因此我要放你逃出这地方！"

"照你这样说，你还是要杀我的父亲？"

"这我可不能回答你。"

佩珠听了志一的话，觉得左右为难，暗想：我如果一味地使志一难堪，叫他放弃杀父亲的志向，那在他的心里也许更会恼恨。假使我不恳求他，那我父亲的性命也难保的了，而我自己的性命也在他手掌之中。不过在眼前志一的那种态度，对我显见是爱到极点的了。他当然不肯让爱人死的，那我可以吓一吓他，也许会被我说服的。她想到这里，遂呆呆地沉思了一会儿，方才下了一个决心的样子，说道：

"志一，我和你见面的日子虽不长远，而我俩的情分已经步入不可分离的阶段。当初我之所以接受你的爱，是因为我不知道我父亲

259

是你的仇人，现在我既然已经明白了，为了保全我父亲的性命，让我代我父亲死，一则可以尽了我的孝心，二则可以使你完成这几年来找寻仇人的苦心。"

佩珠说到末了，眼皮一红，泪水又忍不住扑簌簌地滚落下来。志一见了，这时候也有些左右为难了，望了她那凄然泪下的姿态，一时感到她对父亲的孝心，使人钦佩万分。他摇了摇头，叹了一口气，遂把佩珠的肩胛扳住了，一面给她拭了泪，一面又柔声地安慰她道：

"珠，请你不要再用这些话来对我说了，你要明白，我生平是第一次在人前低头，你赶快走吧！从那扇小门一直通到外面的暗门。快！"

"志一，我真感激你……"

"珠！现在不是说感激不感激的话的时候，你快点走吧！等我那位军师一来，他是不会放过你的。"

志一说完了话，连连地推着佩珠，叫她赶快逃走。佩珠这时觉得志一对自己确实有一片热爱的痴心，不过在这个环境之下，事实上是万分困难。她没有什么话再可以形容她内心的感激，她只有偎在志一的怀内，像一头驯服的绵羊一般温柔。志一忽然伸张了两手，将佩珠的脖子紧紧地抱住了，低下头去，这就在她鲜红的两片嘴唇上，接了一个甜蜜的长吻。

经过了良久的时间，两人才慢慢地分开了身子。谁知正在这个时候，佩珠忽然伸出手在志一的脸上也啪啪地打了几个耳光，打得志一呆呆地愕住了一会儿，十分惊奇地问道：

"你为什么要打我呀？"

"我也要你永远不忘记我。"

佩珠听他这么问，也不由得嫣然地笑了起来。志一知道她是在学习自己昨天对她的那副模样，一时也忍不住笑了起来。他一面笑着，一面拉着佩珠走到靠左边的壁角里，用手按住了机关，只见从墙壁里开出一个洞来，里面黑黢黢的，伸手看不出五指来。佩珠只得走进去，和志一握手道别，有些依依不舍的样子，低低地说道：

"志哥，我们什么时候再见面？"

"珠妹，我一定会来看望你的，你放心好了。"

随了这两句话之后，志一听得有人进来的脚步声，遂推了佩珠的身子，连忙又按了机关，那洞又被填没得看不出一丝破绽。正在这个时候，王铁口已跨进来，志一装出十分安定似的说道：

"大哥，我已决定好了。"

"好兄弟，那很好。那么你把那个女人藏到哪里去了？"

王铁口听了志一的话，知道他已回心转意，没有被女人所迷惑了，一时暗暗地高兴。但他仔细一看，室内并没有佩珠这个女子，遂急急地问着。志一被他问得愕住了一会儿之后，才慢慢地说道：

"大哥，我现在把她关了起来，等我们杀死了方日昇，你爱怎么办就怎么办吧！刚才我一时气愤，请你原谅我才好。"

"好兄弟，你也别太客气了，我和你胜过同胞兄弟，还有什么话不好说的呢？俗语说，朋友如手足，妻子如衣服。如果一个人身上的手足断了，是无法挽救的；假使衣服破了的话，那倒还有法子可想的，所以咱哥儿俩的感情不要为了一个女人而分开，甚至破裂。只要我们的深仇大冤一报，天下有的是女人，那时候随你去和女人交朋友，我是绝不会再来过问的。"

"是的，大哥，那才是我的好兄弟。"

"哦，我倒忘记了，你不是说今天贺桑侦探要到我这儿来吗？"

王铁口和马志一一面说着，一面热忱地互相握了一阵子手。王铁口的心里这时感到一点欣慰，他笑了笑，想起贺桑的事，便又沉下了面上的笑容，正色地问志一。这时志一被王铁口这么一问，他才如梦方醒地想起昨天自己被贺桑劫去双枪的事情来了，遂慢慢地说道：

"大哥，我还没有告诉你详细的情形哩！昨天晚上我想去杀方日昇，正巧贺桑也在那里，虽然我明明知道贺桑一定会保护方日昇的，但我的想象中和贺桑敌对，自信是毫无问题的。不料，事情往往出人意料，我正用枪对住贺桑和方日昇的时候，从门外却来了贺桑的女儿，她凭了智谋夺去了我的双枪，幸亏我也用急智才脱离险境，而且还留下了书信，叫贺桑到我们这个地方来。"

"你看他今天会不会来呢？"

"贺桑在侦探界的地位和名声，我想一定会来的。如果他来了，你可得留神才好！"

"我想他也许是虚张声势，没有这么大的胆子吧？"

"贺桑向来是言而有信的，尤其这次在他手里被我逃脱，大哥，你千万要当心，贺桑神通广大，咱们不能再栽在他的手里了，要不然，又让江湖上的朋友笑我们不中用的。"

"那当然，我们得随机应变，也得处处提防才好。让我去吩咐孩儿们吧。"

王铁口说完了话，显出那样严肃的态度，猛可地回身正预备走出门外去的时候，一个小盗却急匆匆地奔了进来，在志一和王铁口的面前站定，深深地鞠了一个九十度的躬，慌忙地报告道：

"报告大王和军师，贺桑大侦探和他的女儿来了，现在在门口。"

志一和王铁口两人听了这个报告之后，不禁都呆呆地愕住了。他们想不到贺桑真有这样大的胆量，还会带着女儿来。不免暗暗地佩服不止，这时两人的脸色也异常紧张。良久，志一才挥了挥手，低声地说道：

"你快去，说双枪王有请。"

那小盗又鞠躬走出门外去，志一回头又对王铁口说道：

"大哥，你快去叫孩儿们排队迎接贺桑！"

"是！"

经过五分钟的时间，这大厅的门外有很多小盗排成两排，像一字长蛇阵的样子，只在中间开出一条路来。远远望去，好像一条甬道，只见贺桑和蓓尼已慢慢地步进大厅里来了。

第九回

准时不误　父女大胆闯虎穴

贺桑和他的女儿蓓尼走进了大厅，他的神色非常镇静和严肃，虽然四周都是那些小盗包围着，空气是相当的紧张，但贺桑却满不在乎的样子。倒是蓓尼，看见了这样严重的形势之下，不免暗暗吃了一惊，她那颗芳心里禁不住会忐忑地跳动起来。她的手里捧了一束鲜花，跟在贺桑的背后，只得一同走了进去。这时，志一早已走上去迎接贺桑，开口说道：

"贺先生，你真够朋友而有胆量，果真不失信用地到我们这儿来了。哈……"

志一说完了话，却又哈哈地大笑起来。他觉得贺桑的胆量倒的确不小，居然会亲赴险地，要知道这个地方，既然进来了，是休想再出这大门一步的，想必这老头儿也活得有些不耐烦了。想到这里，志一非常得意，脸上的笑容始终没有平复过。他回头看见站在身旁的王铁口，对贺桑继续说道：

"噢，我来给你们介绍吧，这位是……"

"双枪王，不用你介绍，我已经知道他就是表面上自称星相家的王铁口，而实际上就是你的军师，是吗？"

贺桑一面说，一面向王铁口注视着。可是王铁口被他这么一说，不禁呆呆地愕住了，他心中暗想：这老头子的眼力倒实在不错，怪不得在侦探界他算得数一数二的人物了。照这样说来，那么我昨天在方日昇的家里，恐怕他早已知道了我是怎样的人了，那么他为什么不当面把我捉住呢？想到这里，王铁口不免有些踌躇不安的样子，但他竭力镇静，冷冷地笑道：

"哈哈……佩服！佩服！贺先生的眼力真不错！"

"哈哈……"

贺桑听了王铁口的话，不由得好笑起来。但是王铁口听到贺桑的笑声之后，仔细一想，觉得他被贺桑看出了本来面目，这笑声至少是有一种侮辱的成分含在里面。这就突然停止了笑声，呆呆地站着说不出半句话来。幸亏旁边双枪王马志一插嘴说道：

"贺先生，我看你路上已经走得很辛苦了，我们还是坐下来谈谈吧。"

"双枪王，谢谢你。我初到这里，无以为敬，特地叫小女带了一束鲜花来送你，非常抱歉。"

贺桑说完了话，叫蓓尼把那束鲜花插到桌子上的那只花瓶里去。蓓尼点了点头，走到桌子旁，把鲜花插了进去，回身仍旧站到父亲的身边。一会儿，只听得双枪王大声地对那些小盗说道：

"孩儿们，你们来瞻仰这位著名的侦探家贺桑先生和他的千金小姐的风采。你们要记住，下次在什么地方遇见了贺大侦探要有礼貌。"

"是！"

"孩儿们！你们在平时恐怕没有机会和贺先生会面，而且你们还时常抱怨你们的见识浅。现在我想请贺先生跟你们谈谈，也可以使你们多学一些见识，你们赞成不赞成？"

"赞成！"

双枪王说完了话，那些小盗都齐声地喊着赞成。双枪王含了得意的笑容，回头对贺桑望了一望，低声地说道：

"贺先生，这些都是我的孩儿们，他们要你跟他们谈谈，不知你同意吗？"

"好！好！一定遵命。不过，我对演讲从来没有学过，讲得不好的地方还要你们指教才好呢。"

"贺先生，你太客气了！"

"既然双枪王这样说，那我就放肆了。"

贺桑一面说着，一面早已跨前一步，向站着的小盗们点了点头，才慢慢地说道：

"各位朋友，兄弟今天承蒙双枪王的邀请，不得不到这里来，但是在我起初觉得身入其境，不免有些害怕。可是，等我看了各位朋友之后，我就感到并不害怕，反而感到十分高兴了。这为什么呢？原来我和各位见面的机会的确太少，居然今天会和你们见面，这不是太有缘了吗？而且，双枪王还要我来和各位谈几句话，虽然我并不会讲话，但我的心里实在是感到快乐得难以形容了。朋友们，我是一个做侦探的，而你们是当强盗的，我现在称你们为朋友，这未免有些开玩笑吧！我们侦探的敌人是强盗，强盗的仇人是侦探，怎么能够称呼朋友呢？然而确确实实的，我们应该称作朋友。譬如现在，我们大家都不用枪，不用对打，大家一块儿地说说笑笑，不是很有趣的一件事吗？"

贺桑说到这里，停了一停，静静地站了一会儿。那些小盗个个都静听着贺桑的讲话，整个大厅里静寂得好像没有一个人在的样子，他们的眼光都集中在贺桑一个人的身上。经过了数秒钟之后，贺桑又慢慢地继续道：

"我时常想，为什么我是侦探，你们是强盗，要拼个你死我活呢？大家成为朋友那不是很好吗？为什么要像仇人一样作对呢？因此使我时常地想念着，总想不出一个结论来。我只觉得我自己为什么不做耕田的农夫，不做工厂里的工人，而做一个杀人的侦探？因为拿了手枪总免不了要杀人的，而那被杀的当然是那些和你们一样的强盗了。要知道侦探的对手是强盗，有了强盗才有侦探，所以我觉得侦探离不开强盗的。因为强盗是侦探的衣食父母，假使世界上没有强盗的话，那么侦探家不是个个要饿死吗？因此，我觉得我和你们都是朋友，换句话说，我希望和你们大家抛弃手枪，相互握手，来做一个朋友。"

贺桑之所以说这些话，不过是想方设法开导那些小盗，但当着双枪王和王铁口的面，不好意思痛快地说出来，只得远远地兜圈子。这时，他又说道：

"朋友们，我们都是国家善良的百姓，都是父母的儿女，为什么我们不做种田的农人，不去做工厂里的工人，而要做侦探、做强盗？一样是人，拼死拼活地作对，朋友反而成了仇人，那究竟为的是什么呢？所以我愿你们回到乡下去种田，上工厂里去做工，我这个侦探宁可饿死。大家在一个和平的社会里，不用你杀我，我害你，那才是真正的……"

"住口，贺桑！你的胆子可真不小呀！竟想煽动我的部下反正吗？告诉你，我为什么要做强盗？社会上的恶魔杀害了我的父母，我们为的是报仇。"

贺桑正在和小盗们讲话的时候，军师王铁口听了他这一番话，知道他在劝部下反正，因此突然拔出手枪，对准了贺桑。双枪王看了，连忙止住了王铁口，说道：

"大哥，不要这样，贺先生是客人，我们应该客气一点，快把手枪放进袋里去吧！"

"军师，我不过和他们随便谈谈，你又何必这样认真呢？双枪王的话才对呀！"

贺桑这时候却毫不介意的样子，并不因此而感到恐惧，只是冷冷地斜乜王铁口一眼。王铁口听了志一的话，只好把手枪仍旧藏到袋里去。他狰狞了面目，睁大了眼睛，差不多快要冒出火星来了。但被志一这样一说，不能不听从他的命令，只好站在旁边不作声。志一这才向贺桑说道：

"贺先生，你和你的女儿到这里来，难道不害怕吗？"

"双枪王，你这话实在太藐视我了！我要是害怕的话，我早已不敢来拜望你了。老实地告诉你，今天带了我女儿来，最要紧的事情还是来还你昨天被我劫下的双枪哩。"

"呀！来还我的双枪？那么你放在哪里？"

"双枪王，我把你的双枪放在我的口袋里，恐怕你的孩儿们要搜查我的身上，因此我只好把你的双枪藏在那束鲜花里，你可以过去自己拿。"

双枪王听了贺桑这样说，对于这一点，他的心中不免暗暗佩服贺桑用心的仔细，既不害怕，又有胆子，真不愧为一个著名的侦探家了。这时，双枪王匆匆地走上去，果然从花瓶里拿出了两支手枪，一时呆呆地出了一会子神，手托下颔，脸上还含了一丝冷冷的浅笑，说道：

"贺先生，你真够朋友！谢谢你的美意，送还我的双枪。"

"不用客气。"

两人说着话，语气相当客气。但是，瞧左边的蓓尼，她觉得爸爸今天为什么老是说些无关紧要的话，为什么不痛痛快快地和双枪王决斗一番呢？因此，她忍不住开口说道：

"爸爸，你难道忘记了我们到这里来的正经事情了吗？"

"蓓尼，不许多说话！"

贺桑恐怕蓓尼说出什么话来，反而误了大事，连忙急急地把她阻止了。可是志一听了，知道这里面一定有什么事情了，遂急急地追问道：

　　"什么事，蓓尼小姐？"

　　"我们这一次来，一则是来送还你的双枪；二则是为了你和方日昇先生的冤仇，因为方先生托我爸爸来和解你和他的仇恨的。"

　　蓓尼提起了方日昇的事情，志一听了，顿时两颊红一阵，白一阵，到底变成了铁青的颜色。想到父母的惨死，他气得全身又瑟瑟地发起抖来，猛可地举起手里拿着的双枪，大声地喝道：

　　"蓓尼小姐、贺先生，请你们以后不要再提起这件事吧！要不然别怪我不客气！"

　　"蓓尼，少说话，你年轻的姑娘，懂些什么？双枪王，你不要生气。不过，我有一句话倒要跟你说，不知道该说不该说？"

　　"你说吧！"

　　"双枪王，我真不懂，你是一个有为的青年，为什么不替国家出力，反而去做一个有害社会的强盗？这究竟是什么意思？"

　　"贺先生，你以为我做强盗是心甘情愿的吗？我完全是为了仇恨的累身，才流落为强盗的。而且，我的宗旨是劫富济贫，不杀无辜的好人。"

　　"你为父报仇，这是你的孝心，我非常赞成。但是，我要问你，假使你在世上有了许多的仇人，你是不是一个个都要报仇？反过来说，你的仇人被你杀死了，而你仇人的子女，他们也把你当作仇人一样看待了。这样一代一代地相报下去，世界上是永远不会再和平了，血是永远地流不完了。像你这样学了一手的好枪法，为什么不好好地为国家出力，却辜负了你的一生？要知道'国家兴亡，匹夫有责'，我们的国家正需要你们这批青年来……"

贺桑滔滔地正说着话的时候，只见前面飞来了一把雪亮的刀。贺桑一看事情不妙，连忙停止了说话，把身子向左边一侧。在这里，可以说一句"说时迟，那时快"的话了。等贺桑的身子一侧，那把刀早已向他的耳朵旁飞了过去，不偏不倚地正刺在那厅上的木柱子上。蓓尼看了，吓得呆呆地愕住了，慌忙用双手按住了眼睛，嘴里忍不住呀的一声大喊起来。这时，只见一个小盗从队伍中奔了出来，正预备用拳脚去猛击贺桑的时候，却被贺桑用手把那小盗的手腕握住了，使那小盗动弹不得。贺桑问道："你是要杀死我吗？"

"是的！你想用花言巧语来煽惑我们的大王吗？我因此要杀死你。"

那小盗一面说着，一面还要挣扎着预备再打他，但被贺桑握住了手，不能再打着贺桑的身子。双枪王看了，遂喝道：

"陈龙，不许无礼，快住手！"

随了这一句话，贺桑也就放了手，那小盗连忙退后了一步，不住地抚摸着双手，因为被贺桑握住了，手腕有些疼痛。这时，另外一个小盗捧来了两杯咖啡和一盘水果，放到贺桑的面前。双枪王看了，遂对贺桑含笑说道：

"贺先生，真对不起，害你受了虚惊了，还是用杯咖啡吧！蓓尼小姐请！"

蓓尼看了看那杯热腾腾的咖啡，因为大清早就起来，这时候肚子里倒真有些空洞起来，就老实不客气地拿起杯子来。正预备放到口里喝下去的时候，只听得有人喊道：

"不要喝，这咖啡里有毒的。"

蓓尼听了，一时茫无头绪，连贺桑也呆呆地怔住了。他抬头看见那叫喊的不是别人，正是昨天在史企东家里被企东放走的那个杀人犯，遂急急地问道：

"你怎么知道这里面有毒的？"

"是军师暗地吩咐人放进去的。"

王铁口听了沈虎的话，一时倒弄得哑口无言，但心中的焦急却被激成了无限愤怒，他跺着脚，连骂该死，跑到沈虎的脸前，啪啪地打了他两下耳光，睁大了眼睛，怒喝道：

"沈虎，不许你说！难道你活得不耐烦了吗？"

"哼，你预备把我怎么样？我也真的不想活了，我们每天过的是杀人抢劫的生活，冒着险，拼着死，替你们做奴隶。你们是为了自己的深仇，叫我们拼死拼活地去杀人。可是，我和他们无冤无仇，我为什么要杀人？为什么要听你们的命令和指挥？刚才听了贺先生的话，他说我们同样是父母的儿女、国家善良的百姓，为什么不去做种田的农夫？不去做工厂里的工人？而偏要跑到这儿来跟你们合伙儿当强盗？忘了性命，不要名誉，我为的是什么？现在我已经像做梦刚醒过来似的，我要重新做一个好人！"

沈虎滔滔地说完了这篇正义的话之后，他的胆子也比以前大了起来，全身每个细胞都感到无限紧张和热腾。可是王铁口的脸色变得更可怕了，圆睁了三角眼，冷冷地笑道：

"哼，沈虎，你跟我来！"

"好！跟你走，又能把我怎么样？"

沈虎说完了话，却绷住了脸，眉宇之间浮上了一股子杀气，很严肃地回答。他恨不得走上去和王铁口拼上一拼。王铁口见沈虎今天出人意料地反抗自己的命令，一时里倒也奈何他不得。只不过他的脸是涨成了猪肝的颜色，那颗心大有要跳跃出胸腔来的样子。因为自己叫部下预先在咖啡里放进去毒药，想害死贺桑和蓓尼，此刻这计划没有成功，反被沈虎走漏了消息，因此恨极万分，叫沈虎一起走出外边去了。

不到五分钟的时间，只听室外一阵惨叫的声音传入贺桑的耳朵里，贺桑知道沈虎的性命一定是被王铁口害死了。果然这时候王铁口慢慢地走了进来，后面跟了一个小盗，手里捧了一个血淋淋的人头。果然这是沈虎的人头，贺桑看了，一时倒忍不住大吃一惊，觉得这举动太惨无人道了。蓓尼看了，不禁吓得大喊起来，倒退了两步，躲在贺桑的背后，不敢抬头向那人头观看一下。这时，贺桑急急地问王铁口道：

"你为什么要杀死他？这不是太残忍了吗？"

"哈……哈……太残忍？他险些把我们大伙儿都出卖了，我如果不杀死他，将来我们太危险了。为了大众的安全，不得不牺牲这该死的奴才！"

"你的手段太毒辣了！"

"哈……哈……哈，这是吃我们这行饭的行规，不听命令和指挥，就得死！"

王铁口说到死字的时候，他的声调特别高，眼睛不停地向那些小盗狠狠地盯住了。意思是在关照小盗们，如果有人反抗，就要和沈虎一样处死。双枪王看了，也有些不忍，因此埋怨道：

"大哥，你办得太鲁莽了！快把人头拿下去！"

那小盗听了双枪王的命令，就捧了沈虎的人头走出室外去了。可怜沈虎就此白白地丧失了性命。双枪王等小盗把人头捧走后，就开口说道：

"孩儿们，我的双枪曾经被贺桑先生劫去，而他居然会自己送还给我，这真有义气，真够朋友，是江湖上的英雄好汉。我听说贺先生的枪法是百发百中的，所以我想今天趁这难得的机会，要他来表演给大家看一看！"

"双枪王，你太客气了，我的枪法是不大高明的，哪里及得上你呢?"

"贺先生,别客气,我今天要你和蓓尼小姐表演辕门射戟。"

"什么? 辕门射戟?"

"大哥,在未表演之前,请你拿着手枪监场,若有什么人说一个不是,你就用枪把那人打死。"

双枪王的话,听得大家都有些莫名其妙起来,只有王铁口很快地从袋里摸出手枪,对准了贺桑和蓓尼。只见双枪王走到蓓尼的身旁,把她拉到东边的一角,从台子上拿了一只玻璃杯,放在蓓尼的头上。蓓尼在这环境之下,除了心里恐惧之外,不敢违背,只好静候事情的发展。双枪王把杯子放好之后,仍旧回到原处站定,说道:

"孩儿们,我今天请贺桑先生来表演的辕门射戟,可不是吕布的辕门射戟。因为贺先生的枪法是名闻全国的,因此我要请贺先生来表演枪法。贺先生,请用你自己的手枪把蓓尼小姐头上的杯子打碎!"

贺桑听了双枪王的话,微微笑了一下,点了点头,表示这些小事情并不放在心上的意思。但他知道自己身上的手枪早已在门口被那些小盗搜去了,因此遂对他说道:

"双枪王,我身边的手枪早已没有了,叫我怎样射呢?"

"好,让我来借一支给你!"

双枪王一边说着,一边从袋里又摸出一支手枪来,交给贺桑。贺桑接过手枪,看了看,回身又对双枪王说道:

"好吧,我现在有了手枪,就可以表演给大家看了! 但我的枪法拙劣,表演得不好,还要请各位原谅才好!"

"慢着!"

贺桑正欲举起手来,却被双枪王止住了,他只得仍旧放下了手。这时双枪王又对王铁口说道:

"大哥，你是监场人，如果贺先生的枪弹没有打中这只玻璃杯，他就违反这游戏的规则，你就用枪射死贺桑先生和他的千金蓓尼小姐！"

"是！"

蓓尼听了他们的谈话，急得泪水扑簌簌地滚了下来，心中不由得暗暗担心，觉得这实在太危险了，如果爸爸的枪向下一点，那不是要把我的脑袋打碎吗？那么向上吧！没有射中，我们父女的性命还是难保，看来今天的死期是逃不过了，遂急急地说道：

"爸爸……"

"蓓尼，不要怕，我不会射到你的脑袋上的，我一定可以射得中的。"

"那么我喊一二三之后，你就开始射吧！"

双枪王得意地说完了话，他至少有些把握，这一枪贺桑一定是射不中的，于是心想：那么，他们父女俩的性命不是全在我的手掌之中了吗？一会儿，他才开始喊道：

"一……二……"

"慢点，在未表演之前，我还有一个请求。"

双枪王喊到了二的时候，室内的空气显得格外紧张了，每个人的目光都集中在蓓尼头上的那只玻璃杯子上。不料正在这时，贺桑却又开口说有一个请求，双枪王回答道：

"贺先生，你有什么事情请说吧！"

"我的枪法虽然是百发百中的，但未免有不到的地方，那么我和我女儿的性命不就都完了吗？但是我今天到这里来的时候，史企东先生托我有几句话要和他的女儿佩珠小姐说一声，因此我想先请你把她叫出来和我谈一谈好吗？"

双枪王听完了贺桑的话，不由呆呆地愕住了一会儿，一时回答不出话来。蓓尼却插嘴道：

"爸爸，你怎么啦？记性这样不好！难道你忘了吗？刚才我们来的时候，在半路上不是遇着佩珠小姐了吗？她说是双枪王放她走的呢！"

"啊！"

王铁口听了蓓尼说是志一把佩珠放走了的话之后，顿时气得全身瑟瑟发抖起来，两颊一阵红一阵白，到底变成了铁青的颜色。他的心里又恨又怒，突然把他握住手枪的手对准了志一，一步一步地向志一逼了上去，嘴里还大声地喝道：

"好兄弟，你真的把那女人放走了吗？"

"是的，我已经把她放走了！怎么啦？你把枪口对准我，想打死我吗？大哥，你是不是疯了？"

"哼！我并没有疯，我的头脑清楚得很。你以后不要再叫我大哥了，咱们从前的交情，从现在起一刀两断，我不认识你，你也不认识我。"

"你……你为什么要这样说？"

双枪王看了王铁口那副杀气腾腾的神色，一时暗暗地觉得奇怪，但是听了他的话，才知道为了放走佩珠的事情，心里感到十分惭愧，暗想：我们为了一个女人而把几年兄弟间的友情从此破裂，这实在是我的不是，违反了当初的誓言。想到这里，志一只得向王铁口这样说。但王铁口的气仍旧没有消，只见他向那些小盗说道：

"孩儿们，大家散伙吧！我们的头儿双枪王，只爱女人，不讲朋友的交情，也忘记了父亲母亲的仇恨，这样不孝无义的人，我们为什么还要听他的指挥呢？他不配当我们的头儿了。"

王铁口为了报杀父母的大仇，才落草为盗，和双枪王义结金兰，同心协力地想报此大仇。好容易如今把仇人的女儿找到了，反而被他放走，这样在王铁口的心里想来，觉得志一这人根本早已忘记了结拜时的誓言，更忘却了杀父之仇，那我为什么还和他合作在一起呢？遂回头又对双枪王说道：

"我今天假使用枪打死你，江湖上的朋友讲起来就会说我不够义气，所以我们还是决斗吧！现在你也把枪对准我，我也把枪对准你，你倘若被我打死，我再去报父仇；如果我被你打死，你就可以去和那女人谈爱情了。"

"难道你不念过去的交情吗？"

"少说废话，你自己去想一想，是我不讲交情呢，还是你不讲交情？"

"也好！不过我用双枪还是一支枪？"

"随便你吧！陈龙，你把贺先生手里的那支枪拿下。"

王铁口虽然在发怒，但他的眼睛却不停地在注视着贺桑和蓓尼的举动，此刻见贺桑手里还拿着手枪，遂连忙叫陈龙把手枪拿下。陈龙这就奉命上去，正欲从贺桑的手里拿去枪，不料这个时候，外面一阵噼啪的枪声由远而近，渐渐地好像已在门外似的。忽然有一个小盗飞也似的奔了进来，急急地报告道：

"双……枪……王……不……不好了，警察……打进来……了……啊！"

王铁口和双枪王听了这惊人的消息之后，一时吓得脸色灰白，除了命令小盗抵抗之外，王铁口早已奔出门外去了，只有双枪王夺过贺桑手中的枪，还留在室内，并不逃走。你道这时警察怎么会来的呢？原来这是贺桑预先报告警察局，叫他们在两个小时之后派人来剿这匪窟的。所以在这里尽量拖延时间，使警察到来的时候相近。不一会儿，那批警察已从门外攻了进来。双枪王这时候早已向窗口一跳，纵上了窗，然后向底下的警士们说道：

276

"朋友们，我住的地方已被你们知道了，可是我绝不会被你们捉住的，因为我有一手的好枪法，现在让我来试一试给你们看吧！"

　　双枪王说完了话，举起左手，向一个警士的帽上打去，砰的一声，只见那警士的警帽上的警徽已被他打了下来，而戴着的帽子动也不曾动过，吓得那个警士脸色惨白，双手盖住头逃出门外去了。双枪王又举起右手，又是砰的一声，打在室内的那盏电灯的一根电线上，电线打断，向地上跌了下去，灯罩里的电灯泡砰的一声也因此而打碎了。各人都不禁吓了一跳。等他们抬头仔细一看，那站在窗口上的双枪王，不知什么时候不见了踪影。因此，贺桑和蓓尼只得带了警士一同回到家里去了。

第十回

洗心革面　剧盗改过做良民

天空暗沉沉的好像是一个失意人的脸庞，愁云密布，显出那么心事重重的样子。虽然已近中午，但太阳光却还怕羞似的躲在云堆里，不肯放射它的光芒。因此院子里一切的景物也都显出那样凄凉的意味。

史企东这几天的脸上和天空是显出一样的愁闷。第一，儿子佩生被人暗杀，使他的心里是感到万分悲伤。第二，女儿佩珠被人劫走，使他感到不安。虽然佩珠已从盗窟里逃了出来，但这究竟是危险的。第三，盗党首领双枪王，是从前马同春的儿子，同春死在他的手里，做儿子的当然要替父母报仇的，这样他的性命是十分危险的了。像昨天晚上双枪王来行刺他，要不是贺大侦探和他女儿保护他，恐怕他这条老命早已不在人间了吧！史企东想到这里，忍不住恐惧地打起寒战。他的那颗心就忐忑地跳跃起来。蹙了眉尖，有些恐慌的神情，呆呆地坐在沙发上像泥塑木雕的样子。这时史企东的身旁却站着一个少女，那就是他的女儿史佩珠。佩珠自从双枪王放她逃走之后，回到家里，见了父亲，把昨天晚上被人劫走后的情形略略地说了一遍。此刻她见父亲呆呆地坐着出神，想必又是为了哥哥的惨死而使他老人家感到悲伤，遂低低地说：

"爸爸，你老是这样愁眉不展，愁坏了身子可不是玩的！"

"佩珠，你爸爸无论在什么时候都有死的可能，那些冤魂野鬼都要来找我，叫我怎么不担心呢？珠儿，你爸爸在以前造下的罪孽实在太多了，到现在后悔已经来不及。早知今日，何必当初呀！我对不起你们，害得你们为我受累。"

史企东说到这里，他心头感到沉重的悲哀，声音逐渐低了下去，脸色惨白，说到末一句的时候，他的泪水像断线的珍珠般滚落下来。佩珠听了企东的话，哀怨的泪水也忍不住夺眶而出。她侧过了身子，伏在椅背上痛哭起来。良久，史企东把两手去扳过了佩珠的肩胛，低低地说道：

"珠儿，你不要伤心，你再告诉我一遍，双枪王怎么会放你走的？"

"这个连我自己也委实不懂，他不知道存的什么心，一忽儿把我劫走，一忽儿又把我放走。"

"照我的眼光看来，他是十分爱你，但是因为你是我的女儿，而我却是他的仇人，因此他又有些恨你了！所以我说是我害累了你们。"

"爸爸，我可不爱他！"

"为什么呢？"

"因为他和我们是仇人，而且他还是一个强盗！"

佩珠听了史企东的话之后，突然停止了哭泣，一面说着，一面又深深地叹气。她之所以在企东面前否认并不爱马志一，这是她安慰企东的缘故，因为她觉得爸爸绝不会赞成志一和自己相爱。这时，企东又说道：

"珠儿，你别再骗我了。做爸爸的年纪老了，希望你早一点有个归宿。我死了之后，也算是了却一桩心事。那个双枪王虽然是一个强盗，但他也是好人家的子弟，因为要报他的父仇，所以才落草为寇。我已经害死了他的父母，再不能害他本身的姻缘分离。因此我要你嫁给他。"

佩珠做梦也想不到爸爸会说出这一番话来，一时固然痛到心头，但也感入骨髓，叫了一声爸爸之后，忍不住倒入他的怀里，又伤心又感动地哭了起来。企东抱住了佩珠的身子，抚摸着佩珠的头发，显出了父爱的神情来，含了悲哀的热泪，低声说道：

"珠儿，你要听我的话，你不要再哭了，使我更加感到伤心。"

企东说到这里，只听得门外有人敲了三下，遂连忙停止了说话，一面又推开了佩珠的身子，走过去开门。原来那敲门的不是别人，正是自己生命唯一的保护人贺桑大侦探。因为史企东自从这件事情发生之后，他是时常提心吊胆，好像除了贺桑之外，没有一个人可以保护自己性命安全似的。所以他此刻见了贺桑的来临，觉得自己的性命又有了保障，一时脸上呈现了一些笑容来，点头说道：

"贺桑兄，你今天早晨到双枪王那里去过？"

"去是去过了，可是都被他们逃走了！"

贺桑一面说，一面走进室内。企东跟在后面，两人都坐下来。佩珠听了，觉得贺桑虽然是一个大侦探，但到现在连一个人都没有捉住，这不是太笑话了吗？遂开口说道：

"贺老伯，这件案子可真难着你了，到现在还没有捉住那个强盗王！"

"我本来也不想捉住那个强盗王的。"

"这是什么意思？像你这样一个有名的侦探家，捉不住一个强盗王，别人知道，那不是笑话吗？"

"佩珠小姐，我根本不愿意捉住他，要不然的话，那天晚上我就可以把他捉住的。"

"那么你究竟为什么不捉住他呢？"

"因为我想成全他的婚姻大事，想把一个人嫁给他做妻子。"

"谁嫁给他？"

"当然是你呀！"

"贺老伯，你别说笑话了！"

"是真的！"

佩珠听他这么说，一时倒不禁为之愕然，暗想：贺老伯突然到来，对我又说出了这些话来，看样子并不是和我开玩笑。莫非他在志一那里已经说妥了，所以才会这样说？想到这里，她的粉脸上呈现了粉红色的云朵，显然有些难为情的样子，遂含了微微的笑容，又向他说道：

"贺老伯，你跟强盗来做媒，那你不是也变成强盗了吗？"

佩珠说完了话，忍不住哧哧地笑起来。这时的史企东在旁边听了，连忙阻止佩珠说话，接着又厉声说道：

"佩珠，不许胡说！"

"爸爸，贺老伯不会生气的，开点玩笑有什么关系？贺老伯，你说是不是？"

佩珠听爸爸责备自己，连忙向贺桑赔罪。贺桑见了她那副不脱孩子气顽皮的神情，不由得也暗暗好笑起来，随即摇了摇头，微笑着回答道：

"说着玩的，没有关系。佩珠小姐，我想和强盗做好朋友，我更希望世界上没有侦探和强盗。"

"贺老伯，你说世界上没有侦探和强盗，那你不是要失业了吗？"

"我情愿失业，我愿意大家过着快快乐乐的生活，平平安安地活在世界上。"

"要是真的这样就好了！"

"我每天用手枪捉人，用智谋破案，这种生活我实在有点过得厌了。我很奇怪世界上犯罪的人为什么这样多，害得我一天到晚都忙个不休。别人恭维我是著名的侦探家。其实侦探家有什么名誉呢？人们一提起侦探，就会联想到手枪和手铐去捉人。侦探和强盗一样令人头痛。因此对于你们这件案子，我想不用手枪和手铐，换一种方法来办理。"

"什么方法？"

史企东和佩珠听完了贺桑的话，不免暗暗奇怪起来，觉得侦探不用手枪和手铐，不知道用些什么方法，一时想不出来，遂异口同声地问着。贺桑顿了顿，却又继续说道：

"我想把佩珠小姐嫁给那个双枪王。"

佩珠听了贺桑又说把自己嫁给强盗，心里不禁有些生气，以为贺桑和她开玩笑，故意这样说的，遂撇了撇嘴，冷笑了一声，说道：

"这样说来，我成了贺老伯的手枪手铐了吗？"

"不是这个意思。我要以人类最善的道德感化强盗，使他们都变成好人，不要再犯罪！同时也可以给人们知道侦探除了手枪手铐之外，他有最好的品性和高尚的道德。"

"贺老伯，你这方法在什么时候发现的？"

"这是你爸爸教给我的！"

贺桑一面说着，一面两眼注视在史企东的身上。史企东被贺桑说得茫无头绪，倒不禁为之愕然，真弄得丈二和尚摸不着头脑，惊讶地问道：

"什么？我怎么教给你的？"

"企东兄，老实告诉你，像你过去的种种所作所为，我早就有把你送进监牢里去的资格，可是我明白你现在已经改恶为善了，由此我联想到强盗也可以变成好人的。何况他们并不是存心要做强盗，而是为了复仇！"

282

贺桑说完了，又从裤袋里摸出一支手枪来，一边交给企东，一边又继续说道：

"现在我不用手枪了，但为了你的安全起见，我的手枪暂时借给你！"

"为什么呢？"

"他们不会把我怎么样的。你是他们的仇人，他们绝不会放过你的，你有了手枪，至少可以自卫的。"

"也好，但我不希望再借重了它，因为我有二十年不玩这个玩意儿了！"

史企东接过了贺桑借给他的手枪，拿在手里察看了一会儿。正在这个时候，方福推门进来叫他们吃中饭。史企东因为有心事的缘故，饭也吃不下，遂对佩珠说道：

"佩珠，你陪贺老伯吃饭去吧！我的肚子不饿，吃也吃不下，让我在这里休息一会儿吧！贺桑兄，恕我不能奉陪，请你原谅。"

"企东兄，你也去少吃一些，要不然你的身子也有不利的呀！"

"实在吃不下，你们快些去吧！"

贺桑知道他有心事，吃不下饭，也不能强劝着他，只得跟了佩珠一同走出室外去。企东关上了门，在茶几上拿了一支烟，坐在沙发上静静地吸着。他正拿起手枪观看，这个时候，从窗外跳进一个人来，企东知道有异，连忙握住手枪，猛可站起了身子，只听那人大声喝道：

"不许动！要不然我就打死你！"

史企东一听这个声音，心头仿佛小鹿般乱撞起来。他知道这不是别人，正是要找自己报仇的双枪王，他想躲避，但是哪里来得及！幸亏贺桑刚才借给他一支手枪。企东握住了枪，回过身去，枪口也对准了双枪王的胸口，可是企东的两腿有些瑟瑟地抖动了。双枪王这时想不到企东的手里也会有着手枪，不免暗暗地吃了一惊，一时又奈何他不得，只听得企东冷冷地说道：

"双枪王，你想不到我也会有手枪的吧！"

"哼！这是你的家常便饭！"

"不！我不用这玩意儿已经有二十多年了！"

"你现在吃素念佛做好人了是吗？"

"是的！请你把手枪放下，我也把手枪放下，大家有话和和平平地谈谈好吗？"

"你说好了！"

"不，我看你脸上的杀气太重，我不大放心你！"

史企东见双枪王的脸上一股子杀气，大有愤怒得想把自己一口吞下去的样子。虽然企东竭力镇静了态度，但他的心头是别别地跳个不停。双枪王听他叫自己放下手枪，这不是他胆子太小了吗？在仇人见面分外眼红的情势之下，双枪王冷冷地说道：

"你有你的手枪，我也有我的手枪，大家都可以保护自己，也可以杀害对方，这不是很好吗？我和你今天决斗，我死在你的手下，我也对得起我的父母了；如果你死在我的枪下，那我就报了此生中最大的仇恨。"

"马先生，哦，双枪王！你不要太年轻气盛了，我就是吃了年轻气盛的亏，过去做过许多荒唐的事，到现在我还是后悔的！"

"我知道你是很会说话的人，但是我可不会上你的当！"

"双枪王，我不应该为了一时的贪欲害死了你的父母，现在我深深后悔，请你原谅！"

"哼！原谅？你倒说得那么便当！"

"我知道你是要替父母报仇的！那是应该的！这是你的孝心，也是你本心的一种美德。假使我换了你的话，我也会这样做的！然而，

284

你还年轻，你有无限的将来在等着你呢！而我只不过是一个快要进坟墓去的老头儿，你生命的价值比我生命的价值可要大得多了！你现在把我一枪打死，固然替你父亲报了大仇，但是贺桑大侦探在等着你，监牢在等着你，刑场在等着你。我虽然死了，可是你也不会好好活着呀……"

"好了！好了！你不要再骗三岁小孩一样吧！你我还是快些决斗了吧！"

史企东滔滔地说得正起劲的时候，双枪王却听得不耐烦了，连忙一面阻止着他，一面又催着企东和自己决斗。企东听了，吓得脸无血色，连忙接着说道：

"双枪王，我的话还没有说完呢，你听我说下去吧！我看你很爱我的女儿，而我的女儿也非常爱你。倒不如把我们的旧仇新怨一笔勾销，我把我的女儿许配……"

"住口！别胡说，你想把女儿的身体换我父母的血是不是？哼！那可没有这么便当！你太看轻你女儿的身体，我可不得不报父母的仇的！"

史企东听了双枪王那种认真肯定的话，他的脸色完全呈现了死灰的颜色，这就睁大了眼，流着黄豆般大的汗珠，却呆呆地愕住了。一会儿，他又恼羞成怒地说道：

"你这小子，好不识抬举，你以为我真的怕你吗？那是你错了！告诉你，我从前杀人的时候，你还在你娘肚子里投胎。你的枪法虽然射得准，但是我也不会含糊的。你的老子死在我的手里，现在又轮到了你。"

两人把话说完，都举起枪来，预备决一个你死我活的时候，佩珠正好推门进来。当她看到自己的爱人正在和父亲举枪的情形，吓得几乎整个身子向后倒了下去，不禁呀的一声叫了起来，连忙走到双枪王和企东两人的中间，嘴里还急急地说道：

"你们要开枪，就把我打死好了！"

这时候的史企东和双枪王在这个情形之下，只好收起了手枪，呆呆地站着不动。佩珠见了，遂开口对企东说道：

"爸爸，你出去休息一会儿，让我和他谈一谈。"

"那也好！那也好！"

史企东巴不得女儿有这句话，连连点头，向门外走了出去。双枪王见企东走了出去，遂大声喝道：

"要是你出去报告警察来抓我，哼，我可不会放过你的！"

"双枪王，你放心，我不会的，要知道冤家宜解不宜结，我现在再也不会像以前一样了。佩珠，你陪双枪王谈谈吧！"

史企东说着，早已走到门外去了。佩珠把门轻轻地关上，回到志一的身旁，明眸脉脉含情地凝望了他一眼，低声说道：

"你为什么一定要杀死我的父亲？"

"哈……哈……你去问你父亲去！我恨！"

"你恨的是谁？"

"我谁都恨！连我自己……"

"恨你自己？"

"是的！我恨我自己为什么要爱你！佩珠，我为了你，从前的生死之交而又多年共患难的弟兄跟我绝交了；为了你，我的部下给警察杀的杀了，散的散了；为了你，我又忘记了父母的深仇大恨不报。这是为什么？为的是爱你！"

"志一，你这样对待我，我是多么感激你呀！"

"哼，你也不要用像你父亲的那一套手段，刚才他已经答应我，把你嫁给我，来换我父亲的血仇！"

"你为什么这样侮辱我？"

286

"这是实话！"

"哼，我父亲就如你所说的那样卑鄙，我也不会这样下贱，为了替父亲解仇，情愿嫁给一个强盗！"

佩珠听了志一的话，气得鼓着两腮，噘起了嘴，一阵悲酸，不觉淌下泪来，倒在他的怀里，抽抽噎噎地哭泣起来。大凡男子见到女子一哭，就是铁石心肠也会柔软下来的。志一当然不能例外，他见了佩珠的哭泣，不免又同情起来。志一抚摸着她乌油滑顺的美发，低低地说道：

"佩珠，你不要伤心，我还是爱你的呀！"

"志一，我最后请求你，我们俩以后，你不要把我当作仇人的女儿，而我也不把你当作强盗看待！你觉得好吗？"

佩珠听志一说还是爱着自己，也不禁破涕嫣然一笑，一时感入骨髓，遂停止了哭泣，用手背拭了拭泪水，秋波盈盈地逗给他一个感激的目光，才低低地说。志一见她刚才哭得那么悲伤，现在却又面现笑容，那副天真可人的姿态，真是妩媚得令人可爱，遂拉了她的手，说道：

"好吧，我就这么做去！但是……"

"但是什么？是不是又为了我父亲是你的仇人？"

"佩珠，这在我的心里是永远忘不了的！除非我死了！"

"瞧你，又要提起这件事情了！"

佩珠说完了话，脉脉含情地望着志一的脸庞。志一在她呼吸的时候，微微嗅到一阵幽香，一时情不自禁地环住她的脖子，低下头去，在佩珠的小嘴上紧紧地吻住了。

永远热吻着……这在各人的心头都有这么个希望。不料正在这时，志一听到好像有人在爬窗的声音，连忙推开了她的嘴唇，从袋里摸出了手枪，猛可回过身子，只见一个人影在窗外一闪，而那人正想推窗进来的样子。志一为了自卫起见，握了手枪，对准窗外，砰的一声打了过去，只见那人已被打中，向窗里边倒了进来。志一走上去不看犹可，一看使志一不禁吃了一惊。原来那被打死的不是别人，正是志一部下的小强盗陈龙。

这时陈龙倒在地上，那子弹毫无情感地穿过了他的胸口。他哎哟了一声，两手按住了胸部，脸色也转变成惨白。双枪王走上去看，只见陈龙的胸口鲜血汨汨地涌了上来，这就急得也啊了一声。他懊悔自己为什么事先没有看清楚，竟把自己的部下打死。一时心痛若割，遂低下身去把陈龙抱在怀里。他见陈龙的眼皮慢慢地低垂了，这就含了沉痛的眼泪，连连地叫道：

"陈龙，你为什么要到这里来的?"

"大王，自从那天我们被警察打败后，我到处找你都找不到，后来我又跟军师分手。我知道你们的仇人是这屋子里的主人，于是我来暗杀他们，替你们报仇的，想不到在这里会见到大王。而你又用双枪把我……"

"陈龙，你不用说下去了！我太对不起你们！"

陈龙听了双枪王的话，又慢慢地睁开眼来，凝望着志一，有气没力地说。双枪王听了，心头直感觉惨痛若割。陈龙不待志一说完，早已气绝身死。双枪王把陈龙的身子轻轻地放在地上，他的心坎里留下了不可磨灭的创痛，沉痛万分地说道：

"我练就了一身百发百中的枪法，从来我不忍无缘无故地杀死一个人。想不到我第一颗子弹就会射在我自己部下的身上。"

"志一，你……你难道疯了吗?"

佩珠看见志一那副咬牙切齿、两眼好像发出绿色光芒的样子，好像疯了似的，遂连连地问着。这时双枪王突然走到佩珠的面前，一面把双枪交给了佩珠，一面正色说道：

"请你把我这支枪交给贺桑大侦探！"

"这是什么意思？"

"这是仇恨的结束，我现在已经明白了！我第一次杀人，杀的却不是我的仇人，而是我们自己人。我觉得贺桑的话是对的，仇恨是不能结，应该解的。因此我不要再以这支枪来杀我的仇人，我要以我的力量来贡献给国家。"

佩珠做梦也想不到志一会说出这几句话来，一时高兴得难以形容，暗想：从此以后，我父亲的性命可以保全了。遂笑着说道：

"志一，是真的吗？那么我把爸爸叫出来！"

"不！不！我不要见你的父亲，我要走了！"

"到哪里去？"

"我不做强盗，要做一个好国民，用我一身的本领创造有益的事业！"

"志一，那很好！我希望你这样做！"

志一说完，预备走出门去，却被佩珠一把拉住，脉脉含情地逗给他一个哀怨的目光，低低地说道：

"那你什么时候再来？"

"到我心中的仇恨完全消失的时候，我们间的爱情自然会来临的。"

志一说完了话，怀了海样深的悲哀，跳出窗外去了。佩珠眼看着志一的背影渐渐消失，一时芳心里感到莫名难受，满颊挂着辛酸的泪水，深深地叹气，终于倒在沙发上掩面大哭起来。

第十一回

善恶分明　红颜泣薄命

佩珠眼看着志一的背影渐渐消失了，这好像是一支尖锐的利箭刺痛了她破碎的心灵。她想起了自己的遭遇，忍不住泪水滚滚落了下来，终于倒在沙发上掩面痛哭起来。佩珠愈哭愈伤心，她怨恨自己为什么是史企东的女儿，要不然的话，志一绝不会像现在这样冷淡我，把我当作他的仇人。虽然我已经有好多次向他解释，但总是无效。照这样看来，我和他今生恐怕没有再见面的日子了吧！那合并的心儿早被一阵无情的罡风吹开了，多情的往事，只增加了她痛苦的熬煎，怨郁的情绪，更激起了她心头无限的惨痛，爱情的旋涡被渗和着湍急的江水，平静的水面上，却掀起了汹涌的波涛。她觉得自己的前途渺茫。佩珠想到这里，眼眶里那晶莹的泪水就像珍珠般流下来。

佩珠正哭得伤心，贺桑和企东正从门外进来。企东见到躺在地上的尸体之后，不禁大吃一惊，连忙说道：

"这……这……又是怎么一回事呀？……佩珠，你为什么哭？"

企东慌忙说着，他的视线又瞧到佩珠的痛哭，真是弄得丈二和尚摸不着头脑，呆呆地怔住了。佩珠听了，知道父亲已经进来，她定了定神，忙把泪痕用手背拭去，一时又不好意思起来，娇靥上微微地盖上了一层红晕，抬头向贺桑和企东望了一眼，低声说道：

"没有什么……"

贺桑跟在企东的背后，这时也早就看到了那尸体，觉得这脸很是熟悉，一会儿，他才想起来，这是双枪王的部下陈龙，但不知道为什么会死，所以也问道：

"佩珠小姐，这个人是谁打死的？他是来干什么的？"

"贺老伯，这是一个小强盗，他来行刺我父亲的，双枪王也正在这屋子里，就把他一枪打死了！"

史企东和贺桑听了佩珠的话之后，一时都有些惊奇。企东这时倒忍不住又怀疑起来，遂向她急急地追问道：

"照这样说来，他倒反而救了我。那么他人在哪里？"

"他已经走了，而且在他临走的时候，要我把双枪交给贺老伯。"

佩珠一面说着，一面把双枪交给贺桑。贺桑接过手枪，察看了一下，点了点头说道：

"他大概已经改过自新了！但是这双枪为什么一定要交给我呢？"

"他说以后不做强盗了，要好好做人，为国家效劳！"

贺桑和企东听佩珠这么说，不免喜出望外，尤其是史企东，高兴地拍手庆幸，那种表情显然是心里好像放下了一块大石的意思，笑嘻嘻地说道：

"贺桑兄，这件事情完全靠你的大力，使我得到了性命的安全，我应该怎样感谢你才好？"

"企东兄，你不要这样说，我们都是要好的朋友，谈不到感谢的！"

他们正说话的时候，贺桑的女儿蓓尼从门外奔了进来，含笑报告道：

"爸爸，恭喜你，你这次的案子又获得胜利了！"

"蓓尼，你怎么知道这案子了结了？"

"爸爸，你看这报纸上不是登着吗？"

蓓尼一面说，一面从袋里摸出了一张报纸来。贺桑拿来一看，这时企东和佩珠也跟了过去，三人一同看那张报纸上登载的消息，只见上面写着：

贺桑大侦探巧计破匪窟
著名红心会大盗王铁口当场被杀
盗首双枪王在逃无踪

《水浒传》上描写梁山泊的大盗神出鬼没，十分惊人。谁知在这二十世纪的现时代，竟然也有类似的大盗出现。剧盗双枪王及军师王铁口，率领其手下喽啰达百余人之众，数年来横行海上，杀人如麻，积案似山，军警机关虽屡闻其名，无奈该盗首行踪诡秘，神出鬼没，故军警当局无法直捣匪巢，只能任其逍遥法外。

最近该盗首双枪王及军师王铁口，又率其大小喽啰，在市区犯下巨案，行刺海上闻人史企东之公子。唯天网恢恢，事后由大侦探贺桑及其女公子蓓尼小姐探得线索，跟踪侦查，终于觅得匪窟所在地，乃一面密报警局，一面亲赴盗窟，至沪西陆家浜十七号径扑匪窟。该匪窟为一巨宅，四周防御甚严，后经一场战斗，将匪窟四处包围，并将喽啰打死数名。然盗首双枪王已在逃无踪，警局正设法追捕中。

事后在喽啰的尸体中，觅获该盗党之军师王铁口之尸体一具，谅此案不日即可扫灭。漏网之余党，尚在探查中。

贺桑和史企东以及佩珠三人看完了这篇新闻之后，贺桑觉得记者难免有鲁莽之处，遂默然无语地在室内走来走去地踱着方步，好像又在想什么心事似的。但史企东见了这个消息，心里确实放心了不少。他想，在眼前的两个仇人，一个是改过自新了，一个是已被杀死了，那自己的性命可以说是保定的了，遂笑着道：

"他们都走的走了，死的死了，那我以后也应该多做些慈善的事业才好！"

史企东自言自语地说着，用人方福进来报告道：

"老爷，外面有一个穷老头儿，他说是外乡人，昨天老婆死了没有棺材钱，要我把他带来求你。我因为这几天家里时常出事情，这种人还是不见的好，因此我回复了他。可是他老不肯走，跪下来对我磕头，硬要见老爷！"

方福滔滔地说完了话，他的神情有些不耐烦的样子，但是当他看了地上的尸体之后，不禁大吃一惊，真不知道又出了什么乱子，他正想开口问的时候，却被企东抢着说道：

"方福，你快去把那老头儿叫进来见我！"

"老爷，这死了的是哪一个？我看你还是少寻麻烦，不要见那老头儿吧！多少给他一点钱就算了吧！"

"不许你多说，我喜欢见他，关你什么事儿？快把这尸体搬到后房间去！"

"是，老爷！"

方福听过企东的话，知道老爷的脾气是古怪的，违反了他的命令是不可能的，只得走出门去，叫了另外一个仆人，把陈龙的尸体扛出室外去了。贺桑见方福走后，对企东说道：

"企东兄，我看你在这案件尚未完全了结之前，任何人都不要接见的好，万一出了什么事情，那不是又自寻麻烦吗？"

"贺兄，你的话虽然不错，但是我想绝不会有那么凑巧的事情，况且那又是一个老头儿，难道他会是双枪王的手下吗？"

"话不能一概而论，但你总是不见的好！"

"我因为在过去造下的罪孽太多了，为了弥补我过去的罪恶，我以后随时随地做些好事。现在既然有人来求我布施棺材，那我怎么可以放弃这做慈善的良好机会呢？"

贺桑再三地劝企东不要见那老头儿，而企东却坚决地说是非见不可。贺桑无法可想，只好由他去了。这时佩珠也在旁边劝阻道：

"爸爸，贺老伯的话说得很对！我看你就不要见这个老头儿吧，如果有什么事，还是由我出去代你办好吗？"

"不成，我一定要自己办的！"

史企东坚决拒绝了。这时，企东在室内向门外望去，只见一个年迈苍老的老头子正从那甬道上慢慢地走过来，企东慌忙走出去，预备迎接他的样子。不料正在这时，那个老头子两手很敏捷地在袋里摸出了手枪，只听得砰的一声，一颗子弹毫无情感地穿过了企东的胸部。史企东哎哟了一声，他两手按住了胸部，脸色已转变为惨白，终于站不住脚倒了下去。贺桑一看这情形，知道那老头儿一定是刺客化装的。而那老头儿见目的已达，正想反身逃走，却被贺桑手里握着的双枪砰砰地打中了两腿，那老头子也就应声躺在地上了。

这时候站在旁边的佩珠和蓓尼，连忙奔上去看史企东。只见企东的胸口鲜血汩汩地涌了出来。接着贺桑也走过来观看。佩珠见父亲被刺，心头只觉得惨痛若割，低下身去，连连地喊道：

"爸爸！爸爸……"

史企东听见了女儿的叫声，他慢慢地睁开了低垂的眼皮，含了沉痛的眼泪，向佩珠和贺桑凝望了一会儿，有气没力地说道：

"佩珠，你不要伤心，这是我的报应，你以后好好做人，切不可结下怨仇，要知道那是没有好处的……贺兄，我不听你的话，结果又死在他们的手里，我有些懊悔……了……"

"爸……爸……"

佩珠见父亲说不下去了，知道已经气绝身死了，心中一阵猛烈的悲痛，哇的一声，竟昏厥了过去，良久，她才哀痛欲绝地哭出声来。

贺桑和蓓尼也低下了头，表示同情的样子。一会儿，贺桑抬起头来，连忙叫方福把那被打伤的老头子看住，一面叫蓓尼打电话给警局，一面又走到那老头子的面前，向他仔细地打量了一会儿，才认得那老头子不是别人，却是王铁口化装的。

你道这究竟是怎么一回事儿呢？那王铁口不是在报上登载着已被杀死了吗？原来王铁口并没有死，事情是这样的。当贺桑叫警察局破匪窟的时候，王铁口早已逃走了，他临走的时候，把自己的衣服脱下来给一个已经死了的小盗穿上，还用化装术把小盗化装成自己的模样，自己又化装了一个老头子的模样，来行刺史企东。谁知会被贺桑打伤，只得躺在地上呻吟不止。

贺桑见了王铁口，遂把这件事情向王铁口探问明白。王铁口因为大仇已报，也不抵赖，老实地告诉贺桑听了。这时，警局已派人来了，贺桑和蓓尼遂押上王铁口一同上警局去了。

暮色布满了整个大地，夜是幽静的，像一个二八女郎似的带着妩媚的风韵。史公馆佩珠小姐的卧室里已开亮了一盏灯。这时，佩珠倚在阳台上的石栏旁，凝望着鱼鳞似的白云满布在黑漆漆的天空，她心底的思潮不停地汹涌着。正在这个时候，那仆人方福推门进来，手里拿着一封信，交给佩珠。佩珠接过一看，只见那信上说：

佩珠：

当你看到我这信的时候，我早已不在上海了。生离死别是人生最感到悲伤的事情，但是这也是难免的。我本来想报了我父母的大仇之后，再和你分别的，可是这样对你更加重了悲伤，因此我也没有那么做！

以往我是一个被社会遗弃的亡命之徒，人们看到我，都会厌恶我、害怕我！我想来想去，总觉得长此以往，我的前途是渺茫的，所以我决心改过，做一个人们欢迎我，而且还要崇拜我，有益国家的好人。这样，我已预备到东北去加入义勇军杀敌，因为国家正期待着我们青年来创造一切的一切。

最后，我希望你不要为我而难受，等我们得到胜利的时候，也就是我和你再见面欢叙的时候。不多写了，祝您

快乐

志一书于九月三日深夜二时

佩珠一口气把信瞧完了，她的心是片片地碎了，肠是寸寸地断了。她的颊上已沾满了无数的眼泪，伏在床上呜呜咽咽地痛哭起来。

夜是幽静的，四周一片漆黑。大地依旧没有声息，在静悄悄的空气中，只有一阵低微的饮泣声还在寂静的空气中凄凉地流动着，流动着……

附　　录

从鸳鸯蝴蝶派谈到冯玉奇小说

裴效维

　　《民国通俗小说典藏文库·冯玉奇卷》将收录冯玉奇的百余种
小说作品，此举极其不易。现在，我愿以这篇文章给出版者呐喊助
威。尽管我人微言轻，但我毕竟是一个中国文学的研究者，为鸳鸯
蝴蝶派说些公道话是我的责任。

　　冯玉奇是一位鸳鸯蝴蝶派作家，因此我们要想了解冯玉奇，必
须首先厘清有关鸳鸯蝴蝶派的一些问题。

一、何谓鸳鸯蝴蝶派

　　鸳鸯蝴蝶派作家平襟亚在《关于鸳鸯蝴蝶派》（署名宁远）一
文中对鸳鸯蝴蝶派的来历说得很清楚：

> 　　鸳鸯蝴蝶派的名称是由群众起出来的，因为那些作品
> 中常写爱情故事，离不开"卅六鸳鸯同命鸟，一双蝴蝶可
> 怜虫"的范围，因而公赠了这个佳名。

> ——载香港《大公报》1960 年 7 月 20 日

可见鸳鸯蝴蝶派并不是一个有组织有宗旨的小说流派，而是因为当时流行的言情小说多写一对对恋人或夫妻如同鸳鸯蝴蝶般相亲相爱，形影不离，因而民间用鸳鸯蝴蝶小说来比喻这种言情小说，那么这种言情小说的作家群当然也就是鸳鸯蝴蝶派了。这种说法应该是可信的，因为民间常用鸳鸯和蝴蝶来比喻恋人或夫妻，很多民间文学作品中不乏其例。这一比喻非常形象生动，但并无褒贬之意，因此不胫而走。

传到新文学家那里，便加以利用，并赋予贬义，作为贬低对手的武器。但新文学家对鸳鸯蝴蝶派的界定并不一致，大致有两种看法。

一种看法认同民间的比喻说法，即将鸳鸯蝴蝶派小说局限为通俗小说中的言情小说，将鸳鸯蝴蝶派局限为言情小说作家群。鲁迅是这种看法的代表，他在1922年所写的《所谓"国学"》一文中说："洋场上的文豪又作了几篇鸳鸯蝴蝶派体小说出版"，其内容无非是"'卿卿我我''蝴蝶鸳鸯'"（载《晨报副刊》1922年10月4日）。又于1931年8月12日在社会科学研究会做了《上海文艺之一瞥》的长篇演讲，其中对鸳鸯蝴蝶派小说更做了形象而精辟的概括：

> 这时新的才子＋佳人小说便又流行起来，但佳人已是良家女子了，和才子相悦相恋，分拆不开，柳阴花下，像一对蝴蝶、一双鸳鸯一样。

> ——连载于《文艺新闻》第20、21期

此外，周作人、钱玄同也持这种看法。周作人于1918年4月19日在北京大学文科研究所小说研究会做《日本近三十年小说之发达》

的演讲中，就说现代中国小说"还有《玉梨魂》派的鸳鸯蝴蝶体"（载《新青年》第5卷第1号）。次年2月，周作人又发表《中国小说里的男女问题》（署名仲密）一文，认为"近时流行的《玉梨魂》，虽文章很是肉麻，（却）为鸳鸯蝴蝶派小说的鼻祖"（载《每周评论》第5卷第7号）。与周作人差不多同时，钱玄同在1919年1月9日所写的《"黑幕"书》一文中也说："人人皆知'黑幕'书为一种不正当之书籍，其实与'黑幕'同类之书籍正复不少，如《艳情尺牍》《香闺韵语》及'鸳鸯蝴蝶派小说'等等皆是。"（载《新青年》第6卷第1号）这种看法后来被人称之为"狭义的鸳鸯蝴蝶派"看法。

另一种看法却将鸳鸯蝴蝶派无限扩大，认为民国年间新文学派之外的所有通俗小说作家都是鸳鸯蝴蝶派，他们的所有通俗小说都是鸳鸯蝴蝶派小说。这种看法的代表人物是瞿秋白和茅盾。瞿秋白从小说的内容方面来扩大鸳鸯蝴蝶派小说的范围，他在《财神还是反财神》一文中说，"什么武侠，什么神怪，什么侦探，什么言情，什么历史，什么家庭"小说，都是鸳鸯蝴蝶派小说（见人民文学出版社1953年10月版《瞿秋白文集》）。茅盾则从小说的形式方面来扩大鸳鸯蝴蝶派小说的范围，他在《自然主义与中国现代小说》一文中认定鸳鸯蝴蝶派小说包括"旧式章回体的长篇小说""不分章回的旧式小说""中西合璧的旧式小说""文言白话都有"的短篇小说（载1922年7月《小说月报》第13卷第7号）。这种看法后来被人称之为"广义的鸳鸯蝴蝶派"看法，而且逐渐成为主流看法，以致后来的文学研究者都接受了这种看法。

新文学家不仅在鸳鸯蝴蝶派的界定问题上分成了两派，而且在鸳鸯蝴蝶派的名称上也花样百出。如罗家伦因为徐枕亚等人好用四六句的文言写小说，便称其为"滥调四六派"（见署名志希的《今

日中国之小说界》，载 1919 年《新潮》第 1 卷第 1 号），但无人响
应。郑振铎因为《礼拜六》杂志为鸳鸯蝴蝶派的主要刊物之一，便
称其为"礼拜六派"（见署名西谛的《新文学观的建设》一文，载
1922 年 5 月 21 日《文学旬刊》第 38 号）。这一说法得到了周作人、
茅盾、瞿秋白、朱自清、阿英、冯至、楼适夷等人的响应，纷纷采
用，以致使用频率越来越高，知名度越来越大，终于成为鸳鸯蝴蝶
派的别称了。于是"鸳鸯蝴蝶派"和"礼拜六派"两个名称便被新
文学家所滥用。如郑振铎在《新文学观的建设》一文中称"礼拜六
派"，而在《〈文学论争集〉导言》一文中却称"鸳鸯蝴蝶派"（见
上海良友图书公司 1935 年 10 月出版的《新文学大系·文学论争集》
卷首）。还有人在同一篇文章里既称鸳鸯蝴蝶派，又称礼拜六派。如
阿英在 1932 年所写的《上海事变与鸳鸯蝴蝶派文艺》一文中说：张
恨水的所谓"国难小说"，与"礼拜六派的作品一样，是鸳鸯蝴蝶
派的一体"，"充分地说明了鸳鸯蝴蝶派的作家的本色而已"（见上
海合众书店 1933 年 6 月出版的《现代中国文学论》）。

茅盾在 20 世纪 70 年代觉得统称鸳鸯蝴蝶派或礼拜六派都不合
适，于是提出了一个折中的看法，他在《紧张而复杂的生活、学习
与斗争（上）——回忆录（四）》中说：

> 我以为在"五四"以前，"鸳鸯蝴蝶派"这名称对这一
> 派人是适用的。……但在"五四"以后，这一派中有不少人
> 也来"赶潮流"了，他们不再老是某生某女，而居然写家庭
> 冲突，甚至写劳动人民的悲惨生活了，因此，如果用他们那
> 一派最老的刊物《礼拜六》来称呼他们，较为合式。

——载 1979 年 8 月《新文学史料》第 4 辑

302

事实是该派在"五四"前后没有根本变化，都是既写言情小说，又写其他小说，将其人为地腰斩为两段，既显得武断，又无法掩盖当时的混乱看法。

这些混乱的看法导致后来的文学研究者无所适从：或沿用"鸳鸯蝴蝶派"的说法（如北大本《中国文学史》和《中国小说史稿》、复旦本《中国文学史》和《中国近代文学史稿》等）；或沿用"礼拜六派"的说法（如山东师院本《中国现代文学史》等）；或干脆别出心裁地称之为"鸳鸯蝴蝶—礼拜六派"（见汤哲声《鸳鸯蝴蝶—礼拜六小说观念的价值取向及其评价》，载《苏州大学学报》1992年第2期）。这可真算是中国小说史上的一出有趣的滑稽戏了。

二、如何评价鸳鸯蝴蝶派

鸳鸯蝴蝶派的开山作品是1900年陈蝶仙的言情小说《泪珠缘》，因此鸳鸯蝴蝶派应该是指言情小说派，这也就是后来的所谓"狭义的鸳鸯蝴蝶派"，但被新文学家扩大为"广义的鸳鸯蝴蝶派"，实际上也就是民国通俗小说派。

鸳鸯蝴蝶派与同时期的"南社"不同，既没有组织，也没有纲领，而是一个在思想倾向和艺术风格上大体相同或相近的小说流派，连"鸳鸯蝴蝶派"这一招牌也是别人强加给它的。然而客观地说，鸳鸯蝴蝶派确实是一个产生过巨大影响的小说流派。在"五四"以前的近二十年间，它几乎独占了中国文坛；在"五四"以后的三十年间，虽然产生了新文学，但新文学只是表面上风光，而鸳鸯蝴蝶派却一派兴旺发达景象。我对"广义的鸳鸯蝴蝶派"做过不完全的统计：该派作家达数百人，较著名者有一百余人，所办刊物、小报和大报副刊仅在上海就有三百四十种，所著中长篇小说两千多种，至于短篇小说、笔记等更难以计数。在此前的中国文学史上，还没有哪个文学流派有过如此宏大的规模，产生过如此巨大的影响。

鸳鸯蝴蝶派由于规模宏大，又处在历史的一个巨变时期，其成员的确鱼龙混杂，其作品也良莠不齐，但总体来说，它形象地记录了中国二十世纪前五十年的历史，为中国读者提供了丰富的精神食粮，对中国小说的传承起过积极作用，因此应该给予充分的肯定。

鸳鸯蝴蝶派小说已经不是中国传统通俗小说的复制，而是一种改良的通俗小说。在形式方面，它既采用章回体，也采用非章回体，甚至采用了西洋小说的日记体、书信体等，至于侦探小说则更是完全模仿自西洋小说。在艺术手法方面，受西洋小说的影响非常明显，如增加了人物形象和景物描写，结构与叙事方式也趋于多样化，单线和复线结构并用，第三人称和第一人称叙述法兼施，还采用了倒叙法和补叙法。在内容方面，鸳鸯蝴蝶派小说已经扩大了描写范围，反映了当时社会生活的各个方面，甚至已经紧跟时事，及时反映当前的社会现实，被称为"时事小说"。如李涵秋的《广陵潮》描写辛亥革命，而他的《战地莺花录》则描写五四运动，这种及时反映当时发生的重大政治事件的小说，与多写历史故事的古代小说完全不同，显然是一大进步。鸳鸯蝴蝶派的言情小说，也不同于古代的才子佳人小说，而是一种新才子佳人小说。古代的才子佳人小说因面对森严的封建礼教，只能写才子与佳人偶尔一见钟情，以眉目传情或诗书传情的方式进行交流，最后皆是有情人终成眷属的大团圆结局。而这种大团圆结局完全是人为的：或出于巧合，或由于才子金榜题名，皇帝御赐完婚，这就完全回避了封建包办婚姻的问题。而民国年间的封建礼教已经在一定程度上松绑，尤其像上海、北京等大城市得风气之先，恋爱自由和婚姻自主思想已经渐入人心。因此有些鸳鸯蝴蝶派的言情小说也突破了古代才子佳人小说的窠臼，才子佳人已经敢于"相悦相恋，分拆不开，柳阴花下，像一对蝴蝶、一双鸳鸯一样"。其结局也不再全是有情人终成眷属的大团圆，而是"有时因为严亲，或者因为薄命，也竟至于偶见悲剧的结局……这实在不能不说是一个大进步"（鲁迅《上海文艺之一瞥》，连载于1931年7月27日、8月3日《文艺新闻》第20、21期）。言情小说由大团圆结局到悲剧结局的确是一个大进步，因为前者是回避封建包办婚姻礼制，而后者是控诉封建包办婚姻礼制。而这一进步的开创者是曹雪芹和高鹗，他们在《红楼梦》里所写的婚姻差不多都是悲剧。因此胡适称赞《红楼梦》不仅把一个个人物"都写作悲剧的下场"，而且最后"作一个大悲剧的结束，打破了中国小说的团圆迷信"（《〈红楼梦〉考证》，见1923年亚东图书馆版《胡适文存》）。可见鸳鸯蝴蝶派的言情小说在一定程度上继承了《红楼梦》开创的爱情婚姻悲剧模式，因而具有相当的反封建意义。我们可以徐枕亚的《玉梨魂》为例加以说明，因为该小说被新文学家指为鸳鸯蝴蝶派的代表性作品。

《玉梨魂》的故事很简单——清末宣统年间，小学教员何梦霞与年轻寡妇白梨影相爱，但两人均认为他们的这种行为是不道德的。为了得到感情的解脱，白梨影想出个"移花接木"的办法，即撮合何梦霞与自己的小姑崔筠倩订了婚。然而何梦霞既不能移情于崔筠倩，白梨影也无法忘情于何梦霞，结果造成了一连串的悲剧——白梨影在爱情与道德的激烈冲突下郁郁而死；崔筠倩因得不到何梦霞之爱而离开了人世；白梨影的公公因感伤女儿、儿媳之死而一病身亡；白梨影的十岁儿子鹏郎成了孤儿。何梦霞为排遣苦闷，先赴日本留学，继又回国参加了辛亥武昌起义（即辛亥革命），壮烈牺牲。

《玉梨魂》不仅描写了一个爱情婚姻悲剧，而且不同于一般的爱情婚姻悲剧。一般的爱情婚姻悲剧都是由封建势力造成的，即由包办婚姻造成的；而《玉梨魂》所写的爱情婚姻悲剧，其原因却是何梦霞和白梨影自身的封建道德。他们既渴望获得恋爱自由和婚姻自主的权利，又不能摆脱封建道德和封建礼教的束缚，两者激烈冲突，造成三死一孤的惨剧。从而揭露了封建道德和封建礼教的影响力是多么巨大，它已深入人们的骨髓，使其不能自拔。因此，它的反封建意义比一般的爱情婚姻悲剧更为深刻。

其实，新文学阵营也不是铁板一块，虽然大多数新文学家对鸳鸯蝴蝶派全盘否定，但也有少数新文学家态度比较客观，他们对鸳鸯蝴蝶派也给予一定的肯定。鲁迅是其中最突出的一位，他不仅认为某些鸳鸯蝴蝶派的悲剧言情小说是"一大进步"，而且不同意某些新文学家对鸳鸯蝴蝶派消极影响的夸大其词。他说：

> 至于说他流毒中国的青年，那似乎是过虑。倘有人能为这类小说所害，则即使没有这类东西也还是废物，无从挽救的。与社会，尤其不相干，气类相同的鼓词和唱本，国内非常多，品格也相像，所以这些作品也再不能"火上添油"，使中国人堕落得更厉害了。
>
> ——《关于〈小说世界〉》，载《晨报副刊》
> 1923 年 1 月 15 日

这种客观的观点与前述周作人无限夸大鸳鸯蝴蝶派作品能使国民生活陷入"完全动物的状态"乃至"非动物的状态"的观点形成了鲜明对比。当抗日战争爆发后，鲁迅更提倡文学界的抗日统一战线，主张团结鸳鸯蝴蝶派一起抗日。他说：

我以为文艺家在抗日问题上的联合是无条件的，只要他不是汉奸，愿意或赞成抗日，则不论叫哥哥妹妹，之乎者也，或鸳鸯蝴蝶都无妨。但在文学问题上我们仍可以互相批判。

——《答徐懋庸并关于抗日统一战线问题》，
载《作家》月刊第1卷第5期

鲁迅不仅提倡团结鸳鸯蝴蝶派一起抗日，而且主张新文学派与鸳鸯蝴蝶派在文学问题上"互相批判"，这种平等对待鸳鸯蝴蝶派的度量，也与那些视鸳鸯蝴蝶派如寇仇，必欲置诸死地而后快的新文学家形成了鲜明对比。

对鸳鸯蝴蝶派给予肯定的不只鲁迅，还有朱自清和茅盾。朱自清认为供人娱乐是中国传统小说的特点，因此不赞成将"消遣"作为罪状来批判鸳鸯蝴蝶派小说。他说：

在中国文学的传统里，小说……更是小道中的小道，就因为是消遣的，不严肃。不严肃也就是不正经，小说通常称为"闲书"，不是正经书。……鸳鸯蝴蝶派的小说意在供人们茶余酒后的消遣，倒是中国小说的正宗。

——《论严肃》，载《中国作家》创刊号

茅盾也承认鸳鸯蝴蝶派小说也"写家庭冲突，甚至写劳动人民的悲惨生活"。他还从艺术性方面对鸳鸯蝴蝶派小说给予一定肯定。

他认为鸳鸯蝴蝶派的有些长篇小说"采用西洋小说的布局法",如倒叙法、补叙法,以及人物出场免去套语、故事叙述"戛然收住"等等,这一切是对"旧章回体小说布局法的革命"。还认为鸳鸯蝴蝶派的有些短篇小说学习了西洋短篇小说"截取一段人生来描写,而人生的全体因之以见"的方法:"叙述一段人事,可以无头无尾;出场一个人物,可以不细叙家世;书中人物可以只有一人;书中情节可以简至只是一段回忆。……能够学到这一层的,比起一头死钻在旧章回体小说的圈子里的人,自然要高出几倍。"(《自然主义与中国现代小说》,载1922年7月10日《小说月报》第13卷第7号)

鲁迅、朱自清、茅盾毕竟属于新文学派,因此他们对鸳鸯蝴蝶派的肯定是有限的。我们应该摆脱成见与束缚,从中国文学史的角度,对鸳鸯蝴蝶派做出客观公正的评价。

三、如何看待冯玉奇的小说

我们澄清了以上有关鸳鸯蝴蝶派的三个问题,等于为介绍冯玉奇的小说提供了一个坐标,也等于为读者提供了一把参照标尺。读者用这把标尺,就可自行评判冯玉奇的小说了。

冯玉奇于1918年左右生于浙江慈溪,笔名左明生、海上先觉楼、先觉楼,曾署名慈水冯玉奇、四明冯玉奇、海上冯玉奇。据说他毕业于浙江大学(一说复旦大学)。1937年九一八事变后寄居上海,感山河破碎,国事蜩螗,开始写作小说以抒怀。其处女作为《解语花》,由上海春明书店出版。出版后旋即由东方书场改编为同名话剧,演出后轰动一时。那时他才十九岁。由此一发而不可收,至1949年7月《花落谁家》出版,在短短十来年时间里,他创作的小说竟达一百九十多种,平均每年近二十种,总篇幅应该不少于三千万字，只能用"神速"来形容。这时他只有三十一岁。近现代文学史料专家魏绍昌先生（已去世）所编《鸳鸯蝴蝶派研究资料（史料部分)》（上海文艺出版社1962年10月出版）开列的《冯玉奇作品》目录只有一百七十二种，也有遗珠之憾。不过我们从这一目录中仍可确定冯玉奇是一位以写言情小说为主的通俗小说作家，因为在一百七十二种小说中，言情小说占有一百二十二种，其他小说只有五十种：社会小说三十四种、武侠小说十四种、侦探小说两种。

冯玉奇不仅是一位写作神速且极为多产的通俗小说作家，还是一位热心的剧作家和剧务工作者。早在他二十六岁（1944年）时，就担任了越剧名伶袁雪芬的雪声剧团的剧务，并为之创作了《雁南归》《红粉金戈》《太平天国》《有情人》《孝女复仇》五大剧本，演出效果全都甚佳。在他二十七到二十八岁（1945～1946）时，又与他人合作，前后为全香剧团和天红剧团编导了《小妹妹》《遗产恨》《飘零泪》《义薄云天》《流亡曲》等二十多个剧本，演出效果同样甚佳。可见冯玉奇至少写过十几个剧本。

冯玉奇一生所写的小说和剧本总计不下两百五十种，总篇幅可能达到四千万字以上，是名副其实的"著作等身"，是当之无愧的中国最多产的作家，号称多产的同派小说家张恨水也难望其项背。当时的文学作品已是一种特殊商品，冯玉奇的小说如此畅销，其剧本演出又如此轰动，这足可以证明其受人欢迎，这就是读者和观众对冯玉奇的评价，它比专家的评价更为准确，也更为重要。遗憾的是，我们无法看到他的剧作和三十岁以后的作品，也不知其晚景如何，卒于何年。

从冯玉奇的生活年代和创作时段来看，他显然是鸳鸯蝴蝶派的后起之秀，所以尽管他作品如此之多，影响如此之大，而同派的老前辈却很少提到他，这也是"文人相轻"的表现之一。

按说要介绍冯玉奇的小说，应该将其全部小说阅读一遍，但我没有这么多时间，也没有这么大精力，因而只向中国文史出版社借阅了《舞宫春艳》《小红楼》《百合花开》三种，全都是言情小说。因此我只能以这三种言情小说为例加以介绍，这可能会犯以偏概全的错误，因此只能供读者参考。

《舞宫春艳》写了两个纠缠在一起的爱情婚姻悲剧故事：苏州富家子秦可玉自幼与邻居豆腐坊之女李慧娟相恋，由于门第悬殊，秦可玉被其父禁锢，二人难圆成婚之梦。不幸李慧娟生下了一个私生女鹃儿，只好遗弃，自己则郁郁而死。鹃儿被无赖李三子收养，长大后卖到上海做伴舞女郎，改名卷耳。中学生唐小棣先是爱上了姑夫秦可玉家的婢女叶小红，不料叶小红失踪，于是移情于卷耳，但无钱为卷耳赎身，两人感到婚姻无望，于是双双吞鸦片自尽。

《小红楼》的故事紧接《舞宫春艳》：曾经被唐小棣爱过的叶小红的失踪，原来也是被无赖李三子拐卖为伴舞女郎，小棣、卷耳自杀后，小红才被救了回来，并被秦可玉认为义女。经苏雨田介绍，与辛石秋相识相恋而订婚。同时石秋的姨表妹巢爱吾也爱石秋，但石秋既与小红订婚在先，便毅然与小红结婚。爱吾为了摆脱难堪的地位，离家出走，下落不明。石秋奉父命赴北平探望二哥雁秋，在火车站被人诬陷私带军火，被军人押到司令部。可巧爱吾此时已成为张司令的干女儿兼秘书，便设法救了石秋一命。但张司令强迫石秋与爱吾结婚，二人既不敢违命，又固守道德，便以假夫妻应付。后来石秋回到家里，终于与小红团聚。

《百合花开》写了两个紧密相关的爱情婚姻故事：二十岁的寡妇花如兰同时被四十二岁的教育家盖季常和十八岁的革命青年盖雨龙叔侄俩所爱，而盖季常的十六岁侄女盖云仙又同时被三十六岁的银行家杨如仁和十九岁的革命青年杨梦花父子俩所爱。经过许多曲折后，终于两位长辈让步，盖雨龙与花如兰、杨梦花与盖云仙同场结婚。

由以上简单介绍可知，冯玉奇的这三种小说共写了五个爱情婚姻故事，其中两个是悲剧结局，三个是有情人终成眷属。这正如鲁迅所说："有时因为严亲，或者因为薄命，也竟至于偶见悲剧的结局……这实在不能不说是一个大进步。"其次，这三种小说的五个爱情婚姻故事，倒有四个是三角爱情婚姻故事，但它们的情况并不雷同。唐小棣、叶小红、卷耳的三角恋是一男爱二女，辛石秋、叶小红、巢爱吾的三角恋是两女爱一男，而盖季常、盖雨龙、花如兰和杨如仁、杨梦花、盖云仙的三角恋更为异想天开，竟然都是两辈嫡亲男人（叔侄、父子）同爱一个女子。可见冯玉奇极有编故事的才能，从而使作品更具吸引力和娱乐性。又次，这三种言情小说的描写极为干净，没有任何色情描写。除了秦可玉与李慧娟有私生女外，其他人都非礼勿言，非礼勿行。如辛石秋与叶小红因婚礼当天石秋之母去世，为了守孝，新婚夫妻在百日之内没有圆房。而辛石秋与姨表妹巢爱吾为了对得起叶小红，虽被张司令强迫成亲，却只做了几天假夫妻。

从表现形式和艺术手法来看，我觉得冯玉奇的小说与当时新文学的新小说都受了西洋小说的影响，基本相同。譬如：两者都突破了传统小说书名的套路，不拘一格，尤其采用了一字书名和二字书名，如冯玉奇有《罪》《孽》《恨》《血》和《歧途》《逃婚》《情奔》等；而巴金有《家》《春》《秋》，茅盾有《幻灭》《动摇》《追求》。两者的对话方式也突破了传统小说的套路，灵活自如：对话既可置于说话者之后，也可置于说话者之前，还可将说话者夹在两句或两段话之间。至于小说的结构法、叙述法与描写法，更是差不多的。譬如人物描写不再是"沉鱼落雁""闭月羞花""倾国倾城"之类的千人一面，景物描写也不再是"落红满地""绿柳成荫""玉兔东升"之类的千篇一律，而加以具体描绘。这里随便举一个例子：

> 小红坐在窗旁，手托香腮，望着窗外院子里放有一缸残荷，风吹枯叶，瑟瑟作响。墙角旁几株梧桐，巍然而立。下面花坞上满种着秋海棠，正在发花，绿叶红筋，临风生姿，可惜艳而无香，但点缀秋色，也颇令人爱而忘倦。

这是《小红楼》对莲花庵一角的景物描绘，虽然算不上十分精彩，但作者通过小红的眼睛描绘了院中的三样东西——风吹作响的"枯荷"、巍然挺立的"梧桐"、正在开花的"海棠"，从而衬托出莲花庵幽静的环境，曲折地表明了时在秋季。频繁使用巧合手法是冯玉奇小说的显著特点，可以说把所谓"无巧不成书"用到了极致。巧合手法有助于编织故事，缩短篇幅，增加作品的吸引力等，但使用过多则时有破绽，有损于作品的真实性。冯玉奇的某些小说也采用了章回体，但只是标题用"第×回"和对偶句，"却说""且听下回分解"之类的套语已不再经常出现，因此并非章回体的完全照搬。况且章回体并非劣等小说的标志，它在我国小说史上发挥过巨大作用，产生过杰出的四大古典小说。因此用章回体来贬低冯玉奇的小说，也是毫无道理的。

冯玉奇的小说也有明显的缺点。它们与其他鸳鸯蝴蝶派小说一样，主要注重小说的娱乐性，而忽视小说的社会性和艺术性，因此没有产生杰出的作品。他是南方人而小说采用北方话，加之写作速度太快，无暇深思熟虑，导致语言不够流畅，用词不够准确，还有许多错别字和语病。还有使用"巧合"法太多，有时破绽明显，这里不再举例。

总而言之，冯玉奇既不是"黄色"和"反动"小说家，也不是杰出小说家，而是一位勤奋多产、有益无害的通俗小说家，他应在中国小说史尤其是中国现代小说中占有一席之地。

2017 年 6 月 4 日于北京蜗居